La roche des fous

Du même auteur :

Symbolisme des pierres précieuses - 1993 - Ed. Trédaniel

PASCAL VIROUX

La roche des fous

et autres légendes
inédites de Lorraine

EDITIONS PIERRON

© Editions Pierron, Sarreguemines, 1993

A ma sœur, Marie-Alice

AVANT PROPOS

Pour les anciens Celtes, Sîd, c'était le monde des esprits. Plage invisible entre la terre des hommes et l'Océan des Dieux, lieu d'errance pour certains, cité céleste pour d'autres, dans cet espace mythique où seuls les nobles âmes pouvaient avoir accès, tout devenait possible. Cet univers païen, malgré les apparences, est bien plus près de nous qu'on pourrait le penser. Il existe des *portes,* des entrées, des fenêtres : parfois au coeur d'une ville, d'un château, d'une chapelle, souvent dans la forêt, près d'un arbre ou d'une source, toujours au fond de nous, comme seuls les vrais trésors... La «Roche des fous» en est une...

L'auteur étant lorrain, il est naturel qu'il ait voulu d'abord nous faire découvrir celles qu'il a entrouvert dans sa propre province, ce qui n'altère en rien l'universalité de son message : en effet, depuis l'ancienne Austrasie (capitale : Metz) devenue duché indépendant (capitale : Nancy), lieu de tous les affrontements et de tous les métissages, la Lorraine désormais française n'a jamais cessé d'être au coeur de l'Europe et, en cela, elle est un peu l'image de tout le continent. Si, comme dit le poète *La voix des Dieux s'entend dans le fracas des armes, dans l'incendie des âmes et dans les chants des peuples,* nul doute qu'en tendant bien l'oreille, une région aussi chargée d'histoire ait beaucoup à nous dire !

Laissant à d'autres le soin de tout comprendre, l'auteur n'a voulu qu'ouvrir une fenêtre sur cet univers étrange par le biais de *légendes*. Etymologiquement parlant, "legenda" signifie: ce qui doit être dit. Alors, écoutons St. Goéric, Stanislas, Jean VI de Fénétrange, Nicolas Rémy, Jeanne d'Arc et tous les autres, connus ou inconnus, rencontrer leur destin... car tous ont existé, ou, du moins, presque tous. Si certains personnages sont de pure fiction (Aguerline, Julien-le-loup-garou, l'effrayante Mandragore ou Ferry d'Heillecourt par exemple), ou seulement oubliés des historiens modernes (Baronville, Florange, etc...) les lieux qui les font vivre sont toujours historiques ; les faits, les anecdotes, tout y est authentique. Et c'est là l'essentiel : devoir, pour notre plus grand plaisir, *rompre l'os afin d'en tirer la substantifique moëlle,* c'est-à-dire, en l'occurence, déchiffrer la véritable histoire dans l'absence de l'Histoire...

1.
AGUERLINE

Une pluie délicate ruisselle avec lenteur sur les arbres endormis. Déjà quelques pousses timides forcent la terre humide pour montrer aux nuages qu'elles sont fières d'être là. C'est le printemps.

Nous sommes à Thionville, vieille ville de Lorraine aux remparts puissants, dont les bastions moussus bordent avec nostalgie les terres de Luxembourg. Aux pieds de la cité s'écoule la Moselle, et son cours tranquille emporte vers le Nord de fertiles limons qui s'en iront, plus tard, se perdre dans les vagues. L'eau est jaune et épaisse comme le sang de la terre. Sur les rives abruptes, des lambeaux d'herbe brune laissent aux arbres courbés des guirlandes étranges. Vestiges des crues passées, cette moisson d'herbes mortes fait rêver de l'été aux souches effondrées.

La-bas, loin vers le Nord, au carrefour du Rhin, ondines et poissons échangent des nouvelles, et leurs muets dialogues remontent à la surface. Près du fleuve-frontière, égales sur les deux rives, ces brumeuses rumeurs font sonner les mémoires des vieux des deux pays. Alors le vent du Nord, poussant quelques flocons, remonte la Moselle jusqu'aux portes de France, et les joncs frémissants traduisent au voyageur les chants de l'Autre monde.

Les nouvelles sont fades en ce printemps tardif, et les berges bruissantes, qui jamais ne se taisent, préfèrent colporter une ancienne légende.

***

On raconte qu'un matin, une ondine tomba amoureuse d'un mortel. C'était un beau jeune homme, vif d'esprit et rapide au combat. Les hasards de sa quête l'avaient mené au fleuve et, ne sachant par quel gué traverser pour suivre son chemin, il mit le pied à terre pour faire reposer quelque temps sa monture. Le soleil de juillet écrasait la campagne. Là-bas, dans le lointain, Thionville semblait tranquille derrière ses murailles. Il ôta son armure, ses vêtements de lin blanc, et plongea aussitôt dans l'eau de la Moselle pour y trouver le frais. Une fois délassé, il s'endormit bientôt à l'ombre d'un grand saule dont l'ondulant feuillage l'abritait des regards.

Mais les sylves des saules n'aiment pas les étrangers, et le chevalier n'avait pris garde de se nommer avant de s'étendre à ses pieds. Courroucé par tant d'insolence, le sylve imagina quelque méchant tour à jouer à l'intrus. Ses racines plongeantes coururent informer le roi des poissons qu'un mortel s'était introduit dans l'Autre monde sans en avoir sollicité l'accueil, et que son esprit endormi flottait librement au-dessus de la rivière. Il espérait ainsi que le roi lancerait sur l'âme du visiteur une meute de brochets qui déchireraient ses voiles, et changeraient son repos en horrible cauchemar. Et, comme pour davantage irriter le roi à l'égard de l'intrus, le sylve ajouta que l'homme était chevalier de fortune, et que si, par mégarde, son esprit venait à se dessiller, il ne manquerait pas de voir tous les trésors enfouis dans son royaume. Dès lors, il y avait tout à craindre qu'il lui fût aisé d'en vaincre les dragons.

Sensible à l'argument, le roi battit alors le rappel de ses gens. La rumeur d'un péril qu'à tous faisait courir un dangereux étranger s'insinua rapidement dans toute la Moselle. Elle parvint aux oreilles d'une ondine qui vivait dans un de ses méandres. Les ondines sont curieuses, la chose est bien connue. Avant même que le roi n'ait réuni sa cour, elle monta sur la berge pour y voir le jeune homme, innocemment endormi dans une claire nudité. Dès qu'elle le vit ainsi abandonné, si beau, si vulnérable, elle s'en éprit follement.

Mais les ordres vont vite au royaume de l'onde... déjà, fendant les flots, les nageoires dentelées des brochets de la Garde volaient vers l'âme du dormeur qui flottait sur les eaux comme une brume légère. Et le voir torturée par les crocs de ces monstres lui fut insoutenable.

Hélas ! les Immortels ont leurs lois. Il est dit quelque part dans le livre de Sîd que les ondines ne doivent pas se montrer aux humains : les yeux de ces derniers les attireraient irrésistiblement dans la sphère de la matière où leur âme, vaincue, s'entourerait de chair pour faire à tout jamais partie de ce bas-monde. L'ondine ne voulut pas réfléchir. Refusant de laisser l'imprudent à son sort, elle préféra risquer de quitter à jamais l'univers de sa race. Elle jeta un filet sur l'esprit inconscient et le tira de toutes ses forces vers le rivage. Au moment où les monstres jaillirent de l'eau pour s'en saisir, leurs mâchoires se refermèrent sur le vide. Un instant, ils tournoyèrent comme des chiens affolés par l'envol d'un oiseau, puis ils disparurent dans les profondeurs...

Alors l'ondine, portant l'âme légère comme on porte un enfant, s'approcha du corps endormi et la posa sur lui. L'irréparable se produisit. Le jeune homme ouvrit les yeux, entre rêve et réel, et discerna la longue chevelure de braise et la gracieuse silhouette de l'ondine, et les prunelles couleur du fleuve, et les mains longues et fines qui caressaient son front et, comme la vie gagnait ses veines, la silhouette devenait femme.

"Qui es-tu ?" souffla le chevalier à la jeune fille penchée sur lui. "Tais-toi, ô mon aimé, crois que tu rêves encore, et referme tes yeux". Plus ravi que troublé par cette étrange apparition, le chevalier sourit et se laissa aller dans les bras de l'ondine. Et de baisers en baisers, de caresses en caresses, elle s'unit à lui dans le secret de l'ombre du saule.

Lorsque le soir tomba, l'ondine voulut retourner à la rivière. Epuisée de bonheur, elle quitta les bras du chevalier puis, ramenant ses cheveux en arrière, lui dit : "Je ne suis pas un rêve, mais ne suis pas de sang, ni fille d'un village, ni étrangère aux lieux. Je suis Aguerline, ondine de Moselle, et l'Amour a voulu que tu sois mon amant. Ce soir je te présenterai à mon père et le roi des poissons bénira notre union. Tu règneras à mes côtés pour toute l'éternité".

La première surprise passée, le chevalier sourit à la jeune fille : "Pourquoi veux-tu te moquer de moi, ne t'ai-je pas donné tout le plaisir que tu souhaitais ? Pourquoi les instants agréables que nous avons vécus doivent-ils être salis de mensonges ?".

-"Je ne mens pas !" cria l'ondine, "et qui te parle de plaisir quand c'est d'amour que je te veux !"

-"Mais tu n'es pas un esprit, gentille Aguerline, tu n'es que jolie fille qui aime l'aventure et le plaisir des hommes". Le chevalier avait passé ses vêtements et son ton était doux.

La jeune fille s'agrippa à son cou. "Regarde, ô mon aimé, pour toi je me suis faite, j'ai quitté l'autre monde pour pouvoir te chercher, accepte mon amour comme tu as pris mon corps, sont-ils si différents ?".

Il s'était dégagé et son ton s'affermit. "Allons, cesse tes fables, ma route est longue encore".

Le jeune homme avait mis son armure, et son ton devint froid. "Tu es fille du ruisseau et non femme du fleuve. Tu me parles d'amour mais ne donnes que plaisir. Dis-moi devant le Christ ce que j'ai fait pour toi, où sont donc les dragons que j'ai dû terrasser ? où sont les pierres d'Orient que j'ai dû acquérir, où sont tous les royaumes que j'ai dû conquérir et quelles sont les épreuves dont j'ai dû triompher pour que tu m'accordasses ne fût-ce qu'un regard !".

Aguerline tomba à genoux, sa longue chevelure étincellait comme un soleil crépusculaire sur son visage en larmes.

Le chevalier remonta à cheval. Son ton était moqueur. "Allons, cesse de pleurer, j'ai aimé ta rencontre et tu m'as bien distrait. Je ne suis pas mauvais homme. Voici pour ta peine, retourne chez les tiens et buvez à votre aise".

Il jeta sur le sol une petite pièce d'or, fit volter sa monture et disparut aux confins de la plaine.

La nuit était tombée. Seul troublait le silence le bruit de la rivière. Lentement Aguerline se releva de terre. Elle lui tendit les bras d'un geste dérisoire, comme s'il pouvait encore, du fond de l'horizon, entendre sa prière. "Reviens, beau chevalier, bientôt naîtra ton fils...".

Seuls les roseaux pensifs entendirent sa souffrance.

Alors, tremblant de froid, malade de misère, Aguerline voulut s'en retourner au creux de la rivière. L'eau refusa de s'ouvrir. Affolée elle courut d'une berge à l'autre sur la Moselle close, prise comme un feu follet sur un miroir d'émeraude, puis tomba épuisée, les ongles ensanglantés, au milieu des deux rives, et Aguerline eut peur de cet affreux silence.

Pont entre l'air et l'eau, libres dans les deux sphères, les roseaux frissonnants eurent pitié de l'ondine et, de leurs feuilles jointes, une voix s'éleva :

"Aguerline, gentille ondine, entends une dernière fois ce que dit l'Autre monde : ton amour est perdu, maintenant tu le sais. Tu n'auras pas de fils : que serait un enfant sans père ? Tu ne reviendras plus au creux de la Moselle, maintenant tu es femme. Tu as fauté deux fois, ton destin est scellé. Tes juges sont inflexibles, la Loi est leur seul maître. Tu ne nous rejoindras que lorsqu'une vie entière aura lavé tes fautes dans les larmes et le sang. Tu as fauté deux fois, tu auras deux épreuves. Pour avoir entouré ton âme de cette chair, il te faudra attendre qu'elle s'use et t'abandonne. Alors seulement la rivière te prendra.

Pour t'être crue maîtresse des règles de l'amour, tu apprendras ses lois sans en avoir merci. Ton ventre méprisé servira aux soldats. Tu sauras la tristesse des plaisirs éphémères, sans vie et sans tendresse, jusqu'à ce que ton coeur brisé par le chagrin sorte enfin de sa gangue d'orgueil et d'égoïsme. C'est alors seulement que le fleuve te prendra".

Sans un mot, Aguerline regagna la rive et la Moselle reprit son cours. Elle arracha au saule un peu de son feuillage pour cacher ses seins nus. La voix bruissante s'éleva de nouveau. "Ne pleure plus, Aguerline, souvenirs et souffrance sont alliés contre toi. Mais l'Amour est parfois bien plus grand que ses lois. Un jour, si tu es digne, un homme viendra à toi. Il aimera ton errance pour l'avoir reconnue, et c'est main dans la main, qu'un jour, vous reviendrez".

Dans la nuit noire, Aguerline s'en alla vers la ville...

2.
L'HYDRE DE STANISLAS

Vous connaissez tous des histoires de dragons. Les légendes en sont pleines. Ils sont parfois acteurs, ou simples figurants, de gestes, de vies des saints, de traditions locales. On se souvient, bien sûr, de l'horrible Tarasque qu'enchaîna Sainte-Marthe, ou bien du Graouly vaincu par Saint-Clément. Mais ce sont là des fables pour faire peur aux enfants. Moi, j'en connais une autre. Bien plus épouvantable, parce quelle est vraie.

Le duché de Lorraine est un aigle à deux têtes. L'une fait face au Nord, c'est la ville de Metz, l'autre surveille le Sud, c'est Nancy. Aujourd'hui, pour l'Europe, Nancy est une bourgade. L'heure n'est plus aux duchés mais aux mégalopoles. Pourtant le sort du Monde est peut-être à Nancy. Laissez-moi vous conter l'hydre de Stanislas.

***

Nous sommes au XVIIème siècle. La Lorraine est alors gouvernée par son duc légitime, Charles IV, hélas meilleur guerrier qu'il n'est politicien. Feudataire du Royaume autant de l'Empire, lorsque la guerre éclate entre les deux Etats, le duc de

Lorraine ne peut choisir son camp. Tantôt il est la France, et tantôt l'Allemagne, un jour il est la Suède, et demain c'est l'Espagne.

Alors, pour le pays pris comme dans un étau, commence un long calvaire. Des hordes de soldats venues de toute l'Europe, par le jeu des alliances qui fondent et se refont, déferlent en tous sens pour affronter un jour l'allié de demain. Les villes sont ruinées, les récoltes incendiées, les fières citadelles comme les humbles maisons voient leurs murs arrachés et leurs gens massacrés. Bientôt l'orgie de sang ne connait plus de lois, il n'y a plus de chefs, il n'y a plus de rangs. C'est la mort d'un pays, et la fin d'une histoire.

Après un demi-siècle de sauvagerie sans nom, les derniers reitres éteints sur les cendres enfin froides, les loups et puis la peste terminèrent l'ouvrage. La Lorraine, trop fière pour s'effacer dans l'ombre d'une sage neutralité, avait courbé la tête et plié les genoux. Puis la guerre s'éloigna, et ce fut le silence.

Louis XIII et Charles IV une fois disparus, le règne de Léopold (1) fut une convalescence. Passèrent les années, Louis XIV à son tour rentra dans sa tanière, laissant derrière ses pas une Europe brisée rêvant de crépuscule.

1736. Louis XV régnait en France, François III en Lorraine. L'un rêvait de plaisirs, et l'autre de richesses. Comme il traînait toujours à la cour de France l'ombre fantômatique d'Armand de Richelieu pressant les souverains d'accomplir le royaume, Louis céda à ses voeux, afin qu'elle le laissât jouir en paix de la vie : la Lorraine restait seule à être indépendante, toujours aussi farouche malgré son écrasement, et puisque ni les armes, ni l'amour de la France n'étaient venus à bout de cette fidélité à son duc légitime, il fallait qu'on prouvât qu'il n'en était pas digne.

Alors, on l'acheta. François l'insignifiant repartit pour l'Autriche qui l'avait vu grandir, abandonnant sa terre, sa race et son honneur, pour se gonfler du titre de duc de Toscane, où il put à loisir mener grand train de cour, libre de toute contrainte (2).

Cette fois-ci la Lorraine était décapitée. Il suffit de poser sur ses rudes épaules un chef tout dévoué à la cause du roi, avec charge pour lui de faire de ce pays une province française. C'est ainsi qu'un matin les portes de Nancy accueillirent Stanislas, prince de Leczinski, propre beau-frère du roi, et qu'un roi de Pologne chassé de son royaume devint duc de Lorraine.

Léopold, avant lui, n'avait guère reconstruit l'ancienne capitale. Des énormes remparts qui enclosaient Nancy, subsistaient en partie ceux de la vieille ville, dont la folle épaisseur avait lassé les pioches des démolisseurs. Toute la ville nouvelle voulue par Charles III, le meilleur de ses ducs, était démantelée. Ouverte aux quatre vents, le tiers de ses maisons était abandonné, faute de gens pour y vivre. Son ultime protection lui venait de nature : le grand marais Saint-Jean qui s'étendait à l'est avant qu'elle fût construite avait repris ses droits hors des fossés comblés, et forçait au détour. Il venait maintenant reprendre ses états autour de la cité. Il y a bien longtemps, Charles le Téméraire, qui rêvait d'être Empereur, y fit camper ses troupes pour assaillir la ville. Une tradition affirme qu'un loup l'y a trouvé et lui mangea la face.

Stanislas s'installa dans le palais ducal, puis fit venir les gens de Nancy et d'autour. Il s'enquit de chacun, des seigneurs et des humbles, attentif à chacun comme s'il était un prince et recueillit ainsi leurs justes doléances. Et en quelques saisons, sur la terre de Lorraine, vendanges et moissons devinrent abondantes. Le nom de "bien-aimé" donné au roi Louis XV au début de son règne, hélas, ne dura guère. Celui de "bienfaisant" que gagna Stanislas est l'histoire d'un règne qu'on ne peut raconter. Partout la charité, la justice et la paix accompagnaient ses pas, et la prospérité découlait de ses lois (3).

*

Une nuit, Stanislas fit un rêve. Il se voyait dressé comme un dieu de la guerre, la cuirasse ruisselante de sang et de poussière... une épée à la main, il écrasait du pied l'étoile de David. Il s'éveilla soudain, trempé de sueur froide. Le palais était calme. Il gagna la fenêtre et l'ouvrit en tremblant. Au loin, dans la campagne, immobile, éternel, le grand marais Saint-Jean frémissait sous l'aurore.

Deux nuits passèrent encore. Deux nuits épouvantables. Le cauchemar revenait, de plus en plus réel, de plus en plus horrible : à la tête d'une armée de brutes et de soudards, déferlant sur le monde comme un raz de marée, acclamé en vainqueur par tous les noirs démons qui peuplent les enfers, il poussait devant lui des monceaux de cadavres de femmes et d'enfants, de vieillards, d'innocents, massacrés seulement parce qu'ils portaient au front la marque de l'étoile... et Stanislas riait, riait à en mourir avant de s'éveiller, hurlant, bouillant de fièvre, et l'âme révulsée...

Et toujours, dans le loin, aux lueurs de l'aube, le grand marais Saint-Jean, éternel, immobile, frémissait sous la brise.

Au troisième matin, le duc se rendit. Il s'habilla sans bruit et s'en fut du palais par la petite porte qui menait aux remparts. Et en quelques instants, il surplombe les fossés que léchaient en silence des eaux fixes et moussues. Le coeur battant à rompre, Stanislas attendit ce qui ne s'attend pas. La brume se dissipait, le soleil s'élevait, mais aucun de ces bruits qui courent la campagne, ni aucune des rumeurs qui remplissent les cités, ne montraient au matin que la vie s'éveillait. Et Stanislas vaincu, l'âme remplie d'angoisse voyait monter le jour dans un silence de mort.

"Alors tu es venu, roi déchu, duc fantoche ! Bienvenue, bienvenue, mon gentil serviteur !".

Dans un bruit de tonnerre, les douves se fendirent dans une vague immense, les arbres se plièrent et le ciel s'obscurcit. Jeté à la renverse, Stanislas vit enfin le maitre de ces lieux : une hydre gigantesque, pleine de griffes et de dents, recouverte d'écailles ruisselantes de boue, et deux ailes monstrueuses plus noires que le néant.

"Pardon, je t'ai fait peur", reprit le dragon posant ses pattes énormes au bord de la muraille où Stanislas, tremblant, reprenait ses esprits. "Peut-être suis-je trop grand, mon joli vermisseau..." Et son oeil de reptile fixait comme en riant le duc de Lorraine. Stanislas, terrifié, n'osait souffler un mot.

"Mets-toi donc à genoux, tu es là, sur mes terres, tu es venu me voir, c'est très aimable à toi, sois-en remercié, mais reconnais en moi ton seigneur et ton maître !".

"Je ne connais que Dieu et mon peuple et mon roi, répondit Stanislas, et si tu es le Diable..."

"Le Diable ? coupa le monstre d'un rire épouvantable, le Diable ! c'est me faire trop d'honneur. Le Diable n'existe pas, c'est l'invention des hommes qui n'aiment pas les Dieux". Sa voix se radoucit, se fit presque câline. "Mais non, mon petit duc, je ne suis pas le Diable".

Stanislas, debout, n'osait bouger d'un pouce. Le dragon poursuivit :

"Je sais que tu as peur, mais j'aime ton courage. J'ai des projets pour toi, assieds-toi et écoute".

"Jamais !" cria le duc, surmontant sa terreur, "si tu veux une audience, suis-moi jusqu'au palais, il y a une chapelle où tous tes beaux discours devront être entendus également par un prêtre".

Il tourna les talons, fit un pas vers la ville. Mais les griffes du monstre s'abattirent devant lui comme tombe une herse, l'empêchant de passer.

"Un prêtre" ? mais pourquoi pas, beaucoup m'ont écouté, et des papes, et des rois, bien plus que tu ne penses, et bien d'autres encore ! C'est ici que je vis, mais règne aussi partout : dans les rêves de chacun, qu'il soit gueux ou seigneur. Je préfère, il est vrai, les âmes des commandeurs, celles qui dirigent les foules, les armées et les peuples. J'aide à leur ambition, leur donne de ma force. Je les aime, je les guide, et leur laisse la gloire. Ainsi, mon cher ami, comme tu peux le voir, je ne suis pas ce diable que tu sembles tant craindre, j'accompagne seulement le destin des puissants. Tu deviens un grand prince, tu as besoin de moi pour asseoir ta grandeur. Mon coeur est en ces lieux, mais le monde m'adore, partout je suis fêté à l'égal de ton dieu, dont toujours j'accompagne la marche triomphante. J'ai un ongle à Paris, une dent à Berlin, une aile plane sur Londres, l'autre à Saint-Petersbourg, j'ai un pied à Lisbonne et un autre à Pékin. Bref, toute la Terre est à moi, mais j'aide qui je veux".

"Que prends-tu en échange ?".

"Mais rien qui t'appartienne, ni ta vie ni ton âme. Je grandis seulement du sang de tes vaincus".

"Je refuse ton alliance. Laisse-moi m'en retourner".

Stanislas se glissa entre les griffes de l'hydre, qui le laissa passer.

"Soit, ajouta-t-elle, mais tu sais que j'existe. Je ne peux te contraindre, les dieux ont fait l'homme libre. Mais sache encore une chose : quiconque m'a rencontrée me doit une existence. Puisque tu ne veux pas me consacrer la tienne, tu devras accepter que je prenne ta mort. Tu est un homme de bien, aussi je laisserai longue vie devant toi : la lumière assombrit davantage les ténèbres. Comme je tiens à toi, je vais faire encore plus, je vais quitter Nancy, pour un an et un jour, et puis je reviendrai, et tu viendras me voir. D'autres rives m'attendent, on dit que par-delà la pointe de Bretagne, il existe un pays que je ne connais pas. Il y aurait là-bas tout pour qu'on s'y amuse : des Français, des Anglais, et une race indigène. A bientôt, Stanislas, surtout, ne m'oublie pas".

Le dragon disparut comme s'estompe la nuit, sans un bruit, sans un souffle. Seuls restaient Stanislas et le marais Saint-Jean reprenant ses états dans les douves de Nancy.

*

La vie aux alentours enfin put reparaître, et tout se ranima de joyeuses rumeurs. Stanislas, épuisé, retourna au palais et s'enferma trois jours afin de réfléchir. A l'aube du quatrième, il fit venir à lui les meilleurs architectes et les convainquit d'un immense projet : on allait faire construire sur les ruines et les douves une ville nouvelle, une vraie capitale et juste devant la porte de l'ancien Nancy, au coeur de la cité, on ferait une place entourée de palais, avec des grilles d'or. Un ensemble splendide, harmonieux et paisible, tout empreint de rigueur autant que de beauté qui garderait la ville de ses rêves barbares. Le bon duc espérait que l'hydre, à son retour, trouvant les lieux changés, ne pourrait revenir.

Il fallait tout d'abord supprimer le marais, et l'on fit un canal pour emmener ses eaux se perdre dans la Meurthe, pour qu'elles ne tournent plus autour de la cité comme le font les loups autour de leur victime. Et l'on reconstruisit cette ville nouvelle sans fossés ni remparts, ouverte et généreuse, avec en son milieu une place magnifique, digne d'une capitale. Et puis l'on fit venir un maître ferronnier, qui devait à lui seul, décider de ses grilles. On l'appelait Jean l'Amour. C'est lui qui a voulu ajouter deux fontaines qui versent sur cette place des eaux fraîches et pures.

Lorsque tout fut fini, Stanislas refusa de rester chez les ducs. Quittant la ville nouvelle, il s'établit plus loin, dans ce vaste château ressemblant à Versailles, qu'avant lui Léopold avait fait ériger sur les derniers vestiges d'une ancienne forteresse. Il voulut y passer le reste de ses jours. C'était à Lunéville.

Et puis le temps passa. Le règne de Stanislas se déroulait, tranquille. Jamais il n'entendit reparler du Dragon.

*

C'était un soir d'hiver. Il neigeait. Le froid mordait la plaine et les loups affamés risquaient des pas craintifs à l'orée des forêts. Stanislas, pensif, s'éloigna des fenêtres. Il tira les rideaux et gagna son fauteuil. Le froid réussissait à ramper sous les portes, il se glissait partout à l'assaut des maisons, par tous les interstices et par toutes les fissures, en vagues successives, insidieuses, invisibles. Stanislas rajusta frileusement sa couverture de laine et rapprocha son siège de la grande cheminée. Une bûche de frêne s'y consumait lentement avec des flammes bleues, courtes et régulières. C'était comme une danse qui prenait le regard, et un curieux silence envahit le château.

Le duc de Lorraine venait de s'assoupir. Une étrange chaleur engourdissait son corps. Une chaleur oppressante, humide, presque fiévreuse, qui montait lentement comme on glisse dans l'eau. Lorsqu'elle toucha ses lèvres, Stanislas suffoqua, et il se réveilla saisi par l'épouvante. Le silence pesant planait comme un rapace. Stanislas frissonna, et se râcla la gorge en contemplant le feu.

Les flammes avaient grandi. La bûche était en cendres. D'un petit tas de braises ardaient en rugissant des flammes formidables. Stanislas, interdit, suivait le phénomène... et voici que ces flammes dessinèrent un oeil, qui du fond du foyer regardait Stanislas.

"Bonsoir, mon joli duc, j'espère que tu vas bien".

Un oeil de reptile, immense, incandescent, avait au coeur du feu remplacé le brasier. Pétrifié sur sa chaise, le duc de Lorraine n'entendait plus son coeur.

"Tu m'avais oubliée, ce n'est pas très gentil. Tu as même bouleversé l'aspect de ma demeure. C'est une méchante idée. Comment veux-tu que j'aime un si vilain endroit ?... et puis ces grilles d'or, et puis ces deux fontaines, quelle horreur, Stanislas, il faut enlever tout ca ! Quand je suis revenue, comme je t'avais promis, j'ai trouvé mon marais recouvert de pierre. J'ai dû me faufiler au travers des égouts pour retrouver enfin un peu de ma maison. C'est une vilaine farce, que je n'apprécie pas".

Le prince avait compris que sa mort était là. Le dragon qu'il avait si longtemps négligé venait en cet instant accomplir son destin. L'hydre reprit alors :

"Comme je te l'ai promis, je viens chercher ta mort. Puisque tu n'as voulu me consacrer ta vie, je prends ce qui me reste. Prépare-toi, Stanislas...".

"Qui-es-tu ?", eut-il néanmoins la force de souffler.

"Tu es bien exigeant", répondit-elle, "mais si tu mets ici ton ultime désir, je vais te satisfaire et te dire qui je suis. Après tout, puisque ton âme semble si rapprochée du ciel, le martyre effroyable que tu vas endurer servira à hâter ma propre délivrance. Ecoute Stanislas, la véridique histoire du dragon qui sommeille dans le marais Saint-Jean :

"Il y a bien longtemps, des dieux créèrent les hommes : libres, sauvages et fiers, puissants sans arrogance, à l'image du monde. Les hommes suivirent les dieux dans leurs tâches créatrices, ils labourèrent le sol, les forêts et la mer, bâtirent des cités, érigèrent des temples, domptèrent les chevaux, les chiens et les taureaux. Alors, tout l'univers reconnut en l'humain l'avenir qu'il attendait, et les dieux satisfaits coururent les nuages. L'humanité, debout, célébrait leurs louanges et travaillait pour eux. Puis les dieux satisfaits gagnèrent les étoiles, et par-delà le ciel, auprès d'autres soleils, ils continuèrent plus loin l'oeuvre de la Matière.

Les hommes restés seuls poursuivirent leur tâche. Mais les autels dressés ne reçurent plus d'échos, et les prêtres pensifs durent inventer l'oracle. Les fils de la Terre souffraient de solitude. Les prêtres ne savaient plus faire taire ce silence, et les enfants du monde se crurent déjà vieux. Il fallait un sang neuf et qu'un Dieu leur revint, avec de nouveaux ordres et de nouvelles lois. Alors le fils de l'Homme est descendu sur Terre, avec un nouvel ordre, et de nouvelles lois.

La Parole du Christ est le sel de l'âme. Ils avaient la conscience, ils connurent l'Amour. Ils surent que le futur était dans les étoiles, ils crurent qu'à nouveau un Père veillait sur eux, car il faut de l'espoir pour que vive l'esprit.

Et c'était à nouveau la main de Dieu sur terre, comme Tyr, jadis, donna la sienne en gage. Et comme fit ce dernier, il dut l'abandonner. L'une pour l'équilibre, l'autre pour la rédemption.

Lorsque vint s'accomplir le divin sacrifice, deux larrons assassins Lui furent ajoutés. Deux oeuvres de justice pour une oeuvre d'Amour. Ivres de leur souffrance, ils tournèrent enfin leurs visages vers Jésus. Et le premier Lui dit :

"Si tu es fils de Dieu, Christ-Roi, que veux-tu faire pour notre délivrance ?".

Le deuxième répondit :

"Nous qui sommes brigands, notre fin est honnête. La loi qui nous condamne est celle de nos pères. C'est le destin des loups de finir au gibet, laisse donc le prophète, si j'en crois les paroles qu'il m'avait dites un jour, pour peu qu'on veuille le suivre, après notre trépas, nous serons des agneaux dans une autre existence".

"Tu dis qu'il est prophète ? Je ne connais de lui que notre fin commune. Si tu l'as déjà vu avant ton châtiment, que n'as-tu pas alors écouté sa parole ? Voici venir la mort et c'est en cet instant que vient ton repentir ? Mon temps s'achève aussi, nous voici tous les trois : toi avec ton remords de n'avoir pas changé quand tu pouvais encore, lui, avec une faute que je ne juge point, et moi qui suis coupable d'avoir toujours vécu comme a vécu mon père et le père de mon père. Je n'ai reçu de lois que celles de l'existence. Il n'est plus temps pour moi d'entendre son message".

Entre les deux larrons, le Christ agonisait. Il tourna son regard vers l'un, et puis sur l'autre, sur celui qui, un jour, écouta son sermon sans vouloir l'entendre, mais qui dès cet instant avait au creux de l'âme l'empreinte des Paroles. Négligeant le larron resté dans l'ignorance, il dit ces derniers mots :

"Ce soir, avec moi, tu seras en paradis".

Enfin le fils de l'Homme rendit son dernier souffle. Ils moururent tous deux, presque au même moment, et seul dans le supplice resta l'autre larron.

Au fond de son brasier, l'hydre ferma les yeux. Stanislas pensif écoutait son silence. Puis le dragon reprit :

"C'était une grande faute qu'avait commise le Maître. Il promettait la paix et apportait l'Amour. Il avait pris sur Lui tous les péchés du monde. Toute la sauvagerie des époques passées, avant lui, ignorait qu'elle était Le péché. Mourant avec le Christ, ce monde disparaissait et puis, le jour des Pâques, naissait transfiguré.

Un larron restait seul au coeur du sacrifice. Les derniers mots du Christ ne furent pas pour lui. Refuser le salut à celui qui l'ignore est indigne du Dieu qui inventa l'Amour et le mauvais larron n'est pas celui qu'on pense...

Ainsi l'oeuvre divine resta inachevée. Lorsque le crépuscule tomba sur le calvaire, il y avait trois dépouilles : celle du Dieu vivant, et celles des assassins. Ce qui aurait dû être connaissance et pardon, ne devenait, hélas, que la foi et la haine. L'humanité nouvelle n'apprit de ce dieu-là qu'il n'y a de pardon qu'à ceux qui Le connaissent.

Désormais, Stanislas, tu comprends qui je suis. Le larron innocent exclu du paradis, au moment de mourir, a vomi un reptile. Ce reptile a grandi en terre de Palestine, puis est monté à Rome en devenant plus grand, il est venu ensuite au coeur même de l'Europe. Toujours plus puissant, toujours plus terrible, sans cesse alimenté par le péché des hommes qui veulent parler de Dieu.

Je suis l'Intolérance, compagne de la Foi, je me nourris d'orgueil, de bêtise et de haine. C'est moi qui autrefois ai engendré Néron, et qui un peu plus tard ai voulu Charlemagne. J'ai inventé Saint-Louis autant que Saladin, j'ai fait Torquemada et inspiré les Guise. Voilà ce que je suis, petit duc de Lorraine. Puisque tu vas mourir, va dire à ton seigneur que le fruit de sa faute gît au coeur de l'Europe, dans un marais lorrain portant un nom d'apôtre, et qu'il attend qu'un jour un Christ-Roi revienne pour accorder pardon aux filles de l'ignorant. Maintenant, il suffit".

Puis l'Hydre ouvrit la gueule et une flamme immense enveloppa le prince. Une larme tomba des yeux de Stanislas.

***

Ainsi s'acheva le règne de Stanislas Leckzinski, roi de Pologne, duc de Lorraine et de Bar : il était vieux et presque impotent, lorsque durant la nuit du 22 février 1766, en son château de Lunéville, une escarbille mit le feu à sa robe de chambre. Il décéda le lendemain des suites de ses blessures.

3.

LE SANGLIER DE HOMBOURG

Rien. Il ne reste plus rien de la puissante forteresse de Hombourg. Plus un pan de muraille, plus une tour de guet, ni l'ombre d'un créneau, ni d'un mâchicoulis. Le château des Evêques aux marches d'Allemagne n'a plus de souvenirs que sa Porte de pierre. Le rocher redoutable trop près de la frontière n'est plus qu'une bourgade qui sombre dans l'oubli. Ses habitants eux-mêmes, ignorant leur histoire, abandonnent aux nuages les rêves de leur cité et s'en vont dans la plaine espérer d'autres jours.

J'étais venu à pied dans l'ancienne place forte. Le chemin qui y mène, étroit et sinueux, monte comme un serpent prudent et silencieux. J'ai franchi la poterne aveugle de sa herse et j'ai senti dans l'ombre la grandeur des Guise. Là-haut, loin dans le ciel, un milan est passé. Il tenait en ses serres comme un lambeau de brume.

1635. Armand-Jean Du Plessis de Richelieu, sinistre cardinal, tout comme le petit roi trépignant dans ses jupes, n'auront de cesse avant d'avoir écrasé la Lorraine (4). Au Nord de la province, les soudards du Royaume se livrent au carnage. La ville de Forbach sera démantelée. Saint-Avold brûlée. Pourtant, sur tous les fronts, les Lorrains feront face avec un courage devenu légendaire. Mais que faire lorsque la lutte est par trop inégale ? Hombourg tendra bientôt aux guerriers de justice sa masse de pierre rousse. Et les Français alors s'y briseront les crocs.

Le veule Richelieu envoya à sa place ses alliés huguenots y épuiser leurs troupes. Pendant près de trente jours, les canons des Suédois ont tonné sur la ville. Pendant plus de trente jours, les Lorrains ont tenu. Ils n'étaient pas cinq cents. La ville n'a pas cédé. Et il faudra encore lui donner un assaut, mené par La Valette, français et cardinal, pour qu'enfin agonise la fière citadelle. En 1697, Louis XIV en abattit les murs, et puis la restitua au duc Léopold. On en fit un couvent.

Hombourg est un village posé sur un rocher, au creux de la vallée qui relie les villes de Saint-Avold et de Forbach. Le minerai de fer et les cristaux de sel sont partout, dans cette riche province, un trésor naturel. Et sur ce coin de terre, Dieu propose le charbon. Aussi c'est dans la mine que les fils du pays vont enfouir sans haine leur rage de combattre.

Hombourg, te souviens-tu ?... Rappelle-toi les temps où tu étais immense, un rêve de muraille, un songe de chevalier. Avant même que d'être un poing sur une carte, tu étais un donjon encrénelé d'orgueil et tes gardes postés à chacun de tes angles jetaient sur la vallée des ombres de rapaces. Hombourg, te souviens-tu de tes propres échos ? C'était avant le temps de Jacques de Lorraine, celui qui fit bâtir remparts et collégiale. Fils de Ferry II et d'Agnès de Bar, il a fait oublier les murs du vieux château qu'on nommait "Ritterburg". Il n'en reste aujourd'hui pas l'ombre d'une ruine. Si ce n'est une vieille tour qui lui a pris son nom. Sentinelle de pierre gardant l'autre versant, elle lui était reliée par un long souterrain. Et puis une chapelle désormais à l'écart.

Dans les forêts profondes qui enlacent la cité circule une légende que peu connaissent encore. Les hêtres centenaires, qui sont pour les âmes simples les grands livres du Monde, tiennent entre leurs racines toutes sortes de contes. Ecoutez celui-ci, venant des verts feuillages des futaies de Hombourg, de ces temps révolus où l'on ne connaissait ni Français, ni Allemands, mais seulement des hommes issus de ce pays.

***

Le comte Marc de Bautarstein s'en revient des croisades. Voici bientôt dix ans qu'il a quitté son fief. Il marche vers Hombourg, les armes fatiguées et sa petite troupe le suit en grand silence. Tout au long du chemin, elle suit et s'amenuise, allant, restituant, au fur et à mesure qu'on rencontre un village, ici un pèlerin, là un homme de guerre. Et c'est à chaque halte la joie des retrouvailles. On festoie et l'on chante les actes des croisés. L'un retrouve sa famille, sa compagne, ses enfants, l'autre retourne aux champs, aux forêts, aux étangs.

Mais le triste silence des campagnes désertes qui n'attendent plus personne, et les plaintes muettes de celles qui ont compris que plus jamais leur homme ne reviendra d'Orient, écrasent les épaules du comte de Bautarstein. Et son âme sonne le vide des clochers disparus. Sait-il seulement où se trouve sa terre ? Il a tellement couru sur les routes du monde, il a tué sous lui tellement de destriers, le flot du sang versé a tellement lavé tant ses yeux que son coeur, qu'il ne lui reste rien, pas même un souvenir.

Bientôt il est tout seul, laissant flotter les rênes au cou de son cheval. Son armure rouillée lui fait comme une sueur qui colle sur sa peau, froide et trop familière. Bautarstein, souviens-toi, où se trouve ta terre... ?

La nuit tombe lentement et dévoile la Lune. Le comte s'est assis au pied d'un aubépin. Les fleurs immaculées de l'arbre des lisières dissimulent sans peine ses griffes de bois mauve. L'arbre qui ressemble aux chats n'aime par les parjures, il attend en silence le sommeil du jeune homme pour planter dans son cou l'aiguille des sorcières.

Le milan, queue fourchue, aigle de la Lorraine, a regagné son aire pour attendre le jour. La chouette aux ailes blanches a repris son envol pour glisser dans la nuit comme un rêve de mort. Marc s'en est revenu accomplir son destin.

Bautarstein ! Souviens-toi, il y a bientôt dix ans... L'épine de l'aubépin plantée dans ta mémoire vient de la réveiller pour la dernière fois.

*

On avait célébré, ce soir-là, les plus belles fiançailles qu'un prince puisse concevoir, les austères murailles du puissant Ritterburg étaient toutes couvertes de fleurs et de tentures. Car Hugo de Hombourg, le maître de céans, avait promis sa nièce à son jeune voisin. La ravissante Odile était une orpheline. Sa mère morte en couches, son père avait rejoint les croisés d'Allemagne. On croit qu'il a péri avec l'empereur Conrad dans les déserts de sable de la Cappadoce. Mais avant de partir, il a voulu confier à son frère Hugo et sa fille et ses biens. Elle a trouvé en lui la tendresse d'un père.

Odile de Hombourg était belle comme un rêve. Sa longue chevelure, nouée avec amour, tombait sur ses épaules comme une cascade d'or. Dans ses yeux le soleil semblait chercher la mer et trouvait les reflets des plus beaux crépuscules. Elle avait une grâce, une finesse de traits, une exquise douceur dans chacun de ses gestes, qui nimbaient de lumière tout ce qu'elle approchait. Souvent on la voyait, seule dans la campagne, ramasser des bouquets, ou tresser des couronnes. Lorsque la nuit tombait, la grande salle d'armes du sombre Ritterburg résonnait de ses chants et respirait ses fleurs. Et c'est le coeur en paix qu'on attendait le jour.

C'est un matin de mai, au bord de la Rosselle, la petite rivière qui coule au pied de Hombourg, qu'Odile rencontra le comte de Bautarstein. Il allait à cheval, suivant un grand chien noir, et la tunique de cuir qui lui prenait la taille trahissait par sa mise toute une nuit de chasse. Il revenait bredouille, le regard un peu las, sa monture écumante tremblant à chaque pas, mais malgré la fatigue il gardait tête haute comme se doit un seigneur.

"Qui êtes-vous, beau Sire, pour errer sur nos terres ?" avait dit la jeune fille à l'adresse du chasseur".

"Et vous, gracieuse enfant ?" avait souri le comte, "êtes-vous la nièce d'Hugo, maître du Ritterburg, ou bien la Dame blanche qui règne sur le monde ?".

Odile rougit un peu, et elle baissa les yeux. Le chien avait posé sa tête dans le creux de ses mains. Elle se pencha sur lui et lui flatta les flancs.

"Mais toi, je te connais, grosse bête, joli chien, tu viens de Bautarstein, dans le comté voisin. Serait-ce là ton maître, le vilain insolent qui ne veut me faire grâce de deviner son nom ?".

Marc éclata de rire. "On ne nomme un chasseur que lorsqu'il est glorieux. Toute la nuit j'ai suivi derrière ce mauvais chien la piste d'un gibier qui s'est moqué de moi. Je suis votre voisin, vous m'avez mis à jour, j'avoue m'être égaré quelque peu sur vos terres, et je jette à vos pieds ma honte et mes regrets";

Il sauta de cheval, fit une référence, et prit la main d'Odile pour y poser ses lèvres. Le comte avait vingt ans, il avait les yeux clairs et un corps de félin. Tout son être était plein de force et de jeunesse, on le savait poète en plus d'être soldat. Il n'avait qu'un défaut, il aimait trop la chasse. Depuis la mort du père, il s'en allait souvent dans les forêts profondes forcer en solitaire la biche ou le chevreuil. Son chien couleur de nuit l'accompagnait toujours et, quand tous deux rentraient épuisés mais heureux, parfois plus de trois jours avaient pu s'écouler.

Les jeunes gens se plurent, voulurent se revoir. Et ils se revirent, et il se ravirent.

Bientôt on annonça dans toute la Lorraine qu'Hugo mariait sa nièce au fils de Mathilde, comtesse de Bautarstein.

*

Que s'est-il donc passé ? Maintenant tu es là, tu rentres des croisades, le bosquet d'aubépins a serré son étreinte. Une épine a jailli pour te percer la gorge, tu gis à la renverse, les yeux au fond du ciel... Ton âme révulsée reconnaît sa mémoire.

C'était un soir de juin. L'énorme Ritterburg brillait de mille torches, les harpes et les violes faisaient danser les feux. Les têtes les plus nobles de toute la Mosellane arrivaient à grand train pour célébrer vos noces. Et la petite Odile, toute émue de bonheur, avait mis sur son front le diadème des Hombourg. Sa longue robe blanche cousue d'ors et de perles brillait comme la lune au firmament d'Afrique. L'évêque venu de Metz allait bénir l'union dans la petite chapelle dédiée à Sainte-Catherine. Elle était si petite, cette mignonne chapelle, que l'immense cortège qui voulait y paraître avait ôté les portes pour qu'on puisse vous voir. Tu devais arriver, entouré de tes gens, ta mère tenant ton bras pour te guider lentement jusqu'au pied de l'autel. Mais tu n'est pas venu. On attendit longtemps. Seul est venu l'orage. Les éclairs ont sifflé au-dessus de Hombourg, la lune s'est voilée, et toute l'eau du ciel vint à tes épousailles. Toi, tu n'étais pas là. Tu courrais dans la plaine, derrière un sanglier. Pendant plus de cinq jours, la bête t'a mené au travers des forêts, des champs et des marais. Malade de ton orgueil, tu n'as pas voulu rompre. Tu as enfin sa peau, mais elle a pris ton âme.

Mathilde de Bautarstein est venue seule aux noces. Pour effacer la honte de ta chasse maudite, elle a dit que son fils, qui avait disparu depuis plus de deux jours, avait fait en chemin une mauvaise rencontre. Une méchante compagnie de brigands des chemins voulant te rançonner, tu serais mort debout, les armes à la main. Puis elle t'a envoyé, une fois l'honneur sauvé, rejoindre sous un faux nom la croisade de France, menée par Louis le jeune, le septième du nom. A ton cercueil vide, on fit des funérailles dignes de celles d'un roi. Mais sais-tu, Bautarstein, que ta jeune fiancée est morte de chagrin ?

*

Voici tes souvenirs qui rampent sous la lune. La griffe de l'aubépin qui déchire ta gorge y distille un venin dont on ne guérit pas. Tu hurles ta souffrance, arraches ton armure. Tu te plies, tu te tords, tes os te font mal. Tes mains se raccourcissent, se fourchent en sabots, et voici que ta voix se change en grognement, tes épaules se rejoignent et deviennent une hure. Ta peau si délicate se recouvre de crin, tes oreilles s'allongent, ta face devient groin. Et enfin dans ta bouche grandissent deux crocs énormes, deux défenses d'argent qui seront pour les hommes le signe de ta honte, et la marque éternelle de ta malédiction.

Plus jamais, Bautarstein, tu ne verras ta terre. La Cavale de nuit a mangé tes domaines. Tes gens et tes châteaux ont fondu dans la brume, Dieu les a transformés en bois impénétrables. Tu es un sanglier, chaque nuit tu courras pour fuir ton chasseur, le coeur au bord des lèvres de peur et de fatigue... à la fin de chaque nuit il te faudra reprendre ton apparence humaine, reprendre encore ta chasse, retrouver ta folie... C'est pour l'éternité que tu devras poursuivre la bête que tu seras dès la tombée du jour.

L'aiguille de l'aubépin vient de quitter ton cou. Restent tes souvenirs, au creux de ton enfer.

Bautarstein, qu'as-tu fait de ta terre ?...

***

Aujourd'hui, dans les bois de Hombourg, il est quelques chasseurs qui affirment avoir vu le Sanglier de Lune. Il court droit devant lui, comme s'il fuyait le diable. Dans sa gueule d'où s'échappent de rauques grognements, tous affirment avoir vu deux défenses d'argent. Mais aucun n'a tiré sur la bête légendaire.

4.

LE MYSTERE DE PIERRE

Le ciel de la Lorraine est une vaste mer de nacre et de turquoise. L'été, les vents de l'ouest poussent comme des vagues les nuages d'opales qui vont, en écumant, déchirer leurs contours sur les coteaux boisés des bords de la Moselle. L'hiver, c'est un voile d'argent que tire le vent d'est. Mais quand vient le soleil pour éclairer la plaine, la nuée semble fondre dans les ors et les cuivres, ruisselle de dentelles et découvre l'azur. Le ciel de la Lorraine est comme un océan où dansent les nuages, les astres et les oiseaux, pour que chaque saison animée par leurs chants ressemble à une fête, envoûtante et profonde.

Qui furent les premiers à s'installer ici ? Leur souvenir se perd, et leurs traces s'effacent, mais la ville de Metz a plus de trois mille ans. Le hongrois Attila est passé en ces lieux, il a jeté sur Metz ses mercenaires mongols. Mais il a épargné l'oratoire Saint-Etienne, où s'étaient réfugiés les femmes et les enfants.

Clovis, chef des Francs et premier de nos rois, a établi ici sa première capitale. Il venait de fonder la puissante Austrasie, qui ignorait encore qu'elle deviendrait la France. L'oratoire Saint-Etienne est devenu église. Sigebert, Pépin d'Heristal, Saint-Arnould, Charles Martel, Pépin le Bref... tant d'autres de nos princes posèrent sur son autel leurs rêves et leurs mystères. Peut-être Saint-Etienne a-t-il, lui aussi, à force d'exaucer leurs voeux et leurs prières, rêvé à cette Europe qu'avait, le temps d'un règne, lancée de l'Austrasie l'empereur Charlemagne. Et puis, mille ans plus tard, c'est dans cette ville encore qu'on viendra enterrer l'autre père de l'Europe, économique cette fois, le grand Robert Schuman.

Il fallut agrandir l'église de Saint-Etienne qui devint basilique, et c'est avec fierté que les évêques venaient, avec ors et encens, y faire donner la messe. C'est sous ses voûtes romanes que Louis-le-Débonnaire fut rétabli empereur, qu'on fit Charles-le-Chauve roi de Lotharingie, et qu'ainsi l'Austrasie accepta de mourir aux lieux de sa naissance. La Lorraine se levait dans l'ombre de la France.

L'évêque Thierry Ier fit de sa basilique une première cathédrale, et en l'an 1040, ce fut à Thierry II qu'échut le grand honneur d'inaugurer pour Metz le temple magnifique qu'on devait à son rang.

Face à cet édifice, on construisit ensuite une belle collégiale, et l'on y célébra Notre-Dame-la-Ronde. Ainsi, en vis-à-vis, dans la ville de Metz, grandirent les religions de l'Homme et de la Femme (5). En 1217, Conrad de Scharfeneck, évêque de son état, vit comme une évidence d'enfin les réunir. Il fit construire sur elles l'actuelle cathédrale, dans ce style gothique dont on rêvait alors.

Aujourd'hui, Metz n'est plus qu'une ville de province.

Oubliés les tumultes aux pieds de ses remparts qui virent Charles-Quint céder au duc de Guise. Oubliées les rumeurs que traînaient derrière eux Cornelius Agrippa, Rabelais, Bossuet "l'aigle de Meaux..." et tous ceux-là qui trouvèrent en ses murs une paix nécessaire pour finir leurs études. De ces temps prestigieux ne reste comme souvenir qu'une vaste cathédrale bâtie de pierre jaune, massive comme une bête qui surveille les cieux. Elle domine la ville d'une silhouette énorme, comme pour rappeler au monde qu'au temps de sa grandeur, on écrasait le Mal en étant pire que lui.

Il est une légende, que l'on connaît à Metz. En 1359, l'évêque Adhémar de Montheil fit venir Pierre Perrat pour l'aider par ses plans à achever l'ouvrage. Commencée par Conrad, la jeune cathédrale avait du mal à naître. Celle des évêques Thierry était de style ancien : le terrain limité imposait à l'ensemble l'orientation nord-est ; serré au coeur de Metz, engoncé entre murs, rues étroites et Moselle, l'édifice étranglé n'aurait pas de parvis. Et encore fallait-il que la jeune collégiale acceptât qu'on la prenne, qu'on la mêle, qu'on l'absorbe. La Vierge n'est pas femme qu'on achète ou qu'on force.

Les soixante chanoines de l'église d'Etienne acceptèrent l'exigence des six de Notre-Dame. On devrait commencer par faire la collégiale (alors octogonale), en respectant son choeur, son transept, son portail. Le reste de ses murs iraient à Saint-Etienne. Mais tant que les travaux ne seraient pas finis, un mur serait dressé entre les deux églises. C'est pourquoi les deux tours, devant garder l'entrée, sont ici repoussées jusqu'aux cinquièmes travées.

Il fallut plus d'un siècle de talent et d'amour pour fondre dans le projet Notre-Dame-la-Ronde, ériger les piliers pour tendre les arcades, et élever les murs réunissant les choeurs, jusqu'à une hauteur de près de quatorze mètres. Puis on posa dessus une galerie ajourée, qu'on nomme triforium, tout de voûtes légères, souples et élancées. Mais le manque d'argent, les pestes et les guerres empêchèrent les travaux pendant soixante-six ans. On posa à la hâte une charpente sommaire, et puis l'on dispersa le peuple bâtisseur.

1360. C'était un maître d'oeuvre, architecte en renom, qui avait pour sa gloire déjà bien travaillé sur d'autres cathédrales à Toul et à Verdun. On raconte qu'il aurait dû vendre son âme au diable pour achever les plans de celle qui nous occupe. Il aurait échappé à ce destin fatal en plaçant son tombeau sous l'autel de la Vierge. Chacun sait que les contes ont une part de vrai. Apprenez maintenant la véridique histoire de l'homme qui dompta la cathédrale jaune.

***

La nuit était tombée, et le chantier désert. Les gens d'armes de la ville, un fanal à la main, sillonnaient la cité comme de lentes lucioles. L'acier de leurs cuirasses et le bruit de leurs pas rassuraient les bourgeois derrière leurs fenêtres.

"Il est onze heures et tout va bien, dormez braves gens !" clama dans le lointain un des hommes du guet.

Pierre Perrat sursauta. Il s'était assoupi sur la table de chêne où se mêlaient sans ordre des croquis et des plans. La chaleur était lourde en cette fin de juin, autant que le silence qui était retombé. Et une vague angoisse enveloppa le jeune homme. Il recula sa chaise et se frotta les yeux. Les chandelles de cire, à demi consumées, noyaient le pied massif du bougeoir de fer de sculptures étranges, éphémères et tièdes. Pierre se leva sans bruit, rajusta son pourpoint, et resta un instant à fixer, immobile, les flammèches fumantes dansant dans la pénombre.

Il n'y arriverait pas. La tâche était trop lourde. D'un geste, il balaya la masse de parchemins qui roula de la table, entraînant dans sa chute le compas et l'équerre, la plume et l'encrier. Aspirées par le souffle, les chandelles vacillèrent, faisant trembler les formes et frémir la lumière. Agacé par leur vie, Pierre alla les éteindre pour retrouver la paix dans une nuit sans ombres.

Le calme revenu, la fenêtre entrouverte laissa entrer la lune, éclairant d'un oeil pâle la silhouette déchirée de la jeune cathédrale, à moins d'un jet de flèche.

Il n'y arriverait pas. Tout était contre lui : des ouvriers venus de toute la Lorraine, de la vallée du Rhin, des montagnes des Vosges, des plaines de la Meuse et même de Champagne, de France, d'Allemagne, de Flandre ou de Bourgogne, faisaient de ce chantier une tour de Babel. Chacun avait sa pierre, son art et son langage. Et pour tout arranger, la majeure partie des plans originels avait été perdue. Il ne restait plus rien du projet initial, que ce qu'avaient laissé les maçons de ce temps : une basilique romane, ou plutôt l'ancien choeur, une église rebâtie dans un style gothique, encore inachevée et, entre ces deux mondes, un couloir sans lumière, à peine revêtu de tuiles à la romaine, qui donnait à l'ensemble l'impression d'un vaisseau échoué, démâté, au milieu des maisons. Ça ! une cathédrale ! Non, ce n'était qu'une épave, et un temple mort-né.

Mais que voulait donc faire le premier architecte ? Les seules indications qu'il avait pu laisser étaient les belles sculptures du portail de la Vierge, l'amorce de deux tours, et puis cette nef immense, portant sur ses arcades les bases silencieuses d'un étrange triforium, promesse de lucarne ouverte sur l'horizon. Le reste n'était rien d'autre que structures banales.

Pierre détourna la tête et se tordit les mains. Un immense désespoir avait rempli son âme. Loin étaient ses écoles et le talent des maîtres, loin étaient sa rigueur, sa science et son amour. La grande construction attendait de son coeur autre chose que des plans.

*

Un mois s'est écoulé. La nuit est toujours là. Pierre est à sa fenêtre. Le vaisseau des évêques est toujours amarré, sa coque de pierre jaune resplendit sous la lune. Pierre a fermé les yeux. Voici bientôt un mois que sa plume n'a trempé dans l'encrier de verre pour tracer ne serait-ce qu'un chiffre, une ligne, une courbe. Que fais-tu de tes nuits, Pierre ? la lune te regarde...

C'était exactement le vingt-cinq juillet. La nuit semblait plus pure qu'une source de montagne. L'astre était un diamant rayonnant de lumière et le silence régnait, tranquille comme un lac. Comme à l'accoutumée, Pierre ne dormait pas. Mais voici que soudain un frisson le transperça... Une joie incroyable, une fête de l'âme vint soudain l'envahir, comme à quelqu'un qui sait que vient sa délivrance. Pierre se retourna, lentement, sans un geste. Une grande silhouette était à ses côtés. Il découvrit alors ce qu'on voulait de lui :

Un visage monstrueux, une gueule béante hérissée de crocs rouges, avec des yeux immenses sans prunelles et sans vie, et deux cornes aigües au sommet d'un crâne chauve d'où montaient deux oreilles énormes et pointues... un corps couvert d'écailles, des ailes dentelées, des griffes de rapace et des sabots de bouc... Pierre Perrat, c'est le diable qui est à tes côtés !

"N'aie pas peur, Maître Pierre, souffla l'apparition, c'est la Mère qui m'envoie". Pierre saisi d'horreur hurla dans le silence. Mais aucun son ne put s'échapper de sa gorge. Il saisit en tremblant une dague à sa ceinture, la brandit devant lui comme une croix dérisoire, mais elle s'échappa, et tomba à ses pieds dans un bruit de métal.

"Ne crains rien, Maître Pierre, répéta l'épouvante, je ne suis pas Satan, je ne veux pas ta mort, écoute mes paroles, on a besoin de toi...". Effondré de terreur, Pierre tomba à genoux, et pleura longuement... Alors comme dans un rêve, l'ombre s'évanouit.

Enfin revint le jour. Sous un ciel sans nuages, artisans et maçons avaient repris leur tâche sur l'immense chantier. La toiture provisoire était maintenant à terre. On avait nettoyé les murs de leur broussaille... Mais l'évêque attendait qu'on lui donnât les plans qui permettraient enfin de comprendre l'ouvrage. Et Pierre Perrat, toujours, ne savait que répondre.

Bientôt toute la ville fêterait le quinze août. Aussi, la veille au soir, Pierre alla au chantier contempler dans le calme les grands préparatifs. Une fête exceptionnelle de luxe et de ferveur avait été voulue par l'évêque de Metz, qui savait de chaque chose tirer meilleur parti. Tout un peuple était là, à ne savoir que faire d'un temps inemployé à cause de ce retard qu'avaient pris les travaux. Et rien ne paraissait plus dangereux à l'évêque qu'une foule d'oisifs. Cette fête de l'Assomption serait pour Notre-Dame la plus belle des fêtes, et le garant pour Metz d'une bonne tranquillité. En montant un mystère avec force décors, acteurs et figurants, et en fêtant la Vierge de si belle manière, le peuple comprendrait qu'on laissât pour un temps l'ouvrage inachevé. On calmait les esprits en les réunissant dans un but commun, et surtout on offrait un peu de temps à Pierre...

Le ciel était limpide et faisait au soleil qui déclinait vers l'ouest un nid de pourpre et d'or. La foule se pressait dans toutes les ruelles. Baladins et marchands, charlatans et badauds, tire-laine, religieux, comtesses et ribaudes, toute une ruche bruyante, colorée et joyeuse, inondait de chaleur les pavés de la ville. Pierre se plongea dedans comme on glisse dans un rêve. Il marcha quelques heures, sans but et sans fatigue, seulement à la recherche du vide créateur, humant à pleins poumons les senteurs du monde. Le soleil disparut derrière les collines. Et Pierre fut bientôt seul au milieu de la place. Plus un bruit, plus une ombre, plus un geste ni un souffle, Pierre était comme une île entourée de silence. Devant lui se dressait l'estrade du mystère que demain on jouerait en l'honneur de la Vierge. Dans la nuit grandissante ayant pris son envol, la lune comme un phare éclairait les décors. Mais Pierre ne voyait pas les tentures de soie bleue, les couronnes de feuillages, les palais de bois peint, mirages et trompe-l'oeil où demain, tout un peuple jouerait dans la ferveur la vie de sa déesse. Il contourna la scène et les échafaudages pour toucher de la main les murs de son ouvrage.

Pierre s'assit à côté du portail de la Vierge, caressant de la paume les marches douces et longues. La tête à la renverse, il fixa les motifs qui décoraient le seuil. Treize draperies de pierre jaune encadraient les linteaux. Surmontant ces sculptures sobres et mystérieuses, une fresque illustrait des scènes hagiographiques de la vie de David et du martyre d'Hélène. Et, sur le côté gauche où il s'était placé, toute une multitude de figures de légende, d'animaux impossibles bien sagement rangés dans de petits losanges. Au-dessus de l'ensemble, une belle guirlande de feuillages et de fleurs, avant que ne reviennent des murailles nues et lisses. Au-dessus du portail et encadrant l'ogive, deux gargouilles luisantes jetaient vers le lointain des regards immobiles : une vache et une jument, hiératiques et fécondes.

Il y avait vingt-huit jours que Pierre gardait en lui le souvenir atroce de la vision du Diable. Tout rempli du secret qui hantait sa mémoire, il n'avait pu tracer ébauche, ni rajout. Un douloureux mélange et de crainte et de honte, empêchait ses prières de monter jusqu'à Dieu, le laissant seul et vide comme une feuille d'automne. Pourtant, ces derniers jours, emporté par la fièvre de toute la cité qui préparait sans lui la fête de l'Assomption, il avait oublié impuissance et cauchemar. Partout les fleurs blanches, les draperies chamarrées, les ors du clergé et la liesse des gueux lui étaient des flambeaux qui chassaient ses ténèbres.

Allongé sur les marches, il s'était endormi quand la nuit le surprit.

*

Une brise parfumée vint le saisir au coeur, et il s'ouvrit au monde. Et puis il entendit comme un bruit de sabots sur des dalles de pierre... Une présence était là, juste derrière son dos. Il se tourna d'un bond. Il n'y avait personne. Mais les deux lourds battants de l'église Notre-Dame avaient été ouverts et donnaient sur la nuit. Le souvenir du Démon qui l'avait visité revint en cet instant inonder ses entrailles pour lui glacer le sang.

"Sainte-Vierge, aidez-moi... Venez à mon secours" murmura le jeune homme tremblant de tous ses membres.

Une voix s'éleva du ventre de l'abîme. Une voix merveilleuse le saisit tout entier, une voix si splendide que s'envola sa crainte. Une voix si superbe que Pierre, transfiguré, se crut au Paradis...

"Je suis là, maître Pierre, entre dans mon Eglise. Je connais ta prière, et je viens l'exaucer".

Alors tout l'édifice sembla s'illuminer. Une flamme bleue et tendre comme une aigue-marine apparut lentement au milieu du transept, devint éblouissante en devenant plus haute et puis, dans la musique que connaissent les anges, ses contours s'affirmèrent et firent naître une femme... Et la Vierge Marie révéla sa splendeur. Pierre se mit à genoux sur le seuil du portail.

"Relève-toi, mon enfant, lui dit la belle Dame. Si grands que soient les Dieux, ils connaissent la douleur, et cette nuit c'est Moi qui ai besoin de toi. Il y a quelques temps, tu reçus une visite. Mais le profond effroi que tu as éprouvé a empêché ton âme d'entendre ses paroles. Peut-être, si c'est moi qui viens les prononcer, vas-tu enfin comprendre ce que sera ta tâche".

Pierre, alors, se leva et porta son regard au sein du grand Mystère. Elle était revêtue d'une robe de lin blanc rehaussée seulement de sa chevelure d'or. Son visage radieux, comme l'écume des vagues, portait des yeux immenses, profonds comme la forêt. Il erra longuement dans ces verts labyrinthes, et partout n'y trouva qu'Amour et volupté. Une tendresse infinie, une beauté indicible, et partout cependant, une force inépuisable, une puissance généreuse prenante comme un gouffre où il ferait si bon de noyer tout son être... fondre dans ce torrent de sel et de passion, rouler comme un galet sur les plages de la vie, se laisser emporter sur les ailes de l'aigle, courir de monde en monde et déchirer ses voiles aux rochers du Néant, pour repousser toujours ses frontières immondes avec tout ce qu'on sait, ce qu'on porte, ce qu'on rêve, dûssions-nous y laisser notre ultime substance, pour l'amour de la Dame qui se tient devant nous... Pierre, connais-tu seulement le bonheur de se perdre, de n'être qu'un soldat dévoué à la Reine, d'abandonner son corps au bord de ses domaines, et ne garder de soi qu'amour et souvenirs... et puis enfin renaître au sein d'autres combats ?

La Vierge le retira de son vertige immense... Elle reprit doucement :

"La force qui a permis et les Dieux et les hommes, a voulu que ceux-ci s'entraident et se comprennent. Par leurs chants et leurs rêves, leurs offrandes, leurs prières, les hommes donnent aux Dieux les moyens d'être eux-mêmes. En échange de ces dons, les Dieux peuvent leur rendre le bonheur et la terre. Chacun, à sa manière, et selon sa nature, ainsi peut se mêler au règne de la vie, repoussant le néant toujours plus au loin. Mais aujourd'hui, hélas, le mouvement est brisé.

L'un des Nôtres revint voici plus de mille ans. Ivres de nos bienfaits, les hommes de ce temps-là se détournaient de nous. Les rites et les symboles étaient devenus pour eux une vaste mascarade, et les prêtres égoïstes n'aimaient que leur pouvoir. L'un des nôtres est venu rappeler nos messages sur cette terre dévastée par l'orgueil et l'oubli. Les Dieux sont innombrables, mais il n'y a qu'un seul diable, qui apparaît chaque fois qu'un homme oublie d'aimer. Aussi le Christ vint partager vos épreuves pour rappeler la Loi. Devenu Dieu vivant par la grâce de nous tous, il se posait unique en face du néant. Les hommes n'ont pas compris le sens de ses paroles. Regarde ce qu'a fait la bêtise de leurs prêtres...!".

La Vierge tendit la main vers un coin de l'église. Dans l'ombre d'un pilier, comme un nuage noir venait d'y apparaître. Deux ailes de vampire, des cornes de taureau, un mufle épouvantable, un buste de reptile, et enfin des yeux blancs qui trouèrent la pénombre...

"Vois ce qu'ont fait les hommes des restes de leurs Dieux !".

Devant Pierre, médusé, la grande Dame blanche glissa comme un fantôme près de l'apparition. Elle serra dans ses mains les griffes du Démon. Leurs fronts se rejoignirent d'un geste lent et tendre, et de leurs yeux mi-clos, des larmes de lumière coulèrent doucement...

*

Dès le lendemain, Pierre voulut se remettre à l'ouvrage, mais ce fut inutile. Sur sa table de chêne se trouvaient, bien rangés, les plans de la haute nef. Il les toucha du doigt, essayant un moment de comprendre comment il était parvenu à les achever enfin, mais dut y renoncer. Sa mémoire était vide. Seul remontait encore le souvenir d'un rêve qu'il pensait avoir fait :

l'image bien étrange d'une belle dame blanche qui étendait la main vers les draperies sculptées ornant le triforium. Et celles-ci, par magie, se mirent à bouger, souples comme une soie caressée par le vent. L'une d'elles se releva, découvrant une loge profonde comme un puits où une forme sombre se glissa en rampant. Et lorsqu'elle fut cachée, les tentures se figèrent et redevinrent murailles. Nul autre souvenir ne voulut se livrer... Juste cette simple phrase qui résonnait encore :

"La lumière et l'amour sont choses indissociables, elles engendrent la joie et donnent la beauté. Chaque fois que les hommes vivent dans la lumière, ils rendent à leurs Dieux l'existence et la force. Fait de cette cathédrale une forêt de lueurs, que le soleil y danse à chaque heure des jours, que toutes les prières lui soient restituées, pour que les hommes, enfin, retournent vers le Monde...

***

Pierre Perrat, dit "Le Maçon", travailla vingt-deux ans à l'édification de la haute nef. Ses 6496 m2 de vitraux font de la cathédrale de Metz la plus lumineuse du monde. Lorsqu'il mourut, le 25 juillet de l'an 1400, son oeuvre était achevée. Il fut enterré sous la tour du chapitre, à la cinquième travée. Pourtant, son épitaphe n'apparaît qu'à la huitième. On ne donne aucune explication de cette erreur.

5.

LA FOLIE D'ORNELLE

Prends garde, Voyageur, où te mènent tes pas. Il est des lieux maudits, même au coeur de l'Europe, qu'il vaut mieux quelquefois honorer d'un détour.

La Lorraine reste encore une vaste province. Malgré la haine des rois, la jalousie des princes, la furie de l'Histoire ou les fumées des hommes. Bien sûr, nous ne sommes plus au temps de l'Austrasie, l'Europe était trop jeune pour être une nation. Mais il reste en Lorraine un rêve européen qui met chaque contrée dans chaque paysage : de longues plaines brunes, d'immenses forêts profondes, des rivières et des lacs, collines et montagnes, des plateaux, des vallons, des torrents et des fleuves qui font de cette région un résumé du monde.

Connaissez-vous les Vosges ? Montagnes plus anciennes que les poissons eux-mêmes, on trouve encore parfois à leurs pieds verdoyants des coquillages de pierre qui se souviennent des plages. Car il fut un temps, avant que naisse le monde, où la terre lorraine était déjà une île. Avant l'Himalaya, et même avant l'Olympe, les dieux bâtirent ici de splendides demeures. Les ruines qui nous restent sont plus belles que nos rêves. Aujourd'hui ces montagnes sont de hautes collines, coupées en leur milieu par la vallée du Rhin. Entre duché de Bade et duché de Lorraine, l'Alsace a pris naissance dans ce ventre fertile. On y fait un vin blanc qui ressemble au soleil.

Au pied du versant ouest, des vagues de sapins, de chênes et de charmes s'écartent par instants pour offrir un village. Ici chaque rocher, chaque bouquet de fougères, abrite sous la mousse une source d'eau claire.

Il faut à peine une heure, en marchant d'un bon pas, pour se rendre de Contrexéville à Vittel. Entre les deux cités, perdu dans la forêt, un de ces lieux maudits : le lac de "La Folie".

***

C'était une petite source, dans les bois d'Outrancourt, qui gargouillait tranquille entre les vieilles racines d'un aulne gigantesque. L'endroit était connu des fées de la région, et tout un petit peuple, aujourd'hui disparu, vivait de ses eaux pures, fraîches et parfumées. Elles naissaient quelque part, dans une vaste forêt près de Contrexéville. Mais aux temps dont je parle, il n'y avait sur terre ni hommes ni bétail. En ces temps fort anciens, les Vosges étaient plus hautes. Leurs verts contreforts qu'on appelle "la Vôge", dont les bois d'Outrancourt font actuellement partie, avaient plus de relief.

Fille de l'Aulne et de l'Eau, la nymphe de la source se prénommait Ornelle. C'était la plus jolie des nymphes de la contrée : de beaux cheveux cuivrés, des prunelles gris clair, de longues jambes fines, une taille élégante, un buste de jeune fille, et de petites dents blanches qu'un sourire malicieux découvrait chaque fois qu'elle faisait une rencontre. Ornelle, ce jour-là, venait d'avoir quinze ans. Mais les années des Dieux sont des siècles pour nous.

Pour les nymphes des sources, quinze ans, c'est important : c'est l'âge où elles s'en vont accomplir leur destin. Elles quittent leurs parents et deviennent ondines. Elles se couchent sur la terre, s'étirent et se répandent, elles deviennent ruisseau avant d'être rivière, puis fleuve et enfin mer. Ornelle ne rêvait pas de cet accomplissement. Elle aimait trop son père pour quitter ses racines. Quand l'appel du destin vint la saisir au coeur, c'est avec grande tristesse qu'elle se mit en chemin.

La nuit était tombée. Ornelle serpentait doucement dans les bois, comme cherchant une voie qui ne meurtrirait pas. Contournant chaque obstacle d'une inquiète lenteur, posant ses pieds fragiles d'une fougère à l'autre. Chaque pas était pour elle un effort pénible. C'est qu'elle était première à prendre ce passage. Nulle ondine avant elle n'avait tracé de route, et long est le périple qui mène à l'océan.

La loi qui gouvernait les Dieux de ce temps-là ne voulait pas permettre qu'on assiste, ou qu'on aide, à la métamorphose d'une nymphe en ondine. Aussi aucune fée, aucun elfe, aucun ange n'avait accompagné Ornelle sur le chemin. Elle était nue et seule au milieu des collines.

*

L'aube du troisième jour la surprit assoupie au creux d'un lit de roches. Devant elle s'élevaient des bois impénétrables, derrière elle suivait le timide ruisseau qu'elle tirait à grand-peine des lieux de sa naissance. Elle se frotta les yeux, coiffa sa chevelure, fixant un court instant un ciel d'or et de plomb où roulaient des nuages. Déjà un grand orage déversait sur la terre une pluie lourde et fraîche, qui donnerait à l'Aulne une nouvelle fille pour gouverner la source.

"Il est bien difficile d'être l'aînée d'un fleuve", se dit alors Ornelle en reprenant sa route, indifférente aux eaux qui ruisselaient des cieux. Tout le jour elle erra dans les hautes futaies, se griffant le visage, les cuisses et les mains, aux branches et aux épines des arbres et des broussailles, suivant la pente douce qui la menait vers l'ouest et ses falaises blanches. Elle arriva enfin dans une petite clairière. Epuisée de fatigue, elle trouva le sommeil au milieu des hautes herbes.

Lorsqu'elle se réveilla, le soleil au zénith brillait de tous ses feux. Elle s'étira longuement, avec un grand plaisir, offrant son corps gracieux aux effluves du vent. La clairière était belle. Gonflées de sève chaude, les herbes et les fleurs épanouissaient leurs feuilles sur des tapis de mousse. Tout autour de l'endroit, les branches des érables, des chênes et des charmes faisaient à la lumière une couronne d'émeraude. Alors elle eut envie de s'attarder un peu, et déjà le ruisseau en devenait plus large.

"Qui es-tu, Demoiselle", dit une voix derrière elle.

Ornelle sursauta, surprise dans ses rêves. Puis elle se retourna, en cachant ses seins nus d'un geste de ses bras. Qui oubliait la Loi pour se montrer ainsi ?

C'était une jeune fille, une nymphe comme elle. Venant de quelque part, poussée par ses quinze ans, les entrailles chavirées par la métamorphose. Comme elle, elle était nue, seule et désemparée. Elle s'appelait Silhoa. Les hasards des chemins avaient guidé leurs pas dans la même clairière pour tracer une rivière.

Elle avait les yeux verts et de beaux cheveux noirs. Ses lèvres étaient si pâles et son visage si blanc qu'Ornelle en fut troublée, et crut qu'elle avait froid. Elle était si petite, si menue et si fine, qu'on ne pouvait songer qu'elle fût déjà ondine. C'était encore l'enfant, joyeuse et innocente, que sont toutes les nymphes qui habitent les sources. Ornelle fut émue de sa fragilité. Elle lui sourit alors, comme pour l'apprivoiser, lui voyant une errance plus dure que la sienne. C'était la même épreuve qui les réunissait. Depuis plus de dix jours, Silhoa avançait, marchant droit devant elle, dans ronces et taillis, dévalant la montagne de ses longues jambes maigres. Toute l'eau des glaciers qui marchait dans ses pas attendait qu'elle frayât, pour elle, une nouvelle route. Elle n'avait pas le temps de ménager son souffle. La force démesurée qui lui creusait les reins la jetait en avant, comme un désir brutal. Elle venait de plus loin, des hauts de Saint-Baslemont. C'est le nom qu'on emploie depuis qu'il y a des hommes, pour nommer cette colline qui fut une montagne.

La clairière était belle, accueillante et paisible. Assises face à face, à pouvoir se toucher, les ondines se sourirent, et se réconfortèrent. Tout le jour elles parlèrent, du monde et de leur quête, puis de tout, puis de rien. Lorsque le crépuscule s'étendit dans le ciel, Ornelle et Silhoa étaient devenues amies. Sagement, derrière elles, un ruisseau, un torrent, comme des serpents de verre engourdis par la lune, attendaient, immobiles, les feux d'un nouveau jour.

La loi exigeait d'elles qu'elles allassent côte à côte. Les ruisseaux qui se joignent deviennent une rivière, leur force étant doublée par le même travail. Les ondines de ce temps devaient tracer des fleuves et non, comme maintenant, seulement les régenter. La tâche était terrible et grande leur solitude. Elles creusaient des vallées, bousculaient les rochers, arrachaient aux forêts les arbres et leurs racines, et charriaient dans leurs mains des montagnes de sable... Chaque nuage qui crevait au-dessus des hautes Vosges exigeait d'elles des routes à chaque fois plus larges. Ornelle et Silhoa connaissaient leur destin. D'autres symphes viendraient apporter leur ouvrage, mais il fallait d'abord conjuguer leurs efforts.

Silhoa s'allongea au milieu des fleurs jaunes. La lune qui montait comme un soleil d'argent dessinait sur son corps des ombres bleu marine. Elle saisit un brin d'herbe, le porta à sa bouche, puis dit à Ornelle, debout à côté d'elle :

"Je suis lasse de courir, j'ai à peine quinze ans. Pourquoi devrais-je tracer cette piste effroyable ? Qu'ai-je donc connu des plaisirs de la vie ? Depuis que j'ai quitté le glacier qui m'a faite, je découvre seulement que le monde est immense. Je n'ai appris de lui que les brumes et le froid, pourquoi n'aurais-je pas droit de m'arrêter un peu ?".

Ornelle, silencieuse, la dévorait des yeux. Un étrange sentiment, d'attirance et de crainte, la poussait au devant de la nymphe des neiges. Silhoa souriait au creux de la pénombre. De ses doigts plus légers qu'une aile de libellule, elle caressait la mousse blottie entre les fleurs, comme on cherche la peau au-dessous des fourrures. Ornelle baissa les yeux et s'assit auprès d'elle.

"Ne sommes-nous pas bien, dans un si bel endroit ? Si tranquilles... si libres...", reprit l'ondine blanche se tournant vers Ornelle qui n'osait souffler mot.

Comme un oiseau craintif effrayé par un souffle, la main de Silhoa s'envola vers la sienne. Ornelle baissait les yeux. Une vague torpeur engourdissait son bras. Au fond de ses entrailles, le rythme de son coeur devenait perceptible. Une onde de tendresse venait la submerger, emplissant ses pensées d'un trouble triste et chaud. Et Lorsque Silhoa eut retiré sa main, une émotion plus grande lui monta à la gorge. L'ondine du torrent se mit sur le côté. Elle étendit les jambes en soupirant un peu, offrant à la lumière la courbe de ses hanches et la pointe d'un sein à la caresse des fleurs. Au fond de ses prunelles brillait une lueur.

"Ornelle mon amie, ma soeur d'infortune, arrêtons quelque temps notre course insensée" reprit-elle doucement d'une voix étranglée, "personne ne nous voit, et la lune est aveugle. Est-il si important d'user notre jeunesse à tracer des rivières ? Nous sommes si nombreuses pour cette horrible tâche que deux nymphes de moins ne changeront rien au monde. J'ai tellement rêvé aux plaisirs de la vie, moi qui bien trop longtemps suis restée solitaire. Nous pourrions être là, toutes deux, côte à côte, à savourer, tranquilles, la paix de cette clairière, laisser danser sur nous les rayons du soleil, le parfum des grands arbres, les vapeurs enivrantes que lèvent les saisons chacune tour à tour, et nous jouirions ensemble de la fête des corps...".

Ornelle ferma les yeux. Elle avait une brûlure au milieu de son ventre qu'elle ne connaissait pas. Et puis un long frisson la saisit à l'épaule... les lèvres de Silhoa s'étaient posées sur elle.

*

Quand l'aube se leva dans un ciel bleu et rose, Ornelle renversée contemplait Silhoa. Elle avait dans la bouche le goût de leurs étreintes, et un petit nuage au fond de ses yeux gris. La fraîcheur de la nuit n'avait pas eu de prise, tant leurs corps étaient chauds d'une délicieuse fièvre. Silhoa de ses doigts peignait sa chevelure, et elle lui souriait avec tant de tendresse que le petit nuage s'évanouit aussitôt. Ensemble elle se levèrent, sans échanger un mot, se prirent par la main, et commencèrent ensemble à préparer un lac pour faire à leurs cours d'eau une demeure commune.

Un silence oppressant entourait la clairière. Les deux jeunes ondines avaient uni leurs eaux, et un petit étang était en train de naître. Soudain un bruit étrange sembla sourdre du bois. Un bruit de branches basses, de feuilles et de buissons, qu'on écarte et qu'on plie pour frayer un passage... Et bientôt la silhouette d'un cerf aux hautes cornes surgit de la forêt et se montra au jour. Il sortit d'un hallier et posa son regard sur les deux jeunes filles.

Puissant, majestueux, feignant de ne rien voir, il avança lentement vers le bord de l'étang et y trempa ses lèvres pour en goûter l'eau fraîche.

Ornelle et Silhoa, émergeant à mi-corps, toutes remplies de crainte, serrées l'une contre l'autre, se mirent à trembler.

"De quoi avez-vous peur, gracieuses demoiselles ? Auriez-vous quelque chose qui vous tourmente l'âme ?".

La bête avait parlé d'une voix profonde et grave, de cette voix caverneuse que prennent toujours les Dieux, quand ils saisissent un être et parlent à sa place.

"Je vous dérange peut-être ?, continua l'animal, achevez, je vous prie, l'ouvrage commencé. Quand vous aurez fixé les limites de ce lac, nous parlerons ensemble des jours à venir".

Il tourna les talons et, d'une marche lente, le grand cerf regagna les ombres du sous-bois, laissant là les ondines, figées et interdites. Elles restèrent longtemps, en se tenant la main, détournant leurs regards, sans dire une parole. Puis elles se séparèrent, pour reprendre leur tâche et agrandir l'étang.

Il s'écoula cinq jours après l'apparition. L'étang se finissait et, venant des collines, un ruisseau, un torrent, y mélangeaient leurs cours. Ornelle et Silhoa avaient bien travaillé. Un miroir tranquille occupait maintenant la place de la clairière. Oubliées les fougères, les hautes herbes et les mousses fleuries, elles seraient désormais la demeure des ondines.

Mais, tout au fond de l'eau, Ornelle et Silhoa" n'avaient guère coeur à rire.

Le cerf réapparut au soir du sixième jour. Ornelle fut la première à le voir sur la rive. Elle chercha sa compagne, et ce fut toutes deux qu'elles émergèrent de l'onde pour se rendre à l'orée où il les attendait.

Debout devant la bête, les nymphes côte à côte attendaient qu'il parlât. Il était immobile, raide comme une statue. Les prunelles révulsées, tournées vers l'intérieur, montraient qu'il était pris par le dieu des forêts. Et sa voix s'éleva, superbe comme un gouffre...

"Je connais votre histoire, je sais vos sentiments. Je vois votre intention de demeurer ensemble. Vous n'irez pas rejoindre les eaux de l'Océan. Vous ne tracerez pas de chemin pour vos filles. Vous ne connaîtrez pas le destin des Déesses. Jamais une autre vie ne viendra dans vos flancs. Vous aimez votre erreur, vous voulez votre errance. Laissez-moi augurer de ce qui adviendra : longue est la vie des Dieux, et vite vient leur ennui. Enfermées dans ce lac, exclues de l'Univers, inaptes à créer, vous haïrez bientôt vos amours impossibles... L'Amour est un partage et deux êtres semblable n'ont rien à se donner. L'étang de votre union deviendra marécage, les arbres qui le bordent pourriront dans la fange, les herbes jauniront, nul homme et nulle bête ne viendront boire vos eaux infestées par la fièvre. Alors, à bout de force, par une nuit terrible, l'une de vous s'en ira étrangler sa compagne. Seule face à sa haine, elle suppliera bientôt qu'on lui donne la mort... Alors, quand le destin aura repris son cours, et que seule une source fera vivre ce lac, une nouvelle nymphe viendra le traverser. Puis d'autres la suivront.

Sans jamais accorder l'aumône d'un regard. Elles traceront ensemble une petite rivière, et s'en iront rejoindre un fleuve digne de ce nom".

Le cerf pencha la tête, et puis s'en retourna.

***

Aujourd'hui, dans les bois d'Outrancourt, près de Contréxeville, une source vient seule au lac de "la Folie"", et l'on nomme "le Vair" le rupt qui le traverse. Des Hauts de Saint-Baslemont aucune eau ne s'écoule. Les gens de la région ne sont pas très bavards. Mais il s'en trouve certains qui affirment qu'au matin, une brume légère qui monte de la plaine, vient de ses doigts légers effleurer la surface du lac de "la Folie". Cette brume prend parfois la forme d'une femme. Malheur à l'étranger qui verrait ce fantôme.

6.

LES PORTES DE L'ENFER

Le crépuscule tombait sur la cité ducale. Un air vif et léger circulait dans les rues, et Nancy oubliait le fracas des voitures.

Lorsque monte le soir et que la foule s'estompe, quand la nuit se rapproche et que vient le silence, la ville se transforme et se métamorphose. Loin du bruit des moteurs, loin des néons vulgaires, c'est une joie intense que descendre en son coeur, d'en sillonner les rues, de longer ses palais, d'accrocher ses regards aux branches des grands arbres, et de faire résonner la chaussée de ses pas.

Alors comme un brouillard vient lécher vos chevilles. Le passé, le présent, l'avenir se confondent et les pavés mouillés deviennent des miroirs où se penchent le ciel, les âmes et les nuages. Nancy, vieille capitale des ducs de Lorraine, recèle en ses entrailles de terribles légendes. On dit qu'un jour le Diable y élut domicile. Si je puis affirmer que le Diable n'y est plus, il y reste un fantôme qui le recherche encore.

Nancy, en ce temps-là, était une forteresse. La plus belle d'Europe, aux dires de Richelieu, confirmant l'opinion qu'en avait Henri IV. Des bastions imprenables, des tours orgueilleuses, des remparts énormes, plus rien n'a subsisté : ordre d'un roi de France qui craignait pour son trône. Il ne reste à Nancy de ses heures de gloire qu'une porte fortifiée, anciennes tours jumelles encadrant une herse, qu'on appelle "la Craffe". A la fin du XVème siècle, elles furent prolongées par un puissant ouvrage, sorte de barbacane formant une citadelle. Cette porte nouvelle fut nommée "Notre-Dame". Ainsi l'avait voulu René II, duc d'Anjou, héritier de Lorraine, pour remercier la Vierge d'avoir sauvé Nancy des griffes du Téméraire. C'est vers 1540 que maître Galéani, un de ces architectes dont s'inspira Vauban, fit construire devant elle deux bastions formidables, fermant cette double porte de murs et de canons. On fit creuser des douves pour faire de ces défenses un véritable îlot et un pont fut jeté, gardé par Notre-Dame. La Craffe quittait alors l'avant-scène de la ville pour devenir le siège d'une étrange justice.

Donnez-moi votre main, regardez ces deux tours. L'eau du ciel qui ruisselle sur les vieilles ardoises forme au pied des murailles des flaques noires et épaisses. On dirait du sang...

***

En ce beau jour d'avril de l'an 1612, Nicolas n'assisterait pas à l'exécution. Une mauvaise fièvre le retenant au lit, Perrette irait seule au bûcher.

Un soleil matinal inondait la cité. Nicolas, tristement, dans sa maison de Charmes, contemplait les poussières prises dans les rayons qui tombaient des fenêtres. C'étaient autant d'étoiles minuscules et fragiles qui dansaient lentement avant de gagner l'ombre. Il referma les yeux. Dans la rue, à ses pieds, les roues cerclées de fer du chariot d'infâmie conduisaient la sorcière au bout de son destin. L'exécuteur des oeuvres, le brave maître Pierson, tenait sans doute la bride du sinistre équipage, et la foule muette devait probablement entourer le cortège. Nicolas n'irait pas assister au supplice, Perrette entrerait seule au milieu du brasier. Comme le faisait son père, Pierson laisserait un peu les flammes de la Justice goûter du bout des dents ce sinistre festin, puis passerait rapidement au cou de la sorcière un mince garrot de cuir qui hâterait sa mort. Bientôt il n'y aurait plus qu'une poignée de cendres que le vent porterait aux cachots de l'Histoire...

Nicolas connaisait le destin de Perrette. Peut-être plus de mille fois, lui, Nicolas Rémy, Procureur général du duché de Lorraine, avait accompagné les fidèles de Satan qu'il avait découverts aux lieux incandescents qui les sauveraient d'eux-mêmes. Nicolas, sincèrement, avait toujours pensé que brûler un damné, c'était lui sauver l'âme autant que le pays. Qu'elles soient feu de matière ou bien feu de l'Enfer, les flammes de la Justice doivent être satisfaites.

Il détourna la tête, évitant la lumière qui lui brûlait les yeux. La foule des malheureux qu'il avait supplicié, de la voix un peu triste de ceux qui s'en reviennent, apportaient en son âme des mots et des remords.

Tout n'était que folie, tout n'était qu'errement. Comment, pendant ces vingt-deux ans où il fut magristrat, et même bien après, n'avait-il pas compris qui était l'Adversaire ? Le Diable, comme le Christ, ne s'adresse qu'aux pauvres...

Nicolas s'essuya les tempes. La fièvre qui courait dans son corps épuisé s'ajoutait aux clameurs issues de sa mémoire. Le jugement de Perrette n'était pas de son fait. Il était bien trop vieux pour mener une enquête. Depuis presque vingt ans qu'il était en retraite, son unique travail restait dans le conseil. Perrette n'était pas sienne, mais lui devait beaucoup. Et c'est en son honneur qu'elle fut jugée à Charmes et non pas à Nancy. Depuis bientôt un an qu'elle croupissait en geôle, les murailles de la Craffe avaient bu jusqu'au sang ses larmes d'innocente...

Pourtant nulle cruauté, ni sentiment pervers, n'avait jamais guidé l'avance des questions. Plus d'un millier de fois les tours de la Craffe attesteront à Dieu que c'est avec pitié que le bourreau et lui imploraient les victimes d'avouer leurs méfaits. Le Diable est si mauvais, si expert en mensonges, qu'il faut tordre les corps pour qu'en sorte le Vrai.

D'abord on explorait, avec une longue aiguille, chaque parcelle de la peau des présumés sorciers. On cherchait cette marque, supposée insensible, empreinte que le Démon laisse à ses serviteurs. Au bout de longues heures, on la trouvait toujours. On avait un coupable...

Alors maître Pierson posait les "Grésillons" : petit étaux de fer qui écrasaient lentement la racine d'un ongle. On voulait des aveux...

Ensuite l'on couchait la créature du Diable sur une sorte d'échelle. Attachée par les pieds, des cordes aux poignets, reliée à un treuil, on tirait tant et fort que les bras et les jambes venaient à déhancher. On voulait des détails...

Et enfin, pour briser toutes les réticences on allait quelquefois jusqu'aux "Tortillons" : on attachait les membres aux montants de l'échelle avec une longue corde. Et puis maître Pierson y glissait des bâtons et les faisait tourner. La corde broyait les chairs, disloquait les épaules. On voulait des complices...

Une fois qu'on savait tout, si le méchant sorcier n'avait pas succombé, on le réconfortait quelque temps près d'un feu, et puis on le jetait dans les entrailles froides des tours de la Craffe. Ses biens étaient saisis et, après le procès, on le livrait aux flammes.

Tout cela, Nicolas en avait fait sa vie.

Il tira sur ses yeux les draps de lin brodé. Le silence qui battait dans sa noire solitude faisait monter en lui des flots de souvenirs : masques blancs grimaçants de mort et de souffrance... des larmes et du sang venaient noyer son âme, il soufflait avec peine une horrible chaleur, mais ses mains et ses pieds restaient plus froids que glace. Nicolas vit enfin qu'il lui fallait mourir. Les mots de Lucifer l'avaient saisi au ventre...

*

En ce soir de novembre 1591, c'est un autre bûcher qui s'était allumé pour une étrange affaire. Nicolas le voyait comme si c'était hier. Le bon duc Charles III venait de le nommer Procureur général pour toute la Lorraine.

Ce fut la seule fois, dans sa longue carrière, qu'il avait a juger un homme qui lui semblait être un vrai magicien. Les sorciers et sorcières qu'on prenait d'ordinaire étaient de pauvres bougres, trompés par le Démon, à tout prendre peu dangereux et de faible puissance. Il fallait les détruire, non pour ce qu'ils étaient, mais pour la faille terrible qu'ils creusaient dans les cieux.

L'homme était d'autre trempe. Non pas qu'il fît le mal, quoiqu'il puisse le faire, mais il semblait avoir une telle science du monde que le Malin sûrement avait volé son âme.

Après qu'on lui eût posé les grésillons aux mains, il avoua son crime : il tenait dans un coffre des livres de magie noire et ne voulait rien de moins que faire venir le Diable ! On le brûla à temps.

Dans les jours qui suivirent sentence et hautes oeuvres, Nicolas fit fouiller la maison du sorcier et se fit apporter en grande discrétion un coffre de bois sombre encadenassé de fer. On fit l'autodafé des traités hérétiques que l'on y découvrit, à l'exception d'un seul que Nicolas garda sans informer personne. C'était un manuscrit, du nom de "Dragon Rouge", signé de la main même d'Antonio Venitiana del Rabina. Ce grimoire légendaire, fort rare et fort ancien, contenait toutes les pages de la grande clavicule dite de Salomon et le Sanctum Regnum, ou grande appelation à l'odieux Lucifer...

Dès qu'il ouvrit le livre, une effrayante idée lui vint comme un éclair. LUI, Nicolas Rémy, Procureur général de Lorraine, grand juge inquisiteur pour tout le territoire, auteur renommé, célébré, adulé, respecté par les princes, il allait se saisir de la personne du Diable, la garder enfermée dans un cercle magique, et enfin la détruire. Ce que Dieu n'avait pu, LUI, il saurait le faire...

Nicolas, souviens-toi de cette nuit de novembre. Les cendres dispersées du magicien brûlé piquaient encore tes yeux quand tu pris le chemin... un sentier sinueux évitant les villages tout autour de Nancy, longeant les bords de Meurthe et les lisières des champs, pour enfin s'enfoncer sous le couvert du bois. Il te fallut une heure pour gagner cette masure perdue et isolée qui n'était plus que ruine. Depuis presque trois mois tu préparais cette nuit.

Tout était là, tout était prêt : la peau d'un jeune chevreau récemment immolé, sur laquelle tu avais tracé avec son propre sang le cercle-citadelle et les lettres qui dansent... la verge de noisetier préparée selon l'Art, l'esprit de brandevin, et le camphre, et l'encens, les braises de bois de saule, l'épée, la pièce d'or et la pierre d'aimant...

Les froides pluies d'automne collaient à ton manteau. Le vent qui soupirait par les brèches des murs donnaient aux flammes des cierges d'étranges hésitations. Mais tu es passé outre. Et tu as commencé. Vêtu d'une aube noire, dans cet endroit désert, tu as ouvert pour toi les portes de l'Enfer...

"... Casmiel, Hugras, Fabil, Vonton, Uli, Sodiermo Pëatan, Venite LUCIFER ! Amen..."

Les nuages de novembre alors se sont enfuis, et les rayons ardents d'une Lune pleine et glacée sont entrés dans la pièce par toutes les crevasses.

"... VENITE, Lucifer, VENITE, Amen".

Les deux chandeliers noirs ont semblé vaciller. Leurs flammes devinrent plus hautes, plus droites, plus immobiles. Tracé à même le sol, le grand cercle magique s'assombrit tout à coup. Les bras levés au ciel, dominant sa terreur, Nicolas au milieu de son cercle de cuir, une troisième fois hurla dans les ténèbres...

"... Je t'ordonne, Empereur Lucifer, de la part du grand Dieu vivant, de son cher Fils, et du Saint-Esprit, et par la puissance du grand Adonay, Eloïm, Ariel et Jehovah, de comparaître à la minute... Salamandrae, Tarots, Gnomus, Terrae, Coelis, Godens, Etitnamus, Zariatnatmik, VENITE LUCIFER, EL ! EL ! VAU ! VAU ! VA ! ...".

Le silence qui suivit fut pire que le tonnerre. Le grand cercle magique était plus noir que nuit. Et juste en son milieu, une petite lumière, à peine comme une braise, commençait lentement à battre comme un coeur. Nicolas sut alors qu'il avait réussi. Sa fierté était telle qu'il oubliait la peur. Il regarda monter une longue fumée, grandissant plus épaisse, prendre couleur de cendre ; il regarda sans crainte cette ombre devenir forme, cette forme devenir Diable... "IL" était apparu. "IL" était prisonnier dans le cercle magique.

"Mais il est inutile de crier aussi fort, mon petit Nicolas, je t'avais entendu...".

Lucifer, devant lui, revêtu simplement d'une bure de moine, lui parlait doucement en lui tournant le dos.

"Allons, Monsieur le Procureur, que me voulez-vous donc ?".

Il se montra lentement. L'ombre du capuchon qu'il avait sur la tête lui mangeait le visage. Alors, comme pour répondre à un désir secret, il retira d'un geste sa coiffe de toile brune. Nicolas, de surprise, en lâcha sa baguette qui roula hors du cercle où il avait asile.

"Ne bouge pas, Nicolas, je vais te la chercher !".

Lucifer, devant lui, avait un bon sourire. Un sourire bien aimable aux yeux du procureur : Lucifer en effet, avait son apparence, c'était comme un miroir vivant et familier.

Comme si jamais de cercle n'avait été tracé, Il ramassa ensuite la "verge foudroyante" qui devait le soumettre aux désirs du karcist (6) et s'avança vers lui afin de la lui rendre.

"Il ne faut pas la perdre, que ferais-tu sans elle ?".

Le Démon éclata d'un rire formidable. Nicolas ne bougeait plus. Livide de terreur. La sueur qui coulait entre ses omoplates pouvait être du sang, tant elle était poisseuse.

"Tu es bien à l'étroit dans ton petit domaine, mais, va, tu ne crains rien, tu peux sortir de là !".

Les jambes de Nicolas le supportaient à peine. Il tremblait comme les feuilles des peupliers sauvages qui semblent s'arracher à chaque saute de vent. Le carré de peau morte où il était debout lui parut un refuge dérisoire comme un rêve... Il se mit à genoux, pleurant de désespoir, sa mémoire se vidait, il se savait perdu.

"Que vous voilà penaud, Monsieur l'inquisiteur !" reprit le prince de l'Ombre, "Vous m'avez fait venir, parlons, je vous en prie. Si vous ne pipez mot, souffrez alors que moi, j'éclaire votre lanterne".

Le Diable avait posé une belle main blanche sur l'épaule du juge, que plus rien désormais ne semblait protéger.

"Je vois qu'il est grand temps de rendre jugement, Monsieur le magistrat qui se dit magicien. Vous avez, si j'en crois les archives ducales, fait périr dans les flammes près d'un millier de gens. C'est une belle carrière qui honore la Justice et qui doit plaire à Dieu ! Notre Christ Jésus doit en ronronner d'aise, Lui qui donna sa vie pour enseigner l'Amour... Ah ! mon cher Nicolas, je crains que vous ne fassiez vilaine confusion. Les pauvres suppliciés que vous pensiez à moi le sont peut-être moins que nombre d'hommes de bien. Je peuple mes Enfers d'autres gens que les vôtres.

Je n'ai que faire de ceux, rendus fous de misère, qui croient en d'autres dieux qu'en ceux de ton clergé. Quand ils souhaitent le mal à un propriétaire, c'est la soif de Justice qui brûle leurs entrailles. Quand ils veulent que Satan leur donne des pouvoirs, c'est parce que leurs maîtres ne leur en cèdent aucun. Où se cache le crime, Monsieur le procureur ?... Comment oses-tu croire qu'il est un dieu du mal ! Le Mal est fils de l'homme, et non fléau des Dieux...

Mon nom est "LUCIFER", le porteur de Lumière, non le bouteur de feu. Je suis un forgeron, mon règne est la matière. Nous avons besoin d'âmes pour faire l'Univers. Il est un vaste champ où chaque âme est semence. Mon rôle est de veiller à leur bon devenir. Je suis la gueule du Monde, j'avale tout ce qui vit, sans rien épargner d'autre que les âmes les meilleures. Et encore ne les rends que vidées de mémoire. Elle en reviennent plus pures, plus hautes, plus solides : c'est ainsi que le Monde tend vers la perfection. Alors, sortant de l'ombre, elles se retrouvent entre elles, se joignent et se rejoignent, se mêlent et se confondent pour fuir leur solitude... crois-moi, il faut des milliards d'âmes pour faire un être humain ! La plus noble d'entre elles s'élève en capitaine, et devient la Conscience, qui toujours reste libre...

Non, mon cher Nicolas, rien n'est comme tu le crois. L'Amour et la Justice sont les seules lois du monde. Je suis là pour broyer tous ceux qui s'en écartent : les méchants, les menteurs, les faibles et les médiocres, les bigotes, les traîtres, les soldats sans honneur, les époux infidèles, les couples qui se séparent et déchirent leurs enfants, les outres pleines d'orgueil, les prophètes indignes, les lâches, les suborneurs... ceux qui par égoïsme, mesquinerie ou bêtise, compromettent l'avenir et sèment le malheur, ceux-là je les déchire, et j'en fais du terreau !".

Nicolas avait baissé les yeux.

"Que dois-je faire de vous, Monsieur le Procureur ? Vous êtes un homme étrange, vous êtes brave et honnête, bon père de famille et magistrat intègre, vous n'êtes même pas méchant. Vous êtes un pauvre fou, malade de votre esprit comme de celui du temps... vous n'aimez pas l'horreur : vous ne la voyez pas. Vous n'êtes qu'un rouage dans l'appareil d'Etat, et votre seule faute est de ne pas penser. Méritez-vous vraiment qu'on vous anéantisse ?... mais jamais aucun dieu ne voudra vous frôler...

Ecoute-Moi, Nicolas, voici donc ma sentence :

Lorsque viendra ta mort, les poussières de lumière qui composent ton être seront distribuées. C'est la Loi de la vie. Mais ton âme éternelle, celle qui fait ta personne, ne sera plus jamais accueillie dans le Monde. Tu seras un errant, exclu de l'Univers, éternellement conscient de rester solitaire, avec pour seule mémoire celle de cette existence... Adieu, Monsieur Rémy...".

Lucifer disparut comme il était venu.

*

Depuis cette nuit terrible, Nicolas, quelque part, s'était senti brisé. Il préféra penser que le Diable mentait pour sauver ses esclaves. Mais le doute était là, et moins d'un an plus tard, il prenait sa retraite, continuant son combat en livres et conseils.

En ce beau jour d'avril 1612, Nicolas Rémy, Procureur général de Lorraine, grand Juge inquisiteur des tribunaux laïques, s'éteignit sans un cri. Il avait jusqu'au terme accompli son devoir.

***

Si un jour vous passez par la ville de Nancy, arrêtez-vous un peu. Profitez de la nuit pour voir les vieux quartiers. Quand les cloches de Saint-Epvre auront compté douze coups, peut-être verrez-vous près des tours de la Craffe une étrange lueur. C'est comme une luciole discrète et minuscule... elle longe les murailles, puis descend la grand'rue, s'arrête sur la place et continue sa route vers la rue du Paquis, l'endroit où autrefois l'on brûlait les sorcières.

C'est l'âme de Nicolas qui subit son destin. Vous aussi, maintenant, connaissez son histoire. Peut-être, à votre tour, vous fera-t-elle pitié. De grâce, ne jugez pas, c'est l'Oeuvre du Démon.

8.
LES TROIS VOEUX

    Cristal... Pluie de lumière descendue des étoiles, éternelle, immobile, plus dure que l'acier, fragments de firmament enfouis au coeur des roches, ou rosée pétrifiée collée à leur surface... des champs de pyramides, tranchantes, enchevêtrées, sécrètent dans les fissures des masses granitiques les rêves héliocentriques des pharaons d'Egypte. Dans le sable des fleuves, sous les glaciers énormes, dans la terre des collines, dans la pierre des montagnes, partout sur la planète des poussières d'arc-en-ciel interrogent de leurs feux les religions des hommes.
    On trouve dans les Vosges de belles améthystes. Eclats de crépuscule, sépulcre des soleils, elles entassent dans leurs murs tous les divins mystères. Les gouverneurs romains aimaient en faire des vases.
    Le goût immodéré des puissants de ce monde pour les objets précieux est un puits insondable. Aucune Terre, aucun Dieu, aucune Femme, aucun Diable n'en approche les bords sans avoir de vertige. C'est pourquoi, le cristal étant matière rare, les princes mirent tout en oeuvre pour s'en faire fabriquer. Les artisans-verriers d'Egypte et de Syrie, de Byzance puis de Rome, avaient grands privilèges.

L'Histoire reconnaît la présence en Lorraine d'ateliers de verrerie depuis la fin des Gaules. Les premiers écrits qui leur concèdent une certaine importance datent de 1330. C'est le duc Charles II qui en lança l'essor, en invitant des maîtres vénitiens à enseigner leur art aux verriers d'Argonne et de la Vôge.

Pour fabriquer le verre, il faut fondre du sable dans des fours que l'on porte à 1400°. Afin d'activer la fusion, on utilise un catalyseur à base d'oxyde basique de potasse, de soude et de chaux. Les Lorrains le remplaçaient par un sel alcalin tiré de cendres végétales qu'ils nommaient "salin", et dont l'élaboration était jalousement tenue secrète. On sait aujourd'hui qu'il était composé en majeure partie de fougères, mais aussi de feuilles de sorbier, de chardons, de ronces, d'airelles et de bruyères. Ce verre, d'une grande pureté, était pour cette raison appelé "Waldglas" (verre de forêt).

Une charte promulguée en 1448 par le régent du pays Jean de Calabre, fils de René 1er d'Anjou, élevait ses verriers au rang des gentilshommes. Il fit également venir des maîtres de Souabe, de Bohême et d'Italie et, rapidement, les "verrières" de la Vôge comme les Fliegendhütten (7) sarroises furent célébrées pour la qualité de leurs produits.

C'est vers la fin du XVIème siècle qu'une bien curieuse histoire commença à se répandre dans le Wasgau, région forestière et montagneuse qui s'étend à l'est du comté de Bitche. Après la chute de la citadelle, le 11 juillet 1572, par les armées victorieuses du duc de Lorraine Charles III, l'ensemble du Bitcherland précédemment occupé par le prince huguenot Philippe V de Hanau-Lichtenberg était reconquis. En dépit des remous provoqués par les Guerres de Religion et le fréquent passage de troupes allemandes allant rejoindre les forces luthériennes de France, un calme relatif, dû à une certaine neutralité affichée par le duc, était revenu dans les vallées. Et c'est à nouveau sous la coupe lorraine et catholique que les verriers avaient repris leur travail...

***

D'une main maladroite, Martin écarta le rideau de branchages qui le séparait encore de la grande clairière. Il avança de quelques pas sous le soleil, clignant des yeux comme un oiseau de nuit surpris par le jour. La grande hotte d'osier qui lui tirait les épaules était remplie de fougères fraîchement coupées.

"Ah ! te voilà enfin, maraud, il te faut bien du temps pour quérir un maldre (8) de si communes plantes !".

La voix qui tonnait devant lui était celle de maître Schwab, modeste pasteur-verrier au service duquel Martin s'était voué depuis la disparition des siens. Les mains sur les hanches, un chapeau brodé aux larges bords relevé en arrière, torse nu mais l'épée au côté, Hans Schwab éclata de rire devant la mine soumise de son serviteur.

"Allons, mon brave Martin, ne prends donc pas cet air déconfit ! Porte plutôt ta cueillette au séchoir, et va-t'en rejoindre les bûcherons. Demain il nous faudra préparer le salin, et les jours à venir exigeront force bois à brûler".

Il lança une bourrade presque amicale au hottier, et s'en retourna au four pour surveiller les derniers préparatifs des maçons qui s'affairaient à en lisser la glaise.

Martin étendit sa récolte sur les claies du hallier, puis il longea l'enclos où Dame Schwab retenait ses huit cochons que sa condition autorisait à mener à la glandée. Prenant le pont neuf qui enjambait la petite rivière, il arriva bientôt à la remise qui jouxtait le moulin de la forte maison de bois du verrier. Il y prit une longue hache et retourna dans la forêt, suivant le chemin dessiné avant lui par l'équipe des bûcherons.

La fraîcheur du bois lui fit du bien. Cette année, le ramassage des fougères avait été pénible. Depuis trois ans que la famille Schwab et ses employés, fuyant les troubles qui secouaient le comté, s'étaient établis dans ce coin reculé de la vallée de Breitenbach, les abords immédiats avaient été tellement exploités que les fougères commençaient à se faire rares. Il fallait maintenant une demi-journée de marche pour récolter ce qui se faisait auparavant en une heure.

Lorsqu'il rejoignit le camp des bûcherons dans une forêt clairsemée où ne subsistaient guère que mauvaises broussailles et souches agonisantes, les dix hommes de l'équipe achevaient d'ébrancher un hêtre de belle taille, gisant de tout son long dans sa sève et ses feuilles. Peu pressé de rejoindre la curée, Martin s'assit un instant sur un gros tas de bûches que demain les rouliers traîneraient à la verrerie. Il s'essuya le front d'un revers de manche.

Bientôt, avec l'automne, maître Schwab commencerait la grande fête du feu. Martin aimait voir le verrier s'activer près du four, sa longue carcasse sèche s'agiter comme un diable, plonger la longue canne dans la masse en fusion... il la ferait ensuite balancer comme une fronde, faisant siffler de rage la boule de verre rouge, puis il l'emboucherait comme une trompe de lumière et le lambeau de lave deviendrait un soleil...

S'appuyant sur sa hache, Martin se releva. Perdu dans ses pensées, il ne remarqua pas tout de suite un étrange silence planant sur le chantier. L'atmosphère, claire comme une eau de source, ne résonnait plus que des chocs sourds des haches sur les branches du géant abattu. Nul oiseau, nul insecte ne venait par un chant donner un peu de vie au travail des hommes. Vaguement inquiet, Martin surveilla les buissons.

Un coup de fleu claqua. Portant ses mains à son front, l'un des bûcherons s'écroula. Puis un autre, suivi d'un autre encore. Alors une immense clameur déferla du fond des bois. Les basses frondaisons éclatèrent au passage d'une troupe de cavaliers, immédiatement suivis d'une meute de lansquenets...

"Morts aux huguenots !". Ce ne fut qu'un cri sorti de trente gorges, un cri de guerre, un cri de bête, le cri de trente soudards aux armes de Lorraine, menés par cinq lieutenants encuirassés de fer, montés sur des chevaux.

Martin, terrorisé, se jeta en arrière. Il savait ce qu'était la charge des papistes... La guerre était finie, venait le temps des purges. Si le duc tolérait le passage des Allemands, c'était uniquement pour ménager l'Empire. Les hommes de maître Schwab, protestants comme lui, allaient payer le prix des religions vaincues.

Comme un renard craintif qui voit venir les chiens, Martin chercha la terre, s'aidant des ongles et des genoux, il plongea sous les ronces. fuyant sans faire de bruit l'horreur du carnage, le coeur battant à rompre, les prunelles dévorées de sueur et de larmes, il ne se releva qu'une fois hors de vue, et courut droit devant lui, serrant sur sa poitrine sa hache au manche de frêne, désormais le seul bien qui lui restât encore.

Aller à la verrerie lui était impossible, les soldats catholiques y seraient avant lui, s'il n'y étaient déjà. Peut-être maître Schwab, sa femme et ses enfants, seraient-ils épargnés, mais certes pas ses gens. Le duc de Lorraine a toujours besoin d'or, nullement de l'hérésie. Heureusement pour Martin, il n'avait pas d'épouse...

Les villages du comté ne l'accueilleraient pas. Occupés par l'armée ou livrés à eux-mêmes, aucun n'était refuge pour aucun étranger. Seule restait la forêt... et par-delà, peut-être, la lointaine Bourgogne, ou la sévère Allemagne. A moins qu'il ne tombât dans les mâchoires des loups ou les griffes des brigands.

Toute la fin du jour, il erra dans les bois, remontant les collines en direction du Sud. La beauté des grands arbres, les parfums alanguis de l'été finissant, apaisèrent lentement les douleurs de son âme. Chaque fleur, chaque feuille, chaque pierre du chemin, caressait ses regards comme une femme amoureuse. Lorsque tomba le soir, et que Martin eut enfin contourné les contreforts du Sandplackenberg, il fut en vue de la montagne du Rudenkopf, et c'est l'esprit tranquille qu'il contempla le ciel. Il avait survécu. Les Vosges étaient désertes. Peut-être arriverait-il à rejoindre Darney, et peut-être que là, pour un temps, une autre verrerie aurait besoin de lui. Quoique bien misérable, il était habile homme : Hans Schwab l'avait choisi pour aide-salinier. Il savait de cet art jusqu'au moindre secret.

*

La nuit s'avançait à grands pas, et contraignit Martin à arrêter sa marche. Il jugea plus prudent de grimper sur un chêne pour y attendre l'aube. Calé du mieux qu'il put dans les maîtresses branches, écrasé de fatigue, il ne tarda pas à s'assoupir.

Une lune ronde et large comme un oeil gigantesque, dessinait dans l'espace des dentelles de nuages. La chaleur orageuse enflait de sa moiteur montagnes et vallées. Gêné par l'inconfort autant que par la faim qui tordait ses entrailles, Martin s'éveilla. On y voyait comme en plein jour. Seules les ombres étaient bleues. Là-bas, au milieu des fougères, à moins de vingt-cinq pas, une étrange lueur verte dansait telle une flamme. Martin se frotta les paupières. Il ne rêvait pas.

Comme toutes les âmes simples, il était profondément superstitieux et se signa avec respect, bien qu'il ne craignât pas une quelconque diablerie : le Diable ne sort des villes que porté par les hommes, jamais il ne vient seul au milieu des forêts, la beauté lui fait peur. Non... Ce ne saurait être un démon. Peut-être s'agissait-il d'une fée, d'un elfe, ou bien d'un ange, il convenait en revanche de lui rendre l'hommage...

Alors, sans faire de bruit, Martin sauta de l'arbre. Il déposa sa hache contre l'énorme tronc et, ainsi désarmé afin de ne pas effrayer l'apparition, il se dirigea vers elle du plus discrètement qu'il lui était possible. Poussant délicatement les feuilles des fougères, sans en briser aucune, il approcha bientôt à deux pas du mystère. Ce n'était pas un feu. Il s'avança encore. La lueur était vive. Il se mit à genoux.

C'était une petite fée. Un petit bout de femme, toute nue, toute menue, à peine plus grande qu'un pouce. Verte comme une grenouille, avec deux ailes fines, claires comme celles des mouches qui dansent dans la lumière au-dessus des ruisseaux. C'était une petite fée, au milieu des fougères, qui rayonnait ainsi qu'une étoile vivante, éclairant de son corps un espace miniature...

Les jambes repliées, légère et immobile, elle semblait reposer à un pied de la terre. Ses paupières étaient closes sur un songe intérieur. Les mains larges ouvertes et les bras écartés, une longue chevelure de la couleur des saules courait sur ses épaules en unique vêture. Chaque doigt étendu, plus fragile qu'un fil, semblait marquer le rythme d'un coeur vaste et puissant...

Martin sourit. Nullement effrayé, il se pencha sur la petite créature de lumière.

"Jolie fée, qui es-tu ? Je t'ai vue le premier, mais ne crains rien de moi, je ne suis pas mauvais".

Tirée de sa rêverie, la petite sursauta. Elle poussa un cri et croisa ses bras sur sa poitrine comme pour se protéger. Ses yeux plus purs et plus brillants que les saphirs d'Orient, se plantèrent dans ceux de Martin, et elle lui dit :

"Nul homme ne doit me voir. Tu m'as prise. Je suis perdue. Je t'en prie, Martin, détourne ton regard, sinon je vais mourir. Si tu me libères, en échange de ta peine, j'exaucerai trois voeux. Dis-moi ce que tu veux, et laisse-moi en paix".

Martin se releva avec une grande lenteur, rempli d'une stupeur grave et respectueuse. Il venait de comprendre ce qu'était cette rencontre. Il avait devant lui la fleur des fougères. Celle qui, tous les cent ans, surgit dans la montagne et porte sur ses pentes de nouvelles semences. Depuis des millénaires, la race des fougères se renouvelle ainsi, par la grâce d'une fleur qui vit dans l'Outre-monde.

"Hâte-toi Martin, reprit la petite fée, pour moi cette nuit est courte... Désires-tu la richesse, rester jeune et bien fait ? avoir la chance au jeu, régner sur un royaume ? Ou bien veux-tu l'amour de celles que tu convoites ? Ou bien, comme Salomon, souhaites-tu la sagesse ?..."

Martin n'était pas très malin. Maître Schwab ne le lui répétait-il pas à longueur de journée ? Il ne comprenait pas grand-chose aux affaires humaines. Après tout il n'était qu'un homme de la campagne, un peu fruste, un peu simple, qui ne savait du monde que ce qu'en disent les arbres. La richesse, qu'en ferait-il ? Il ne prisait guère les jeux de hasard non plus. L'amour ? Certes la Suzon lui avait parfois donné l'occasion d'y goûter, mais de là à vouloir en faire l'objet d'un voeu... Jeune ?

Il l'était. Quand à régner sur un royaume, cette éventualité lui faisait plutôt peur. Restait bien la sagesse, mais il lui semblait que c'était là affaire d'homme d'église plutôt que d'un manant. Martin, songeur, se grattait la tête. Il sentait bien que l'offre de la petite fée devait bouleverser sa vie. Mais vraiment, il ne savait que choisir. Et plus il réfléchissait, plus ses idées devenaient confuses... et puis, il convenait malgré tout d'être prudent. Ne dit-on pas que lorsqu'un esprit accorde trois voeux à l'humain qui le tient, il n'en résulte que des désastres ? Ayant la mauvaise habitude d'exaucer à l'excès, le troisième voeu sert, en général, à faire rentrer les choses dans l'ordre naturel...

Finalement, Martin pensa que pour choisir au mieux, il lui fallait d'abord en être capable. D'un ton déterminé, il déclara à la fleur des fougères :

"Je désire l'intelligence".

"C'est là ton premier voeu ?", répondit la fée, "à ma connaissance, aucun être n'a jamais fait telle demande. Néanmoins, il est en mon pouvoir d'y accéder".

Elle s'approcha en voletant près du visage de Martin, devenant lumineuse à en être aveuglante, puis ses mains se posèrent sur son front et elle y appliqua ses lèvres minuscules.

Ce fut pour Martin secousse si violente qu'il crut sentir la foudre pénétrer dans son crâne. Si bien qu'il s'évanouit.

*

Lorsqu'il revint à lui, le jour s'était levé. Une brume légère inondait la vallée. Tout mouillé de rosée, Martin se releva. Un ciel mandarine enveloppait les collines. Là-bas, dans les sapins, un corbeau salua de son cri les aurores... Martin avait l'esprit ouvert.

Il passa la journée à attendre la nuit, marchant sans but précis dans la forêt profonde qui étale ses merveilles aux flancs du Rudenkopf. Chaque pas lui apportait de nouvelles images, il voyait en esprit les liens entre les êtres, les lois de l'équilibre qui portent la matière, avec juste ce qu'il faut de folie et d'amour, pour que renaissent sans fin les prodiges de la Vie... Ses yeux devenaient clairs et il marchait bien droit. Le ruisseau de lumière qui coulait en son âme devenait un torrent... Il sentit croître en lui un amour insensé pour tout ce qui respire, qui palpite et qui vibre, du caillou aux étoiles, de la feuille aux humains. Son coeur était en paix. Il était immobile. Il était le miroir où se penchent les mondes...

Mais il manquait quelque chose.

*

"Quel est ton deuxième voeu ?".

Assis auprès du chêne où il était la veille, Martin réfléchissait, contemplant en silence la fleur des fougères. La nuit était si calme, et le vent si léger, que la petite fée se posa sur sa main. Ils souriaient tous deux, comme s'ils étaient complices.

"Il manque à mon état un petit quelque chose", finit-il par répondre d'une voix ferme et douce, "maintenant que je sais lire dans les coeurs et les fibres, comprendre les symboles, associer les images, me frayer des chemins dans toute la matière, voir les fins et les causes de tout ce qui existe, il serait bien dommage de ne savoir qu'en faire.

Donne-moi la mémoire. Vaste comme l'univers, éternelle, absolue, si grande et si totale que je puisse tout y mettre, même un coin pour l'oubli. C'est là mon deuxième voeu... Et puisque nous y sommes, écoute mon troisième : je veux le libre accès à toutes les sphères du monde...".

Il en fut fait ainsi.

***

Pour clore cette histoire, que je sais véridique, qu'il me soit permis de citer ici un extrait d'une lettre en date du cinq février de l'an 1601, rédigée à l'intention de son épouse par le capitaine François de Lupcourt, en garnison à Bitche par ordre de Monseigneur Charles III, duc de Lorraine.

"...Quant-à l'hermitte de Motterhausen, dont je vous ay entretenüe, il arriva chose inouïe et jamais veue. Comme les prodiges qu'il accomplissoit aupres esz gens credules et miserables furent rapportez à Monseigneur, iceluy le fit querir afin de sçavoir si c'estoit là saincteté ou diablerie. De ma part, il eust esté convaincu en sorcellerie, au vu qu'il ne se rendoit poinct à la messe, ni incitoit d'aucune maniere les indigens à s'y rendre. Il ne peult estre de miracle hors de nostre Seigneur Jesus.

Lors que nos gens vinrent s'en saisir, l'hermitte se trouvoit pres les ruynes du village de Smalendal, autrefois rasé pour ce qu'il estoit repaire és brigans et heretiques. Il disoit se rendre à Horn, afin que d'y sçauver de la peste une pauvresse. Vit-on jamais semblable menterie !

Contraint par force, il ne veulust poinct se livrer. Aux dires de nos soldats, il a leve les mains, disant que son temps estoit accompli en ce sçiecle, et qu'il reviendroit en son heure. Puis s'est lancé en l'air, et disparut. Nombre coups de mousquets furent tirés, mais rien n'y fist".

A ce jour, on n'a plus entendu parler de Martin.

8.
L'ECORCHEUR DE FENETRANGE

    Le septembre lorrain est un mois magnifique. Il s'allonge et s'étire sur le calendrier, débordant largement ses trente jours comptables, et donne à cette région une presque saison. Le soleil s'y répand avec un rare bonheur, ménageant toutefois certaines brumes matinales qui laissent aux sous-bois une exquise fraîcheur. C'est le moment béni, à la fin de l'été, où les immenses vergers, comme les branches sauvages offrent au coeur de l'Europe leurs fruits gorgés de vie. J'ai encore sur les lèvres le goût des prunes bleues et des mirabelles d'or qui décorent les arbres de gemmes végétales.
    Il est d'étranges moeurs qui courent sur la planète, on dit qu'il est un peuple, quelque part vers l'orient, qui pense aimer les arbres en en faisant des nains ! C'est une chose, en Lorraine, qu'on ne saurait comprendre.
    Le monde connaît peu la prune-mirabelle. C'est un fruit très précieux qui ne pousse qu'ici, un soleil minuscule, à l'arôme incroyable, né il y a quelque temps de l'amour des Lorrains. On dit qu'un chevalier, au retour des croisades, rapporta sur cette terre un modeste buisson, une vague broussaille, étriquée, rachitique, qui donnait quelquefois des baies jaunes et fades. Mais c'était pour cet homme un vivant souvenir. Il le chérissait tant et le soigna si bien que le ciel fut touché, et permit au

buisson de devenir un arbre. Le prunellier remercia son ami en lui donnant des fruits à nul autre pareils, des fruits remplis d'amour, de tendresse, de respect.

Mais voici, je m'égare, c'est une toute autre histoire que je voulais conter.

Aux pieds des Vosges du nord serpente une rivière. Elle passe à Fénétrange. C'est la Sarre.

**

"Hors de ma vue, barbier du Diable ! Avant qu'il ne me prenne l'envie de te faire écarteler !".

Jehan de Fenestrange, sixième de nom, s'était dressé d'un bon du lit où il reposait depuis bientôt deux jours. Sa tête lui faisait mal, une profonde brûlure lui creusait les poumons, et il se remit à tousser.

"Vous mentez ! Vous mentez tous ! Dehors, faquins, et vous aussi, ma femme... Dehors ! La pestilence de vos mensonges agace mes narines !".

Traînant sa longue robe de velours et d'argent, la Dame de Fenestrange, sa suite, le chirurgien et les deux hommes d'armes qui veillaient à la porte du maître se retirèrent sans bruit. Le choc de l'huisserie claqua dans le silence comme tombeau que l'on scelle. Epuisé et tremblant, le seigneur se leva de son lit tout trempé de sueur, tira sur ses épaules une lourde couverture cousue de peaux de loups et, d'un pas hésitant, se dirigea vers une fenêtre étroite enlacée de barreaux qui donnait sur le ciel. Il faisait nuit encore. L'aube, comme une flamme timide et dérisoire, caressait loin vers l'est le ventre des nuages, mais la campagne autour restait dans les ténèbres.

Quel jour était-ce de ce mois de janvier 1439 ? Il était resté trop longtemps inconscient pour s'en souvenir. Pourtant, sa mémoire fonctionnait comme à l'accoutumée. Il n'avait fait qu'une mauvaise chute de cheval. Il en était certain. Il revoyait encore la grosse branche d'un chêne le heurter en plein front pour lui barrer la route. Avant que le néant ne vole sa conscience, il avait bien vécu ce qui hantait son coeur...

Pourquoi son chirurgien, son épouse et ses gens, osaient-ils affirmer qu'il en fut autrement : que c'est l'eau de la Sarre qui avait pris sa vie pendant presque deux jours ? Affirmant de concert que la glace s'était rompue alors qu'il inspectait une large fissure venue dans la muraille juste au-dessus des douves, ils disaient que l'eau froide avait ravi son âme et qu'on l'avait cru mort quand on put l'arracher à l'étreinte conjuguée des glaces et de la vase, tentant de le convaincre qu'il avait déliré entre vie et trépas, hurlant, tremblant de fièvre, déchirant de ses ongles ses draps et sa chemise...

Tout cela était faux. On ne peut tromper l'homme qui rencontre l'Amour. C'était grande vilenie de la part de sa femme que d'ainsi profiter d'un terrible accident pour vouloir balayer si puissant souvenir. S'il avait déliré comme on voulait bien dire, il n'aurait pas manqué de prononcer un nom... et seule la jalousie explique le mensonge.

*

Hélène... Jehan VI, Baron de Fenestrange, revoyait son visage... Quel jour était-ce donc ? Sa mémoire, patiemment, rassemblait des images perdues comme celles d'un rêve. Il errait, solitaire, dans les vastes forêts qui cernent la cité. La neige, à chaque pas que faisait son cheval, crissait comme une plainte. Faisait-il encore jour ? Etait-ce déjà l'aurore ? Flattant sans dire un mot l'encolure de la bête, Jehan avait la tête vide et le corps fatigué. Sa longue pique de chasse, en travers de la selle, déchirait sans la voir la brume de leurs haleines.

Il s'était égaré en poursuivant un cerf. Rabatteurs et meute l'avaient abandonné, et nul bruit à présent ne guidait plus sa marche. Il était cette épave que délaissent les flots lorsque vers le loin la marée se retire.

Un mur de prunelliers maintenant faisait front. Rempart d'épines noires adoucies par la neige, qui laissait çà et là des baies sombres et acides. Jehan mit le pied à terre, longea ce mur hostile, toujours continuant sa route vers le nord où il espérait bien retrouver Fenestrange.

Une faille s'ouvrit au milieu des buissons.

Maintenant, sa mémoire se faisait plus précise. La lumière qui baignait congères et broussailles avait ces teintes bleues qui tombent de la lune. C'est au coeur de la nuit, dans l'étrange clarté où naissent les fantômes, qu'il rencontra la femme qui bouleversait sa vie.

Se frayant un passage par la porte d'épines en tenant par la bride sa monture fumante, Jehan déboucha soudain dans une vaste clairière. Un chêne tricentenaire aux branches horizontales dessinait en son centre une presque montagne. Dans le ciel bleu marine à peine taché d'étoiles, la lune, comme un phare, éblouissait les ombres. Assise au pied de l'arbre, une femme était là. Et juste à ses côtés, douze énormes loups gris déchiraient en grondant le cadavre d'un cerf. Elle regardait la scène, raide comme une statue, un capuchon de lin tombant jusqu'aux épaules, ses mains gantées de cuir enserrant ses genoux. La neige autour d'elle était noire de sang. Lorsque Jehan s'approcha, les loups levèrent la tête. Il y avait dans leurs yeux des flammes rouges et jaunes. Retenant fermement la bride de son cheval, il décrocha sa lance à courte pointe d'acier. La bête dépecée par les mâchoires des fauves était celle que lui-même, sa meute et ses gens avaient au long du jour pourchassée sans relâche. C'était son cerf à lui, il n'y avait pas d'erreur : un dix-cors magnifique, avec une marque blanche juste au milieu du front, et cette fière lueur au fond de ses yeux d'or qui, même après sa mort, brillait comme un soleil...

"Mon Roi vient de mourir... veux-tu le remplacer ?"

La femme s'était levée en adressant ces mots au baron stupéfait. Délaissant la curée, les loups s'en retournèrent sans bruit dans les fourrés. Jehan abaissa sa pique. Son cheval s'apaisa, il lui lâcha les rênes. Le cadavre du cerf n'était plus que lambeaux. Ils étaient seuls au monde.

"Baron de Fenestrange, tu es ici chez moi. Sois donc le bienvenu..."

La femme fit glisser le large capuchon qui cachait son visage et, d'un mouvement de tête, en s'aidant de ses doigts, elle mit à la lumière sa longue chevelure. Quand elle se révéla sous les feux de la nuit, Jehan tomba à genoux. Il avait devant lui une beauté parfaite. Mais plus que la finesse des traits de la jeune femme, plus encore que la courbe des lèvres couleur de sorbe, que l'opulence sauvage de ses longs cheveux blonds, c'était surtout ses yeux, d'un ciel insoutenable, aux prunelles profondes comme deux lunes noires, qui plongèrent Fenestrange presque dans une extase.

"Tout doux, beau sire", reprit en souriant la belle demoiselle, "qui vous dit que j'accepte à l'instant votre hommage ?".

Les mots de la jeune fille lui firent comme une gifle, le rendant à lui-même. Abasourdi, Jehan se releva. La honte de son geste lui empourprait les joues. Lui, un Fenestrange, la simple vue d'une fille le mettait à genoux ! Il ne comprenait plus cet instant d'égarement. D'ordinaire, c'était lui qui les faisait plier, hurlantes ou consentantes, il n'en avait que faire, l'amour est une chasse où la proie compte peu. Il remonta en selle, évitant soigneusement son regard amusé. Un sentiment étrange, de fureur retenue autant que de désir, lui tirait les entrailles.

"Femme, ici c'est toi qui erres sur mes terres" répondit-il en fixant l'empreinte de ses genoux qui salissait la neige, "avant que la colère ne gagne tout à fait, dis-moi quel est ton nom, je ne te connais point."

"On me prénomme Hélène, beau seigneur, j'habite loin vers l'est, par-delà les collines, au pays verdoyant d'où monte ce soleil que les gens de ta race saluent du haut des tours. Je suis partout chez moi, je chasse qui je veux."

Elle étendit la main vers la dépouille du cerf, dans une caresse lointaine. "Celui-ci est un roi qui s'est enfui vers l'ouest en croyant échapper au destin immuable. Les loups de ta forêt l'ont rappelé à l'ordre."

Elle remit avec soin son grand capuchon blanc, réajusta ses gants, et Jehan crut un instant qu'elle allait repartir.

"Tu parles comme une sorcière, tu chasses dans mes domaines, tu laisses divaguer tes chiens sans m'avertir et tu t'adresses à moi sans respect ni sans crainte ! Mais sais-tu qui je suis ?

Il n'eut pas de réponse.

"Si je veux, à l'instant je te livre à mes gens, ils aiment à se distraire avec les jeunes filles... à moins qu'on ne te jette dans un cul-de-basse-fosse, où mes bourreaux sauront t'arracher les aveux nécessaires au bûcher !"

A l'ombre de sa coiffe, Hélène souriait. Jehan cherchait son regard ainsi qu'un voyageur se penche sur un puits. Sa rage était contrainte et tous deux le savaient. Hélène souriait comme si les mots de Jehan étaient des mots d'amour. Elle tourna les talons sans daigner lui répondre, touchant du bout des doigts le chêne à son passage, et s'éloigna, tranquille, d'une gracieuse lenteur...

Le sire de Fenestrange ne savait plus que dire. Ce n'était pas l'insulte qui embrasait son coeur, ce n'était pas le froid qui le faisait trembler. Il jeta en hurlant sa pique derrière lui, et lança son cheval pour rattraper la femme qui allait disparaître, happée par les buissons. Il fut cueilli au front par une basse branche et, enfin, le néant put s'emparer de lui...

*

Jehan quitta la fenêtre. L'aube se faisait plus franche, mais la lumière des torches lui restait nécessaire pour regagner sa couche. Il s'assit lourdement, tomba sa couverture, et rentra dans ses draps. Il n'avait plus de temps à perdre en réflexion. Il tira plusieurs fois sur un cordon de cuir qui pendait discrètement le long d'une des colonnes tenant le baldaquin et, presque immédiatement, un garde pénétra dans ses appartements.

"Qu'on fasse porter message à Monseigneur René. Je veux qu'on l'y assure de notre dévouement pour la mission dont il avait souhaité nous voir chargés. L'écrivain saura bien trouver les mots qu'il faut. Il faut aussi mander les chefs des compagnies qui seront sous nos ordres. Qu'elles se rassemblent toutes dans la plaine de Phalsbourg, nous irons les rejoindre sans passer par Nancy. Va, et ne perds pas de temps."

La guerre de succession du duché de Lorraine avait trouvé sa fin. Le duc de Bourgogne Philippe-le-Bon, vainqueur du prétendant René d'Anjou à la bataille de Bulgnéville, le 31 juillet 1431, voyait en fait le recul son cousin le roi Charles de France, septième du nom. Le Traité d'Arras qui suivit, ramenant la paix entre les deux maisons, confortait la Bourgogne, donnait au "Roi René", malgré sa défaite, le duché de Lorraine, mais surtout libérait la Couronne de France d'un conflit désastreux. Désormais elle pouvait concentrer ses efforts sur l'ennemie de toujours, la sinistre Angleterre. Plus tard pourrait venir le temps de la revanche.

La paix régnait enfin sur les terres qui s'étendent entre Vosges et Argonne, et René renvoya ses armées mercenaires. Il voulut les offrir à la cause du Roi : elles lui seraient utiles dans ses prochains combats, d'autant plus qu'elles mettaient le pays au pillage. On sait ce que deviennent les grandes compagnies lorsqu'il n'y a plus de guerre, ni de chef, ni d'argent. Pour les conduire en France, il fallait leur trouver un maître-capitaine. Seul Jehan de Fenestrange en avait les épaules...

Et ainsi le destin allait donner à Jehan la force d'une armée. Et pas n'importe laquelle : une armée de métier, composée de soudards, de brigands, de pillards, routiers depuis toujours, chevaliers de fortune, n'aimant que leurs épées, leur semence et leur sang. Les provinces meurtries qui subissaient leur loi les nommaient "Armagnac", du nom d'un de leurs chefs, mais aussi "Tard-venus", "Retondeurs", "Ecorcheurs"... On les croyait bretons, allemands ou occitans, ils venaient de partout, mais toujours de nulle part, en traînant derrière eux, comme les anciens barbares, leurs armes et leurs bagages, leurs femelles, leur marmaille, et grossissaient sans cesse de bandits de rencontre... Mais chaque compagnie avait son capitaine, cruel jusqu'à l'ignoble, le plus souvent bâtard d'une haute famille, et pour lequel la guerre était seule existence, seule raison d'espérer et seule religion.

C'était un beau cadeau pour Jehan de Fenestrange que de se voir nommer le généralissime d'un tel ramassis de brutes et de canailles...

"J'habite loin vers l'est, par-delà les collines...". Les paroles d'Hélène hantaient le coeur de Jehan. Le visage d'Hélène ravageait sa mémoire. Plus jamais Fenestrange ne lèverait la tête pour contempler le ciel sans penser à Hélène et à ses yeux immenses... Elle était en Alsace, elle se cachait là-bas, "au pays verdoyant par-delà les collines...". Dût-il saccager la terre jusqu'au Rhin, il la retrouverait, il ferait bien savoir que c'est elle qu'on recherche, et que l'horreur sans nom qu'il allait faire porter ne cesserait enfin que lorsqu'Hélène, vaincue, viendrait poser ses lèvres au front de Fenestrange. Qu'importe la Lorraine, la France ou l'Angleterre ! C'est à l'est des Vosges que tous les Ecorcheurs iront d'un même élan accomplir ce destin.

*

23 février 1439. Seize mille hommes sous le commandement du baron Jehan VI de Fenestrange pénètrent en Alsace par le col de Saverne. Le comte Jakob de Lichtenberg tentera vainement de s'y opposer, il sera bousculé jusqu'à Strasbourg. Après cette victoire décisive, Jehan fit porter aux troupes ses ordres exclusifs :

"Ces terres sont à vous. Tout ce que vous prendrez vous reviendra de droit. Je prends sur moi la peine du jugement de Dieu. Je n'exige qu'une chose : qu'on me livre une fille qui se prénomme Hélène. Elle est belle comme le jour, ses yeux sont comme le ciel. Je donnerai la moitié de mon propre butin à qui me la rendra. Mais qui en abuserait avant qu'elle soit à moi sera émasculé et roué de mes mains."

La campagne d'Alsace durera une saison. Une saison d'épouvante, de viols et d'incendies, de tortures, de rançons...

Chaque nuit, Fenestrange, comme un loup sous la lune, hurlait son désespoir en appelant un nom, que les vents emportaient dans plaines et vallées, remplissant les échos d'une longue litanie... Le camps des Ecorcheurs alors se taisait, bourgeois et paysans, terrés dans leurs maisons ou derrière leurs remparts, abaissaient leurs paupières et n'osaient plus rien dire. Fenestrange, solitaire au sein de sa folie, n'embrassait que le vide et pleurait en silence...

L'Alsace tout entière fit faire des recherches. Autant pour soulager une si noble détresse que pour se libérer du fléau permanent qu'était pour le pays cette armée de brigands. On montra quelques filles, on livra quelques femmes de race et de ruisseau. Rien n'y fit. Hélène fut introuvable. Elle n'était pas ici. Ce devait être un rêve.

Le coeur écartelé, comme une bête blessée, le baron écorcheur rentra dans ses domaines et renvoya en France le reste de ses hommes. Mais combien de villages, de bourgs et de châteaux furent réduits en cendre ? Certains disent cent cinquante. Mais, après tout, qu'importe ! Les Seigneurs de la Guerre ne tiennent point d'archives...

Moins de cinq ans plus tard, ce fut le dauphin Louis (9), en mal de royaume, qui traîna derrière lui tous les routiers de France. L'Alsace, une fois encore, connut une mise à sac. Quarante mille Ecorcheurs enseignèrent la haine à la vallée du Rhin. Leur histoire est connue. Fenestrange ne vint pas. L'espoir l'avait quitté. Il y eut bien quelques troubles entre l'Alsace et lui (10) quand les gens de Strasbourg chassèrent les Ecorcheurs de tout leur territoire, mais une paix équitable fut scellée pour toujours. C'était à Wasselnheim, Juin 1448.

"D'Azur à une bande mise en face d'Argent, et une quinte feuille en pointe de même. " Jamais plus de soldat, de prince ni de routier, ne porterait ces Armes en terre d'ouvre-Vosges. Hélène n'était pas sur les rives du Rhin.

*

"Arrière, femelle ! Que j'aie pris votre ventre pour me faire un fils ne vous autorise point à vous enquérir de ma santé !"

La Dame de Fenestrange dut retirer la main qu'elle venait de poser sur l'épaule de Jehan. Il n'était plus le même. Ses yeux brûlaient de fièvre, il avait tant maigri qu'il n'était plus qu'une ombre, voûtée et frissonnante, comme deviennent les feuilles à la fin de l'automne. La Dame de Fenestrange laissa tomber une larme et puis s'en retourna.

Des neiges sèches et piquantes tombaient depuis deux jours. Janvier était si froid que les eaux de la Sarre en gelaient dans les douves. Comme presque chaque soir, Jehan allait se lever du fauteuil près de l'âtre, porterait ses regards au-delà des fenêtres, écouterait le vent, ravalerait ses larmes... Peut-être, cette nuit, Hélène reviendrait...

Le temps qui s'écoulait comme une pluie maussade n'avait rien délavé de cet amour immense. Il était toujours là, dans ses rêves, dans ses veines, affleurant sur sa peau ainsi qu'une lèpre blanche. Comme presque chaque soir, il sortit dans la cour, fit seller son cheval, prit sa pique de chasse à courte pointe d'acier.

Tour en haut du donjon, la Dame de Fenestrange le regarda partir. Ce soir, elle le savait, il ne reviendrait pas.

*

Il avait tant couru les bois autour de lui qu'il en savait maintenant juqu'aux moindres recoins. Mais il cherchait toujours le chêne tricentenaire aux branches horizontales planté dans une clairière bordée de prunelliers. Il s'était engouffré au coeur de chaque buisson, de chaque bosquet d'épines, avec une telle rage et un tel désespoir que sa cuirasse de fer en était toute griffée et une rouille noirâtre venait s'y incruster comme autant de blessures. Mais toutes ses recherches se révélèrent vaines. Il n'y avait pas tel arbre autour de Fenestrange.

Maintenant il errait sur les rives de la Sarre dont les saules dénudés et les sureaux noircis faisaient comme des grilles. La neige avait cessé de tendre ses linceuls, le ciel et la campagne mélangeaient leurs frontières, les portes de la nuit s'ouvraient sur un monde blanc. Jehan sauta de sa selle, attacha son cheval au tronc d'un jeune houx. La lune ensevelie au milieu des nuages lui permettait à peine de voir jusqu'à ses mains. Il battit son briquet à mèche d'amadou et alluma la torche qu'il avait avec lui. Sa lumière chaleureuse le fit cligner des yeux.

Et là, à moins de vingt coudées, au milieu de la Sarre, les lueurs du flambeau révélèrent une forme. Une frêle silhouette au grand capuchon blanc, légère et immobile, les pieds portant à peine sur la glace fragile...

"HELENE !"

Jehan hurla à la femme comme l'enfant vient au monde... et elle se retourna, immobile, comme un songe.

"Vous me cherchez gentil Seigneur ?"

Elle avait deux diamants qui brillaient sous sa coiffe, et son long manteau blanc semblait crever la nuit.

"Hélène... je vous en prie, rapprochez-vous de moi. Je vous ai tant voulue, je vous ai tant cherchée. Par pitié, belle Dame, abrégez ma souffrance, je dépose à vos pieds mon âme et mon orgueil."

"Ainsi, vous m'aimez donc", reprit la jeune fille, "la chose est bien rapide."

"Un seul de vos regards suffit à vous aimer... Tu as mangé mon coeur comme une mirabelle, et ne m'en as laissé qu'un noyau triste et sec. Sans toi, je ne puis vivre, je veux sentir sur moi la chaleur de tes mains."

"Peut-être eût-il fallu le mettre en bonne terre, avec l'aide des Dieux, il serait aujourd'hui devenu un bel arbre..."

"Hélène, je n'entends point la langue des symboles, je ne désire que toi... si tu en as l'envie."

"Alors viens, Fenestrange, et prends ce que tu peux."

Elle étendit les bras comme ferait une amante, et Jehan marcha vers elle, sur la Sarre gelée. Dès qu'il eut fait trois pas, les glaces s'entrouvrirent et l'eau de la rivière se referma sur lui...

***

Nul historien ne sait la fin de l'Ecorcheur. Il n'avait eu qu'un fils, du même nom que lui. Maréchal de Lorraine, tuteur du jeune duc, Jehan VII épousa Béatrice d'Ogéviller qui lui donna deux filles. Il mourut à l'âge de vingt trois ans. Ainsi s'éteignit la race des Fenestrange.

9.
SÎD

Les forêts de l'automne, ici, au coeur d'Europe, ont quelque chose d'étrange, de profond, d'envoûtant. Elles qui étaient si vertes, si fortes et si rebelles, lorsqu'elles sentent le déclin du soleil qu'elles vénèrent, qu'elles n'ont plus sur leurs feuilles les mêmes vagues d'amour, lorsqu'elles voient les étoiles l'attirer dans l'espace, elles tentent à chaque fois par le même artifice de ramener vers elles l'astre qui les abandonne.

Chaque branche et chaque essence tournent alors vers le ciel un reflet des couleurs du Dieu qui les a faites. Elles consument en prières leur verte chevelure et tendent vers le cosmos une sorte de miroir.

Tous les Lorrains respectent ce divin sacrifice qui voit leurs grandes forêts ressembler au soleil, l'espace d'un moment, pour donner des regrets à celui qui s'éloigne. C'est tout un nouveau monde qui s'offre à leurs regards ; ils aiment à se promener dans ce brasier d'images, reconnaissent chaque feuille aux teintes qu'elle arbore, révélant sans pudeur la chaleur qu'elle préfère... Le roux des feuilles de chêne, l'ocre blond des tilleuls, l'or qui vient aux érables, le jaune délicat des saules, des peupliers, les ambres brunissants qui montent aux branches des hêtres, le pourpre incandescent qui tombe des cornouillers, et les roses-orangés prenant les merisiers, les fragiles fusains et les baguenaudiers...

C'est alors qu'apparaissent les mercenaires de lune, semblant indifférents à la mort du soleil : les lierres et les houx, les ifs et les sapins, portant toujours sur eux le vert de la Déesse. Mais bientôt les prières s'envolent mot par mot et posent une nouvelle page sur la terre des racines. C'est le temps des chanterelles, des cèpes, des coulemelles, dont la forêt parfume les têtes éphémères en ultime cadeau à l'ultime récolte.

Puis les arbres s'endorment, basculent dans l'hiver. Ne restent plus au monde que des futaies de bronze aux frondaisons d'argent, les mousses chrysoprase et les lichens touffus qui accrochent les brumes à leurs cornes d'étain.

La neige, comme un sable qui tombe des nuages, mettra sur leur sommeil un provisoire linceul. Ne les réveillez pas. Ils rêvent au printemps.

Pour les hommes des campagnes vient l'heure des histoires, des contes, des légendes. Les pluies froides les rassemblent plus sûrement qu'un berger vers les feux accueillants qui fleurissent les maisons. C'est autour du "couarail", comme on appelle ici la veillée hivernale, qu'un jour j'ai entendu l'histoire de Haldric-le-franc.

***

486. Clovis à vingt ans. Voici déjà cinq ans qu'il exerce un pouvoir reconnu sur ce qui deviendra bientôt l'un des plus formidables empires de tous les temps : celui des Francs. Issus de la ligue des Saliens et des Sicambres, peuples germano-scandinaves, depuis près de deux siècles ils forment une nation sans être un territoire. On les connaît surtout à l'embouchure du Rhin, sur ces terres détrempées où les eaux se confondent, mais ils sont déjà partout, jusqu'à la cour de Rome. Guerriers, agriculteurs, alliés où bien ennemis, c'est un peuple farouche,

épris de liberté où Rome a renoncé à prendre des esclaves. Leur nom signifie "Hommes libres".

L'empire romain a vécu. Il n'y a plus de frontières. Les hordes de barbares déferlent en tous sens, renversent les murailles, ravagent les campagnes, se disputent la Gaule comme une vieille catin sans songer un instant à réparer ses charmes. Les Burgondes tiennent le Rhône, les troupes des Wisigoths campent sur la Garonne, et les Gallo-Romains qui avaient pu survivre occupent de leur mieux les terres qui s'étendent entre Rhin et Bretagne.

Clovis rêvait de France là où gisait la Gaule. Il avait de l'amour dans son coeur et ses yeux, il savait que la terre est comme toutes les femmes, qu'il suffit d'un regard pour lui rendre la vie, pour peu qu'on la respecte, qu'on l'aime, qu'on la féconde. La Déesse celtique entr'aperçue en rêve qui lui tendait les bras sur la crête des Vosges, n'était pas la vieillarde ni la prostituée qu'avaient voulu en faire Barbares et Romains. C'était une jeune fille, éternellement vierge pour celui qui saurait la prendre sans vouloir la flétrir. Il serait celui-là.

Il ira droit au coeur. Allant à marche forcée jusqu'aux murs de Soissons, demeure du gouverneur général Syagrius, Clovis écrasera l'armée de ce dernier comme une vilaine punaise et le forcera à fuir jusqu'aux murs de Toulouse, en pays Wisigoth.

En moins d'un an, Clovis se rendit maître de tout le territoire, du moins jusqu'à la Loire. Le premier des amants de cette terre convoitée, l'envahisseur romain, venait de disparaître. Dix ans plus tard viendra le tour des Burgondes. En 507, dans la plaine de Vouillé, les Wisigoths cèderont enfin au jeune conquérant la part de cuissage qu'ils s'étaient arrogée dans le lit de la Gaule. Enlacée dans les bras de Clovis triomphant, la vieille mère celtique tout éperdue d'amour redevint jeune fille en devenant la France.

*

La paix, enfin, du Rhin aux Pyrénées, du Mare-nostrum aux rives de l'Escaut, des Alpes à l'Océan. Partout Clovis avait porté ses lois ; mais toujours respectant les coutumes et les dieux de chaque province conquise. Les vaincus, les vainqueurs, tous étaient ses sujets, avaient les mêmes devoirs, avaient les mêmes droits. Les terres cultivables furent redistribuées : deux parts pour les guerriers qui voulaient s'établir, une part pour l'habitant. On se serrerait un peu, on se mélangerait, bientôt apparaîtrait une langue commune, épousailles mélodieuses de la richesse latine et du phrasé norrois, sous les yeux bienveillants de l'ancien gaëlique. Clovis converti sera un bon chrétien, et les gens de l'Eglise cimenteront son royaume.

Sur les coteaux de Meuse, attenant au domaine du Faron Chrodegang (11) il était une forge tenue par un jeune homme qu'on appelait Haldric.

C'était un rude guerrier à l'audace éprouvée, qui exerçait là le métier de son père. C'était tout son butin. D'origine modeste, sans bien et sans famille, il avait demandé en bénéfice de guerre qu'on veuille lui accorder, en plus d'un peu de champ, le moyen d'exercer son art héréditaire. Haldric était homme libre et partageait aussi l'amour qu'ont tous les Francs pour travailler la terre. Il avait quelques serfs, à peine une poignée, qui l'aidaient dans ses tâches et vivaient avec lui dans la salle commune. Haldric avait trente ans. Le temps était venu de trouver une épouse.

Haldric était bel homme, d'une noble prestance, fière sans arrogance, avec de la bonté dans ses yeux longs et clairs, qu'éclairait encore plus la flamme d'un bel esprit. Il avait une chevelure d'un blond presque cuivré, portait soigneusement une fine moustache comme tous ceux de sa race, la taille toujours bien mise dans une courte étoffe qui lui serrait le corps à la mode du temps, des braies de cuir noir s'arrêtant aux genoux, et gardait avec lui, quelle que soit l'heure du jour, un fort poignard de fer passé dans sa ceinture. C'était son privilège et l'indice de son rang.

Depuis quelques saisons il pensait à quelqu'un : une toute jeune fille du doux nom de Childris, et qui vivait non loin avec ses vieux parents au bord de la forêt. Sa mère était gauloise, son père était un Franc, un de ces pauvres bougres issus d'un clan ripuaire que les Romains avaient, au temps de leurs conquêtes, réduit en cette sorte de demi-esclavage qu'on nomme "déportation". C'était pour eux moyen de repeupler au mieux les campagnes désertes. Et le vieux Frédégaire, à l'instar de ses frères, voyait Clovis-roi comme un libérateur. Aussi c'est avec joie qu'il donna à Haldric la main de son enfant. Elle avait dix-sept ans.

*

On fit de belles noces, le vin coula à flots. Childris, revêtue d'une robe de lin blanc, portait dans ses cheveux une tresse de frêne. Baissant en souriant ses grands yeux gris-de-ciel, elle serrait fièvreusement la main de son époux. La foi de leur amour était connue de tous, il n'était pour personne un secret de savoir que les deux jeunes gens s'aimaient depuis longtemps.

Childris était chrétienne, on baptisa Haldric. Il est vrai que les Francs s'occupent peu des Dieux : Wodden (12) ou bien le Christ, qu'importent les images !

Nul ne saura jamais qui des deux s'est vengé. L'Un d'être abandonné, l'Autre de se voir traité comme une formalité ? Mais moins de quelques mois après qu'on fit baptême, une étrange maladie emporta Childris, laissant fou de douleur Haldric seul dans la forge.

Il ne fut plus question pour lui d'y entretenir le feu. Il ne fut plus question de labourer les champs. La lumière n'entrait plus dans la maison du forgeron, et le travail ne s'y faisait plus. Les esclaves, en silence, faisaient l'indispensable, leur maître restant là, muet, inconsolable, comme une bête attachée à une trop courte chaîne. Il attendait la nuit pour la rejoindre en rêve, et parler de ces temps qu'ils ne partageraient pas.

Chrodegang s'inquiéta de voir la forge froide et si bon artisan ne plus servir le monde. Il envoya alors un de ses messagers conseiller au jeune homme de consulter quelqu'un qui, peut-être, saurait soulager sa douleur. Il restait en forêt un prêtre des anciens dieux : une espèce de druide, ou plutôt un ermite, un vieillard un peu fou, sorte de guérisseur, aimé pour sa bonté autant que sa sagesse et que l'Eglise elle-même hésitait à combattre. On ne savait de lui ni son âge, ni sa race ; les plus vieux du village l'avaient toujours connu.

Il vivait quelquefois dans un grand tumulus près d'une petite source au coeur d'un bois de chênes, vivant parmi les morts et les anciennes pierres, et semblait insensible au froid et à la faim. On ne savait de lui que le nom d'Abarix. Il prodiguait des soins aux bêtes et aux mourants, et tous ceux qui suivaient ce qu'il avait prescrit (sans jamais accepter ni grâce ni aumône), s'en trouvaient bouleversés au point de n'en rien dire. Souvent, ils guérissaient, mais le plus important : ils revenaient sereins.

Aussi, le lendemain, Haldric se décida à consulter le Sage. Peut-être ce dernier apaiserait-il sa peine, comme l'avait suggéré le faron Chrodegang. En tout cas le "conseil" d'un prince de cette puissance balayait dans son âme les moindres réticences.

*

Le ciel pesait sur lui comme un profond chagrin. Le sentier détrempé qui menait en forêt faisait au creux des champs une chaîne de flaques d'eau sale qui souillait à chaque pas ses bottes de fourrure. Il n'avait avec lui que sa hache de combat, un peu de provisions, et quelques pièces d'or. Lorsqu'il fut à couvert, le calme des grands arbres lui redonna confiance. Les feuilles de l'automne couvraient les fondrières d'une étrange marqueterie de rouilles et de cuivres. Sous cet épais tapis aux senteurs humides, le chemin hésitant disparut tout à fait. En moins de quelques pas, Haldric se trouva pris dans un dédale de souches, de troncs et de buissons dont la sévère beauté lui fit comme une caresse. Il s'y perdit sans crainte et marcha tout le jour, en direction de l'ouest, vers le vieux tumulus qu'on disait s'y trouver. Et à la fin du jour, en effet, il le vit.

C'était un monticule de pierraille rapportée, à moitié recouvert de terre et de broussailles, large comme une maison, plus haut qu'un cavalier, dont la forme de dôme adoucie vers le bas disputait aux racines des arbres environnants les éboulis friables qui enclosaient l'assise. Haldric en fit le tour, avec l'appréhension mitigée de bonheur que l'on ressent toujours à l'approche de l'espoir, et découvrit bientôt l'entrée du vieux tombeau, marquée de deux pierres blanches. Le sol était foulé au seuil de l'hypogée et Haldric en conclut qu'Abarix était là, ou ne saurait tarder. Il appela doucement, comme s'il craignait un peu qu'un autre puisse entendre, se penchant prudemment vers l'ouverture béante, semblable à un terrier, et qui pouvait mener tout droit au coeur de l'Outre-monde...

*

"Bienvenue dans mon château de verre, Haldric, je vous attendais."

Le jeune homme sursauta. Juste derrière son dos, à moins d'une enjambée, l'ermite lui souriait. C'était un beau vieillard à la barbe soignée, vêtu d'un blanc manteau qui semblait être neuf. Il s'appuyait sans peine à une longue lance dont la pointe de bronze luisait comme un miroir. Son visage impassible, creusé de nobles rides, était étrangement pâle, mais dans ses yeux immenses couleur de l'océan, toute la force du ciel avait trouvé refuge.

Haldric n'avait plus peur. Le regard contre terre, il ne savait que dire. La présence du vieil homme le baignait de chaleur. Il ne savait comment formuler sa requête, les mots ne venaient pas, ou semblaient dérisoire...

"Saint homme, j'ai besoin de vous..."

"Je sais, mon ami, je sais" l'interrompit l'ermite, "mais entrez donc chez moi, la pluie va revenir."

Haldric réalisa combien il était sale, l'errance de sa journée l'avait couvert de boue, trempé d'une lourde sueur et griffé de partout. La fatigue, tout d'un coup, lui reprit les épaules. Il avait faim et froid, n'ayant à aucun instant songé aux provisions qui remplissaient le sac qu'il avait emporté comme unique bagage. Maintenant il avait honte d'une si vilaine allure qui contrastait tellement avec celle d'Abarix.

Se pliant à demi, il entra le premier dans le temple-tombeau. Il y faisait plus noir que dans la gueule du Diable. Abarix ne l'avait pas suivi. Pourtant il était là, devant lui, si près de son visage qu'il en sentait le souffle.

"Attendez, jeune homme", entendit-il lui dire, "je vais vous faire de la lumière".

Il sentit une main se poser sur son front, et presque immédiatement, la nuit se dissipa.

Haldric, abasourdi, prit conscience de l'endroit où il était entré. Le caveau s'éclairait d'une étrange lueur rouge qui nimbait le décor sans laisser aucune ombre. Ses parois étaient faites de hautes dalles de pierre, fichées en pleine terre, jointes sans maçonnerie, supportant sur leur faîte une roche énorme et plate, grossièrement dégauchie pour tracer un plafond. La salle souterraine était de taille modeste, en forme de couloir, néanmoins assez vaste pour contenir dix hommes. Partout étaient gravés des motifs stylisés : des spirales, des oiseaux, l'ébauche d'une femme, quelques signes abstraits... Mais il n'y avait rien d'autre, aucune trace humaine, ni meuble ni objet, pas même une peau de bête, ni l'empreinte d'un feu.

"Asseyez-vous", reprit le vieil homme, "asseyez-vous et contez-moi votre peine."

Puis il se dirigea vers le fond du tombeau, comme s'il avait perçu qu'une trop proche présence empêche la parole et, tournant le dos, il déposa sa lance et se croisa les bras.

Assis à même le sol, les genoux repliés jusque sous le menton, Haldric, d'une voix triste, raconta son amour. Il parla des seize ans de la petite Childris : la grâce de ses gestes, la douceur de ses lèvres ; il lui parla ensuite de ses dix-sept ans : la chaleur de son ventre, le feu de ses prunelles ; il raconta enfin leur mariage et son propre baptême qu'on fit le même jour... et puis la maladie, et la lente agonie.

Il parla en pleurant de l'enfant inachevé, de l'horrible froideur des aubes solitaires, des nuits interminables, des journées inutiles... de la pauvre souffrance de n'avoir rien pu faire, de se sentir coupable d'une faute incomprise, d'y voir la main d'un Dieu, mais sans savoir duquel...

Alors vint le silence. La tête entre ses mains, Haldric ferma les yeux. Parler de sa misère lui avait fait du bien. Il se sentait plus vide que les vents de décembre qui courent sur la neige sans porter de parfums.

Du fond de l'hypogée, la voie riche et profonde du vieil homme s'éleva.

"Il faut sécher tes larmes, et comprendre le Monde. Je sais que tu es bon, courageux, et humain. Tu as au fond de toi l'ultime qualité, qui est l'Intelligence. Peut-être es-tu celui que je cherchais en vain. Si tu veux accepter une certaine épreuve, et si tu réussis, alors tu oublieras tes peines et ton chagrin."

Haldric hocha la tête. L'idée même d'une épreuve où il pourrait se battre avait sonné en lui comme une délivrance. Agir, enfin !

Abarix souriait.

"Ce n'est pas de combat dont je te veux parler, mais de force, tant de coeur que d'esprit. Voici bientôt trois mois, comme comptent les Romains, que ta compagne est morte. Ce que je te propose, c'est d'aller la rejoindre dans le monde de Sîd, de voir où elle se trouve, de voir ce qu'elle y fait, et puis de revenir, si tu en es capable, et d'affirmer alors le choix de ton destin..."

*

Depuis combien de temps Haldric était-il là, assis dans les ténèbres du tertre funéraire, sans manger, sans dormir, les yeux écarquillés, tournés vers la lumière qui tombait de son seuil ?...

Garder les yeux ouverts... la consigne absolue d'Abarix-le-sage résonnait dans son crâne comme le fer dans la forge. Forcer en pleine conscience et dans l'obscurité les portes du sommeil... Il porta en tremblant le gobelet d'argent à ses lèvres brûlantes. L'épouvantable philtre lui déchira la gorge. Combien de fois Haldric avait-il dû mouiller ses lèvres desséchées de l'horrible mixture, sans même pouvoir la boire ?

"Chaque fois que reviendra la griffe du néant... jusqu'à la lie... quand il n'y aura plus au fond de ton calice de quoi salir une larme... Alors je reviendrai..."

*

"Eh bien, jeune homme, on s'endort ?"

Le caveau se remplit d'une lumière rouge. Vaincu, à demi-fou, tout au fond du tombeau, Haldric serrant sa hache, croyait voir apparaître encore un des démons qui venaient sans répit tenter de l'emporter au coeur même de l'enfer. Il n'avait plus la force de se relever...

Cette fois c'était la fin. Il n'essaierait même plus de lutter contre l'Ombre. Allongé sur le sol, avec juste la tête et le haut des épaules appuyés à la roche, il regardait sans joie Abarix se dresser, lui sourire étrangement en brandissant sa lance, et puis, la lui jeter en plein milieu du front.

*

Haldric se redressa, il n'avait rien senti. Comme saisi de vertige, il regarda le druide retirer lentement son arme d'un cadavre. Puis il comprit enfin qu'il n'avait plus de corps. Il était bien vivant en dehors de sa chair qui gisait à présent inerte sur le sol, sans un filet de sang, ni la moindre blessure.

Haldric, face au vieil homme, n'était plus qu'un regard. Il se sentait si bien qu'il n'était pas inquiet. Déjà loin derrière lui s'évanouissaient ses peines, ses angoisses, ses colères, ses larmes et sa fatigue. Dans les yeux d'Abarix il y avait tant d'amour, de tendresse paternelle et de profond bonheur...

"Maintenant, tu es vraiment dans le château de verre", lui dit-il gentiment, "laisse ton corps où il est, il dort bien à l'abri. Tu reviendras le prendre quand tout sera fini. Il est temps de saisir le mystère de la mort. Va rejoindre Childris, je te suivrai de loin, mais tu dois rester seul..."

Abarix disparut comme il était venu. Haldric, désemparé dans son nouvel état, imagina alors qu'il sortait du tombeau. Et instantanément, il se trouva dehors.

*

La nuit était tombée. Les arbres dénudés faisaient au fond du ciel une fresque de dentelle. La lune qui brillait d'une froide lumière donnait à la forêt un aspect féerique. Haldric se mouvait comme se meuvent les esprits, par glissades invisibles, sans poids et sans contrainte, avec une volupté qu'il ne connaissait pas. Ce n'était plus ses jambes qui portaient sa conscience, mais seulement un désir hors de toute matière...

Mais où trouver Childris ? Si elle était comme lui, il était inutile de voir sa sépulture, il n'y aurait en ce lieu qu'une dépouille sans âme. Cette vision pénible ne lui donnerait rien.

Il passa quelque temps à courir le pays. Les rives de la Meuse, les bords de la Moselle, la Saône majestueuse et la Sarre éternelle... Il passa comme une ombre au-dessus des plateaux, parcourut en rêvant toutes les vallées des Vosges, traversa les cités de Reims, de Trèves, de Metz et de Soissons... il vit tous les villages, les châteaux, les églises, entra dans les maisons, les cavernes, les nuages... Mais il ne voyait là qu'un monde de vivants. Pas un dieu, pas un mort, pas l'ombre d'un fantôme, il n'y avait que le vent qui traînait en silence une course indifférente.

Il s'éleva alors tout en haut, dans le ciel, mais il ne rencontra qu'une immensité froide. Il n'y avait pas de Dieu, il n'y avait pas de Diable, il vit la terre ronde, les vastes océans, la lune et les planètes arides et désolées... en un jour il apprit la marche de l'univers, et il sourit un peu de la science des humains. Mais il ne trouva pas Childris. Alors Haldric revint au coeur de la forêt, là où gisait son corps, dans le vieux tumulus, et resta immobile à quelques pas de lui.

*

Flottant comme une brume au-dessus du tombeau, Haldric désespéré se mit à réfléchir. Si Childris n'était pas dans la sphère matérielle, elle restait en revanche bien vivante dans son coeur. Alors il l'évoqua, fit jouer sa mémoire, s'imagina enfin qu'il était à sa place, revivant leur amour avec les yeux de l'autre, devenant en esprit l'âme même de sa femme... il revit dans un songe toute leur brève histoire, ressentit de Childris toutes les émotions, finit par se glisser tout entier dans ses traces... Et alors disparurent les formes alentour...

Il bascula soudain dans une nuit opaque.

Il n'y voyait plus rien. Comme un poisson aveugle dans un fleuve souterrain, il se laissa porter par un puissant courant qui l'emportait entier, sans qu'il puisse se guider, poussière de conscience dans un vivant néant. Il entrait dans la Mort, la vraie, l'inéluctable, celle dont jamais humain n'eut force de revenir. A cet instant précis, Haldric connut la peur. Jamais, de toute sa vie, il n'avait ressenti une telle solitude, jamais de toute sa vie il n'eut si forte angoisse ; il vivait, étranger, la mort de quelqu'un d'autre, et se voyait commettre pire qu'un sacrilège... L'horreur de son geste lui apparut d'un coup. L'amour qu'il avait cru apporter aux Enfers se révélait enfin n'être qu'une illusion, monstrueux égoïsme, effraction terrifiante, qui allait maintenant se tourner contre lui afin de le détruire... Saisi par l'épouvante, maintenant il comprenait la folie de son rêve. Comme un navire perdu au coeur de la tempête, il sentait sa raison faire eau de toute part, craquer, se disloquer sous une pression terrible, avalant le néant par toutes ses fissures, il se voyait sombrer dans le plus noir des gouffres...

Il revoyait Childris avec ses yeux de pluie, son sourire éclatant comme un printemps fleuri, la grâce de ses épaules... il aurait pu sentir l'odeur de ses cheveux, effleurer de sa main la courbe de ses hanches... sa mémoire frissonnait de souvenirs câlins, d'espoirs tant partagés, de rêves mélangés. Plus l'image de Childris revivait dans son âme, plus l'océan mortel explosait de colère. Et il réalisa que revenir à lui c'était faire naufrage. S'il voulait se sauver, il fallait emprunter la route de Childris et la vivre comme elle, ne plus être un intrus, n'être qu'un souvenir... un souvenir de lui, non un souvenir d'elle...

Alors tout s'apaisa. L'océan redevint fleuve, le fleuve redevint nuit, et l'aube se leva, quelque part, près de lui.

*

"Mon fils, tu es passé. C'est un très grand miracle. Je ne connais personne qui l'ait fait après moi. Tu es digne du Monde. Au nom de Sîd et de tout ce qui vit, aujourd'hui, tu es Roi."

Abarix était là, aux côtés de Haldric, et son corps tout entier semblait une flamme bleue.

"Maintenant, mon enfant, tu peux revoir Childris." reprit-il après un long silence, "Ouvre les yeux, regarde, elle est là, devant toi."

C'était bien son épouse, la belle jeune fille à quelques pas de lui. Elle était toute droite, à peine transparente, les bras levés au ciel, portant sans la toucher une sphère éblouissante. Elle avait les yeux clos sur un rêve intérieur, et deux sources d'or pur jaillissant de ses mains fondaient en tourbillons au coeur de ce soleil qu'elle seule semblait créer...

"Ne la touche surtout pas !" reprit alors le druide, "tu ne peux rien pour elle, l'Oeuvre est trop avancée, tu la ferais souffrir. Tu as devant les yeux le plus beau des mystères : Childris, en ce moment, croit rencontrer son Dieu. La matière de son corps est retournée en terre, la forme de son âme retourne à sa substance. Bientôt, toute sa conscience sera dans cette sphère, où le meilleur d'elle-même croira revivre une vie. L'enfer, le paradis, ne sont que nos mémoires. Mais ne t'inquiète pas, tu es là, avec elle. Tu es son souvenir, tu es dans son esprit, au sein même de son rêve. Puisque tu dis l'aimer, ne viens pas lui troubler cette illusion sublime où renaissent meilleures les images accomplies de toute une destinée. Aimer, c'est avant tout savoir puiser sa joie dans le bonheur de l'autre, comme on vit d'une source sans jamais l'altérer...

Quand son âme tout entière deviendra une étoile, alors elle glissera dans un autre cosmos et tournera longtemps dans la danse de Lumière, jusqu'à ce qu'elle épuise la substance de ses rêves... Puis elle se videra, reviendra sur elle-même, versant dans le sommeil comme on referme un livre. Riche d'une expérience, mais sans un souvenir, devenue un caillou lancé dans l'Univers, alors Sîd la prendra comme des milliards d'autres et enfin pourra naître une nouvelle existence. Bientôt tu comprendras, Haldric, cette Magie..."

Abarix s'approcha de la métamorphose. Elle avait un sourire qui trahissait l'extase. Son visage devenait de plus en plus diaphane, la forme de son corps s'estompait lentement. Posé au-dessus d'elle, le globe étincelant s'était mis à tourner.

"Sîd se nourrit des Songes. Il faut les entretenir. Haldric, maintenant, tu vas me remplacer. D'autres tâches m'attendent. Je peux enfin partir et rejoindre les Maîtres. Je te transmets ma lance, elle vient du fond des âges, grâce à elle tu pourras entrer dans toutes les sphères, glisser dans tous les mondes, tu passeras comme une brise dans les branches des arbres, sans jamais déranger l'ordonnance des choses. Tu seras le témoin, tu seras l'oeil de Sîd. L'Univers ne peut vivre dans l'uniformité. Si tu vois que les rêves ont trop de ressemblance, alors il te faudra inspirer les poètes, les conteurs de légendes, les peintres, les musiciens, tous les dresseurs de mots et les montreurs d'images, tous ceux qui font du Temps une fête éternelle... Il faut autant de saints qu'il faut de criminels, montre-leur des abîmes qu'ils voudront explorer, des monts inaccessibles qu'ils voudront conquérir, que chacun aille au bout de sa propre lumière : c'est autant de flambeaux qui chassent le Néant..."

*

Lorsque Haldric ressortit de l'antique tombeau, il avait à la main la lance d'Abarix. La lumière du soleil l'éblouissait un peu. Il quitta ses vêtements, se lava à la source qui coulait non loin, et passa sur sa peau le manteau de lin blanc. Alors, sans un regard vers son ancienne forge, il adressa à l'Ouest un étrange sourire, puis se mit en chemin...

***

Aujourd'hui peu de gens se souviennent de Haldric. On connaissait encore au début de ce siècle, en forêt de Clermont, les ruines d'un dolmen qu'on disait autrefois être un lieu de sabbat. Les terribles combats de la grande guerre mondiale n'en ont plus rien laissé. Quant-à Haldric-le-Franc, on dit qu'il a quitté le pays de Lorraine pour gagner la Bretagne et passer en Irlande. Il aurait pris là-bas, pendant quelques années, le nom de Taliesyn. Mais ceci est une autre histoire.

10.
LE REVE DE JEHANNE

Il y a dans le ciel des choses merveilleuses. C'est un théâtre étrange, muet et éternel, qu'on pourrait croire monté à l'intention des Dieux. Il faut lever la tête pour voir ce qu'on y joue. Quels que soient les pays, les provinces, les régions, la planète en tous lieux offre comme décor à la scène céleste sa bannière armoriée : "Parti d'azur à un soleil d'or et de sable à un croissant d'argent, et une bande pourpre mise en pal".

Dans ce champ viennent danser les images de la vie, où les acteurs ne sont que les nuages qui passent. Avec des airs joufflus, de longues barbes blanches et des cheveux gris perle, ils miment en silence les chansons et les gestes que rêvent les humains au fond de leurs tanières. Pour qui aime les voir dans leurs habits mouvants, les nuées éphémères sont plus que des reflets. Mais saisir leurs messages est chose difficile. On dit que n'y arrivent que les sages et les fous, les saints et les sorciers. Mais peut-être, après tout, ces gens privilégiés sont-ils les seuls Poètes. Remplis de cet amour qui cimente le monde, en donnant aux nuages cette forme d'existence, peut-être ne cherchent-ils qu'à donner des visages à leurs propres désirs. Fragiles petits êtres posés sur un rasoir ! Odieuse pesanteur qui les fait basculer ou les déchire en deux... Que reste-t-il de ceux qui crurent parler aux Dieux, et voir par leurs yeux ?

La Lorraine est remplie de ces histoires curieuses où les sphères communiquent aux frontières invisibles. Ce sont souvent des contes qui donnent une profondeur aux choses insolites, aux faits, aux accidents, à certaines circonstances qui nous semblent étranges, et qui deviennent logiques une fois qu'on les traduit dans la langue des Esprits. Ces récits, bien souvent, permettent d'éclairer l'autour de ces zones d'ombre d'où jaillit la lumière que l'on n'attendait plus. Ne dit-on pas ici que mythes et traditions sont des mémoires errantes ? En fait, bien des mystères deviennent évidences pour peu qu'on les accepte, et surtout qu'on les aime. Cette langue des Esprits est celle du coeur de l'homme. Regardez-la danser, le soir, autour des arbres, écoutez-la chanter dans les plus hautes branches, et remplissez votre âme de ses muets vertiges quand elle lance dans le ciel d'incroyables nuages...

***

1428, aux marches de Bourgogne : Neufchâteau.

Voici bientôt huit ans que l'infamant traité de Troyes, suite logique de la défaite d'Azincourt, croit avoir résolu l'interminable conflit qui oppose la France et l'Angleterre. Mais la guerre civile engendrée par la haine mortelle que se vouent l'une à l'autre les familles Bourguignon et Armagnac, ravage toujours les campagnes. Si l'heure n'est plus aux affrontements d'envergure, le pays reste sillonné par des bandes armées et, qu'elles soient alliées ou ennemies, l'épouvante qu'elles y sèment reste toujours la même. On se combat encore, pour un champ, pour un mur, à défaut de se battre pour un peuple, pour un roi... Et, d'ailleurs, pour quel roi ? Car si le Traité de Troyes imposé par Henry V d'Angleterre lui donnait en mariage Catherine, fille de Charles VI "le Fou" et d'Isabeau de Bavière, le décès de ce dernier ne le faisait pas pour autant roi de France, l'héritier légitime du trône restait le dauphin Charles, en vertu de la loi salique qui règle la succession depuis Clovis : un gendre ne peut devenir roi tant qu'il reste un garçon dans la famille régnante. La couronne ne doit pas passer aux mains d'un étranger, fût-il normand ou angevin. L'union des deux royaumes ne peut se faire que dans un sens. Aux yeux de la légitimité, l'Angleterre est vassale de la France. Il aura fallu une guerre de cent ans pour qu'on ose en douter.

1428, aux marches de Lorraine, Neufchâteau.

Voici bientôt six ans qu'Henry V d'Angleterre a quitté notre monde. Le duc de Bedford s'est proclamé régent au nom de Henry VI. Le dauphin Charles "VII" a pris titre de Roi. Il n'est que roi de Bourges. La France est un chaos d'intrigues et d'influences, l'Anglais reste le maître d'un immense territoire : il tient la capitale et le cours de la Seine, toutes les provinces du nord, et aussi la Guyenne ; en plus de la Bourgogne, les duchés de Bretagne ainsi que de Lorraine, comme le comté de Foix leur semblent favorables, même s'ils restent prudents et montrent une grande réserve dans leur fidélité. Jamais pays de France ne fut si divisé, il est ingouvernable, la force règne partout et la puissance nulle part. Il n'y a pas de tête où poser la couronne...

1428, aux marches de Champagne, Neufchâteau.

Voici bientôt trois ans que les troupes françaises de Saint-Michel, le "Mont-au-péril-de-la-mer", ont repoussé victorieusement l'assaillant. L'année dernière encore, Richard de Beauchamps, comte de Warwick, était écrasé devant Montargis. Succès sans lendemain. Aujourd'hui l'Anglais est là, comme une hydre invincible, poussant sa gueule immonde jusqu'aux pieds des remparts de la dernière place forte qui restait aux Français sur les bords de la Meuse : la ville de Vaucouleurs. La campagne alentour est livrée au pillage. Neufchâteau est à trois lieues de là. Tout est calme.

*

Un lumineux soleil de juin dans un ciel sans nuage effleurait tendrement d'un doigt crépusculaire les crêtes arrondies des coteaux de la Meuse. Massés sur les courtines touchant les deux grosses tours de la Porte de France, il y avait bien du monde qui regardait vers l'ouest, ce soir, à Neufchâteau : les hommes d'armes silencieux, crispés dans leurs cuirasses, tenant haut la hallebarde comme s'ils voulaient qu'on croie à leur indifférence, les habitants du bourg, plus inquiets que curieux, et puis les réfugiés, si pauvres, si misérables, qui imploraient le Ciel en se tordant les mains. Presque tout Neufchâteau était là, sur les murs, le regard au-delà des coteaux de la Meuse, leurs pensées dévalant l'autre flanc des collines, leurs âmes convergeant vers les rives verdoyantes du fleuve encore si jeune...

Il y avait là-bas une longue fumée qui s'élevait tout droit, unique nuage noir dans l'azur finissant. Au creux de la vallée, posé sur un ruisseau qui rejoignait la Meuse, à guère plus d'une lieue, Domrémy brûlait.

C'était la deuxième fois que toute la famille d'Arc devait fuir son village. Il y a trois ans déjà, lorsqu'ils rentrèrent chez eux, ils virent tout saccagé, les bêtes emportées et les meubles détruits. Jehanne, leur petite fille, en fut si bouleversée qu'elle en resta muette pendant plus de deux jours. La prise d'un village par une bande d'écorcheurs n'est pas de ces spectacles qui conviennent aux enfants. Et Jehanne, à cette époque, venait d'avoir treize ans. Qu'allait-il advenir de son coeur, de son âme, quand toute sa maison serait réduite en cendres... Il y avait lieu de craindre que ses étrangetés viennent à la reprendre...

Serrant avec détresse l'épaule de sa femme, Jacques d'Arc posa ses yeux sur sa petite fille. Seize ans à peine, et des yeux si candides, si noirs et si profonds qu'un eût dit un labour attendant les semailles. Seize ans déjà, le chevel châtain clair, les membres pleins de force, un sourire si charmant... et la voir ainsi là, à genoux sur la pierre, les mains jointes en prières, les lèvres égarées dans on ne sait quel rêve...

"Dieu que cette guerre met grande pitié dans le royaume de France !" soupira-t-il.

Jehanne ouvrit les yeux. S'appuyant au créneau, elle se leva lentement.

"Non, mon père" lui dit-elle, "ne vous affligez point. Bientôt paix reviendra, et il n'y aura plus en terre de ce royaume d'Anglais qui n'y soit mort. Mes voix me l'ont appris."

"Tes voix !" cria Jacques, levant les bras au ciel, "tes voix...!" reprit-il doucement en détournant les yeux et rougissant un peu, saisissant soudain comme la foule était dense aux remparts de la ville, "... tes voix sont méchante farce de ton esprit malade. Il n'y a que les sots comme ton cousin Laxart pour y porter crédit. Je compte que plus jamais tu ne me feras honte en allant exposer au capitaine Robert (13) les nuages insensés qui courent dans ta tête ! Je me fâcherai plutôt. Si ceux que tu entends ne me semblent point diables, ils n'en sont pas des anges au vu qu'il y paraît. Oncques ne vit Dieu quérir une pucelle pour couronner un roi ! Et pourquoi le Valois plutôt que le Lancastre ? Le droit est à celui qui a meilleures armes."

Jehanne lui sourit alors, l'embrassant tendrement.

"Parce qu'il est le plus faible, et qu'il est près du trône. Il n'a aucun pouvoir, mais son regard va loin. Puissants sont les seigneurs qui aiment à l'entourer, et bien d'autres viendront quand on le connaîtra. Qu'importe que le Roi soit fils d'homme ou de femme, c'est la Vierge Marie qui lui met la Couronne ; si je lui donne l'Epée, il sauvera le royaume. L'autre n'est qu'un tyran, messire Dieu n'en veut point, nul ne supporte un roi qui règne pour son compte."

*

Le jour qui finissait désemplit les murailles. Entraînant son épouse et toute sa famille, Jacques revint à la rue, et rentra au logis qu'ils avaient pour l'instant à l'auberge de "la Rousse". Le coeur tout assombri des folies de sa fille, la nuit n'apporta point l'habituel réconfort. Se pouvait-il encore que sa femme eût raison ? Que ce ne soit le fruit que de ce mal étrange qui voit fille de seize ans ne pas connaître encore la faiblesse des femmes ?... A moins que ce ne soit la lecture des romans qui venaient d'Angleterre et la faisait rêver d'un nouveau roi Arthur (14) qui chasserait les Saxons de l'ancienne terre celtique... et cet "arbre des fées" où chaque mois de mai, Jehanne et ses jeunes amies allaient tresser couronnes avec des fleurs blanches pour les mettre à ses branches... c'était la tradition, il en convenait bien, mais n'était-ce point aussi Fête bien peu chrétienne ?... Qui étaient ces deux dames, et cet homme en armure : Saint Michel, Sainte Catherine et Sainte Marguerite ? Illusion de l'esprit, artifice du Diable ? Pourtant Jehanne était pieuse, n'avait jamais fauté ni eu aucun commerce... Seigneur ! faites que ceci ne soit qu'une lubie...

*

"Va, fille de Dieu, va, va, va !, nous t'aiderons."

*

12 Février 1429. Vaucouleurs.
"Aujourd'hui je viens pour la troisième fois, et vous m'écouterez, et vous me donnerez des hommes. En nom de Dieu, vous tardez trop à m'envoyer, car aujourd'hui le gentil dauphin a eu, assez près d'Orléans, un bien grand dommage, et encore l'aura-t-il encore plus grand si vous ne m'envoyez point vers lui (15)"
Robert de Baudricourt se gratta la tête. Il y avait tant d'aplomb dans cette jeune fille, ses yeux étaient si francs, si purs et si candides, qu'ils lui parurent plus clairs que la voûte des cieux. Et puis, rien n'y faisait. Depuis bientôt un ans qu'il l'avait

fait placer chez son oncle Roger "afin de l'observer", rien n'avait évolué dans son obstination, sinon qu'elle grandissait. Même le duc de Lorraine, qui l'avait fait mander afin qu'elle le guérisse autant qu'il la raisonne, n'avait obtenu d'elle la moindre hésitation. Elle avait même poussé l'audace de sa folie à demander au duc les troupes de son gendre (16) pour la mener au roi ! Dieu, que fallait-il faire ? Laisser partir une fille jusqu'aux murs de Chinon, à plus de onze jours, en territoire ennemi encombré de routiers, de gens d'armes, de brigands, pèserait sur sa conscience comme un assassinat.

"Je ne crains pas les gens de guerre", reprit Jehanne comme si elle avait lu dans ses pensées, "j'ai mon chemin tout aplani. S'il se trouve des hommes d'armes, messire Dieu saura bien me frayer la route pour aller à messire le dauphin, c'est pour cela que je suis née."

Alors Baudricourt baissa les bras. Jehanne avait par ces mots vaincu sa résistance. Après tout, qu'il advienne ce qui devait advenir. Baudricourt, devant Dieu, s'en laverait les mains.

*

Le 23 février 1429, la petite troupe de Jehanne, où l'on comptait seulement Colet de Vienne (17), l'archer Richard, Bertrand de Poulengy et son valet Julien, Jean "de Metz" et son valet Jean d'Honnecourt, s'en alla sans tapage au château du dauphin, à Chinon en Touraine, distant à travers bois de cent cinquante lieues. On dormirait le jour, on marcherait la nuit, loin des habitations, on prendrait toujours soin d'éviter les grand-routes, préférant se glisser par des sentiers discrets. Tous les sens en éveil, les sept cavaliers passeraient comme une brume la grande forêt de France.

Saint Michel leur traça une voie sans encombre et, par un beau matin, ils arrivèrent enfin sous les murs de Chinon.

Depuis un long moment Jehanne semblait absente. La pluie qui les suivait depuis plus de trois jours leur transperçait les chairs et leur glaçait les os. Tous étaient exténués, transis et affamés. Jehanne semblait ailleurs. tous attendaient un feu, une table bien garnie, des femmes et du vin. Jehanne était dans son rêve. Elle avait les yeux clos et un certain sourire qui ne la quittait plus depuis qu'ils avaient vu aux environs de Tours cette petite chapelle perdue au fond des bois.

"C'est là que dort l'Epée" avait dit la Pucelle, "sainte Catherine la garde depuis tellement de temps... Il y a cinq étoiles sur le plat de sa lame. A chaque fois brisée quand le Diable la tient, sans cesse reforgée par les anges du ciel quand un Prince se lève au nom de messire Dieu."

Ses voix lui avaient dit qu'il lui fallait attendre. Et la petite escorte avait repris la route. Depuis cette courte halte en forêt de Fier-Bois, Jehanne était excitée comme fille que l'on mène pour la première fois au marché de la ville. Elle avait dans sa tête les idées les plus folles lui faisant oublier toutes peines et fatigues. Mais même à Jean de Metz, devenu son ami, elle ne voulut rien dire. Pour elle seule elle gardait au secret de son âme le sens de sa mission. Pour l'heure, il suffisait qu'autour d'elle on sût qu'il fallait sacrer Roi le prince légitime. Mais il fallait d'abord délivrer Orléans...

*

La chevauchée de Jehanne est une affaire connue. Quand elle vit le dauphin et qu'elle l'eut convaincu, elle fit chercher l'Epée en chapelle de Fier-Bois. C'était le 24 mars. On lui fit une armure, elle prit un étendard, et malgré quelque grogne chez certains capitaines, l'ost se mit en route pour délivrer la France. Un mois et cinq jours après que la Pucelle eut conduit les Français, Orléans était prise...

Enfin, toutes les villes des bords de la Loire se rendirent tour à tour : Jargeau, Meung, Beaugency... Le 18 juin de cette même année, l'Anglais était rejoint dans la plaine de Patay. Il y fut bousculé, dispersé, écrasé. Enfin, les villes d'Auxerre, de Troyes et de Châlons, s'ouvrirent à leur tour... La voie devenait libre pour qu'au 16 juillet, Charles puisse entrer à Reims.

"Gentil roi," lui dit Jehanne, "maintenant est fait le plaisir de Dieu qui voulait que je levasse le siège d'Orléans et que je vous amenasse en cette cité de Reims recevoir votre sacre. Maintenant vous êtes le vrai roi."

Elle se mit à genoux aux pieds de Charles VII... ses yeux noirs rayonnaient d'amour et de bonheur. Il fallait maintenant qu'on marche sur Paris. Elle lui tendit l'Epée.

Il ne la prit pas.

*

24 août 1429. Saint-Denis.

Il faisait frais. La campagne, tranquille sous une lune immense, accueillait en son sein tous les bruits de la nuit. Toute l'armée des Français s'était arrêtée là. Elle s'était vue grossie des troupes de Senlis, mais le roi et sa garde restèrent à Compiègne, nouvellement reconquise. Il ne tarderait pas à rejoindre la Pucelle, car la place d'un roi est au coeur des combats. C'est sa divine présence qui donne la victoire.

Assise auprès du feu, au milieu du campement, Jehanne fixait les flammes qui montaient vers le ciel. Les gracieuses volutes d'une épaisse fumée blanche couraient au firmament dessiner des nuages. Tout là-haut, sous la voûte océane de cette nuit d'été, clignotaient les étoiles comme les yeux des Anges.

D'un geste machinal, elle caressait doucement le pommeau de l'Epée posée sur ses genoux...

"A quoi songes-tu ?"

Depuis un bon moment Jehan d'Alençon, assis à côté d'elle, l'observait en silence. Jehanne sursauta, essaya de sourire en cherchant son regard.

"Mon beau duc, cette guerre me déplaît." lui répondit-elle après un long soupir. "Ce n'est point là bonne manière de maintenir la grâce de Dieu sur nos armes. Si nos gens n'en changent pas, je crains fort qu'elle ne nous abandonne."

"Que veux-tu dire par là ? Le sort jusqu'à présent s'est montré favorable, toutes les villes et châteaux entre l'Oise et la Seine se sont rendus au roi, Pothon, la Hire, de Rais partout font des merveilles, les Anglais se débandent lorsqu'ils nous voient venir, et bientôt c'est Paris qui s'ouvrira à nous..." D'Alençon, devant elle, levé dans son armure toute luisante des flammes qui venaient s'y mirer lui sembla un instant être l'ange Saint-Michel. Jehanne ferma les yeux.

"Ce n'est pas aujourd'hui que nous prendrons Paris. Les gens de notre cause n'y sont pas tant nombreux," reprit-elle tristement. "Les courses incessantes de notre soldatesque jusqu'aux murs de la ville ne font qu'épouvanter, au lieu de conquérir les faubourgs et les coeurs... Il faut que cette armée chasse ses écorcheurs. Il y a trop de pillages, de viols et de rançons. L'ost ne peut se permettre d'être une armée brigande."

Jehanne remit son épée dans son fourreau de fer avec un claquement sec. "De ce pas je m'en vais faire le nécessaire !" ajouta-t-elle, puis tourna les talons, fit seller son cheval, et partit dans la nuit aux confins du campement.

D'Alençon resté seul rentra dans ses quartiers. Il connaissait trop Jehanne pour s'inquiéter encore de ses sautes d'humeur. Il ôta son armure, prit deux coupes de vin et s'en alla rejoindre sa dernière conquête qui l'attendait, docile, au milieu des coussins.

*

Jehanne devait se calmer en attendant le roi qui ne saurait tarder à venir la rejoindre. Lui seul pourrait tenir la sauvagerie des hommes. Passant au petit trot sur les chemins du camp, elle avait grand besoin du conseil de ses voix, mais tout était silence.

Hier elle avait vu en campagne de Beauce fourrager sans mesure des moissons encore vertes. Le produit de ce crime nourrissait les chevaux, alors que la famine ravageait tout un peuple !... Il n'y avait de jardins qu'au sein des forteresses, les villages détruits étaient cernés de friches, de ronces et de cadavres qui empuantissaient jusqu'à l'eau des rivières... les paysans ruinés erraient comme des spectres en attendant la mort, ou devenaient des bêtes tapies au fond des bois. Il n'y avait plus de femmes que putains et ribaudes, plus cruelles et plus sales que les pires des soudards, elles suivaient comme des chiennes la horde des soldats, se donnant au premier qui leur jetait du pain. Quand les femmes n'ont plus respect d'âme ni de corps, Dieu Lui-même ne pourrait empêcher le désastre... Il fallait les chasser. Il fallait nettoyer le camp de cette peste, endiguer la luxure, la débauche et le reste, arracher des esprits le vice diabolique de la fornication qui fait de nos guerriers les derniers des pourceaux... Ah ! mon Roi, je vous aime de cet Amour sublime si plaisant à Jésus, qui éloigne du corps la tentation du diable. Pourquoi par cet exemple les hommes ne changent-ils pas ? Oui, c'est bien par les femmes qu'arrive le péché. L'odeur de leurs cuisses vient tout droit de l'enfer...

"Tu me cherchais, Pucelle ?"

Surprise dans ses pensées, Jehanne tira en arrière les rênes de son cheval. Il se cabra soudain, manquant la faire tomber. Au milieu du chemin, déjà loin des fascines qui clôturaient le camp, une femme était là. Une de ces créatures qui suivaient son armée. Des chariots dételés, des feux qui finissaient en braises rougeoyantes, des ombres endormies couvertes de haillons, les soupirs des hommes ivres, et de vin et de vice, qui fusaient çà et là des tentes et des buissons... Jehanne était arrivée au milieu des ribaudes.

"Qui es-tu, femelle, pour oser me surprendre ?" cria-t-elle à la fille qui lui barrait la route.

"Je suis Anne-la-Putain. Ces femmes sont à moi, et sous ma protection. Viendrais-tu les chasser ?"

"Comment le sais-tu ?"

"Je lis dans tes regards comme dans tout ce qui vit."

Les deux poings sur les hanches, fière comme une sentinelle, la fille parut à Jehanne plus belle qu'un mystère, et cela lui fit mal. La lumière qui tombait de la lune et des feux éclairait ses yeux clairs et les faisait plus purs que tous les cieux du monde. Elle avait un sourire d'une grâce infinie, des traits fins et légers comme ceux des enfants, et une chevelure d'un blond étourdissant, entourant son visage comme deux plages de sable qui suivent une rivière. Elle était revêtue d'une cape de toile bleue sur une robe rouge, salie et déchirée, tombant sur ses pieds nus. A la voir on pensait qu'elle n'avait pas vingt ans.

"Il faut que vous partiez, toi et tes prostituées. Messire Dieu n'aime point la fange de votre état."

"Partir," répondit Anne, "et pour où, je te prie ? La femme ne doit-elle point suivre partout son homme, comme dit si bien ton dieu ?

"Vous n'êtes plus des femmes, vos ventres sont ordure. Vous ne donnez aux hommes qu'un infamant plaisir qui empêche leur âme de se réjouir de Dieu. Vous êtes plus méprisables que tous ces coutillers qui achèvent les blessés et dépouillent les morts. Cette guerre devrait être une croisade de justice, mais l'horreur continuelle des péchés de la chair maintient l'armée du roi en celle de brigands !..."

"Tout doux !, la Belle," répliqua la Putain dans un rire, "'c'est ton dieu et ses sbires qui disent que la femme doit se soumettre à l'homme. Vit-on jamais jardin accusé devant Dieu d'être mal jardiné ? Si ces femmes sont réduites en cette condition que tu exècres tant, et n'ont plus de l'amour qu'un plaisir animal qu'elles vendent pour survivre, la faute ne vient pas d'elles. Quand les soldats s'en viennent ravager les maisons, égorger le bétail, les enfants, les époux, disperser les villages, incendier les récoltes, outrager femmes et filles, et pisser dans les puits, que peuvent reconstruire, souillées et solitaires, les pauvres malheureuses qui en ont réchappé ? Sans compter toutes celles qui furent achetées, livrées ou emmenées pour servir le plaisir des compagnies du roi ! Souviens-toi du sac de Soissons ! (18)"

"Les pauvresses dont tu parles ne sont point toutes ici", répondit la Pucelle, "il y a moult jeunes filles venues grossir tes rangs, qui n'y ont point été poussées par la misère. Seuls les appâts du gain et d'une vie facile en ont fait ce qu'elles sont, elles n'ont point d'autre excuse".

"Crois-tu que seuls les feux et de l'or et du pain peuvent réduire une femme en l'état de femelle ?" reprit doucement Anne, effleurant de la main l'épaule mouillée de sueur du cheval de Jehanne, "la détresse matérielle n'est pas la seule au monde. Les chagrins de l'amour sont tout aussi terribles. Tu sais bien que les femmes offrent d'abord leur coeur, et ne cèdent qu'à celui qui leur promet le sien. Pour nous c'est toujours l'âme qui prime sur la chair. Le malheur vient de l'homme qui n'aime que son plaisir. La femme n'a d'amour pur que la première fois, et lorsqu'elle est trahie, qu'elle voit que seul son corps la fait considérer, grande est la tentation pour ne point rester seule d'accorder ce qu'il veut à qui va lui sourire, rêvant à chaque fois qu'il sera le dernier, à chaque fois déçue de voir que faire l'amour n'est pas faire sentiment..."

Anne baissa les yeux. Elle semblait contenir une tristesse infinie qui voilait son regard d'une lueur étrange. Et Jehanne senti en elle comme un peu de pitié.

"Alors que reste-t-il à ces filles de joie qui autrefois rêvaient d'être femmes de bonheur ?" lança à la Pucelle d'un air presque moqueur la jeune prostituée," : le plaisir, la Jeannette, le plaisir ! Immense, irrésistible, qui inonde les entrailles et apaise l'esprit, lui seul peut repousser l'angoisse de la mort, du malheur, des regrets, des blessures de l'âme, de toutes les trahisons, et des espoirs perdus. Au nom de quelle morale réprouves-tu la jouissance, toi qui n'a pas reçu la semence de l'homme, et ne connais de lui que ce que ta main rêve dans l'ombre de tes nuits ? Laisse ces malheureuses achever leur destin sans plus t'en occuper, ce n'est pas d'elles que vient la honte des armées, va rejoindre ton roi, avoue-lui ton amour, donne-lui ton pucelage ; quand il t'aura chassée, à l'aube, de son lit, te reprochant encore d'avoir souillé ses draps, alors tu comprendras comment une fille honnête peut devenir putain."

Anne s'en retourna sans ajouter un mot, laissant Jehanne étourdie comme si on l'eût frappée au milieu du visage. Comment cette catin osait-elle parler du Roi si présent dans son âme ! Elle tira son épée, et lança son cheval sur la fille qui déjà s'éloignait dans la nuit.

Et en moins d'un instant, Jehanne la rejoignit, levant sur la putain l'Epée aux cinq étoiles qui lui venait de Dieu... mais Anne fut enveloppée par un éclair de feu, et l'épée s'abattit sur un if gigantesque qui apparut soudain au milieu du chemin, et l'Epée se brisa comme un morceau de verre sur son écorce rousse...

*

Jehanne ne comprenait plus. Jehanne ne comprenait pas. Elle n'avait plus en main qu'une arme dérisoire, rompue jusqu'à la garde, et fixait, terrifiée, les éclats d'acier gris tombés au pied de l'arbre... Comme saisi d'épouvante, son cheval se dressa et fit un tel écart qu'il la jeta à terre, pour partir au galop se perdre au fond du camp. Jehanne se releva, et se mit à genoux. Les yeux remplis de larmes, ramassant en tremblant les morceaux de l'épée, les serrant dans les mains à s'en couper les doigts, Jehanne sentait monter du fond de tout son être une vague de désespoir, enfler, démesurée, lui submerger la gorge dans une odeur de sang... et Jehanne, comme une louve sur le corps de son mâle qu'elle découvre sans vie, poussa un hurlement à renverser la lune.

Alors l'ombre de l'arbre retira son étreinte, ses branches miraculeuses se mirent à frémir, son tronc plus élancé que les piliers du ciel s'entoura d'un halo d'un vert éblouissant. Et une voix immense monta de ses racines...

"Ne pleure plus, Jehanne, ce n'était pas ta faute. Je suis celle que tu pries, chaque jour, dans ton coeur. Je suis toutes les femmes depuis qu'il y a le Monde, mais le monde de ce temps n'appartient plus aux femmes. Je ne peux rien pour toi, sinon t'ouvrir les yeux. Ce prince que tu vénères n'est pas le Roi Arthur, c'est un homme politique, sans foi et sans noblesse, il reniera demain les lois qui aujourd'hui lui ont donné le trône (19). Il ne veut pour frontières que celles des rois francs, et se moque bien des peuples, des races et de leurs droits. Je connais bien tes voix, elles ont des noms chrétiens pour que tu les comprennes. Elles s'appelaient jadis "Scatah", et "Aïfé", et ton ange Saint-Michel n'est plus que le reflet d'un certain "Cuchulain" qui défendit l'Irlande des pirates saxons. Tous haïssent l'Angleterre encore plus que la France, et ils ne peuvent admettre la fin de leur histoire... Les choses sont ainsi faites qu'ils ne peuvent plus agir. Il leur fallait quelqu'un pour mener ce combat, mais je crains qu'aujourd'hui ce soit une cause perdue. Ce monde désormais est celui des humains.

Ne pleure plus, Jehanne, bientôt viendra ta fin. Mais je te le dis, ici nous aimons bien l'ampleur de tes rêves et, bientôt, parmi nous, en Sîd, tu règneras."

Puis l'arbre disparut, laissant Jehanne effondrée au milieu du chemin. Lorsqu'elle se releva, elle vit courir vers elle une foule de soldats alertés par son cri. A toutes les questions, elle ne put que répondre :

"Ce n'est rien. J'ai brisé mon épée sur le dos d'une fille de joie. Rejoignez vos campements, demain, nous attaquerons Paris."

***

Quelques jours plus tard, le jour de la fête de la Nativité, la Pucelle fut blessée à la cuisse par un carreau d'arbalète devant la porte Saint-Honoré, et elle dut se retirer. Elle laissa en ex-voto les débris de son épée ainsi que son armure en la chapelle de l'abbaye Saint-Denis. On dit que depuis ce temps, rien ne lui a plus réussi. Elle fut prise par les troupes de Jehan de Luxembourg devant Compiègne le 23 mai 1430, puis vendue aux Anglais pour 10 000 Livres. Après un procès qui déshonorera l'Eglise et la Justice, elle fut menée en place de Rouen pour y être brûlée comme sorcière.

Mais quand le bourreau vint pour disperser ses cendres, il vit avec horreur que le coeur de Jehanne, dans les braises, était resté intact. Constatant le prodige, Jehan Tossard, secrétaire particulier du Roi Henri VI d'Angleterre, s'écria :

"Cette âme est sûrement dans la gloire de Dieu. Nous sommes perdus, nous avons brûlé une sainte !..."

11.

LA MANDRAGORE

Varangéville. Qui connaît ce village du coeur de la Lorraine ? C'est un petit village jouxtant la vieille cité de Saint-Nicolas-de-Port, à côté de Nancy. Port, comme on disait alors, devait son nom à sa situation sur la rive droite d'une boucle de la Meurthe, profonde et assez large pour permettre aux navires venus de la Moselle d'effectuer leurs manoeuvres en toute liberté. En fait, c'était le point ultime où les barques à fond plat des bateliers lorrains pouvaient encore passer, leurs ventres alourdis de sel et de grains. Au-delà, la rivière n'était plus navigable pour les vaisseaux marchands. Mais si toute l'Europe, d'un lointain Moyen-Age à l'époque difficile de l'annexion française, savait où se trouvait Saint-Nicolat-de-Port, c'était surtout parceque l'on y célébrait un grand pélerinage.

Depuis le XIème siècle une relique du saint, une modeste phalange rapportée de l'Orient, n'a jamais cessé de faire des miracles. Devenu patron des prisonniers et des navigateurs, le saint évêque de Myre [20] installé en Lorraine accumule les légendes et les traits mystérieux. Tout le monde se souvient du sire de Réchicourt parti délivrer Jérusalem et fait prisonnier au cours d'une embuscade : à ce qu'il prétendit, le bon Saint-Nicolas l'avait fait libérer des geôles sarrasines par l'effet d'un miracle, alors qu'il croupissait en attendant la mort au fond d'une oubliette. Priant avec ferveur, il avait imploré qu'un ange vienne l'assister à s'avancer vers Dieu lorsqu'il vit apparaître Saint-Nicolas lui-même auréolé de gloire ! Les effleurant d'un doigt, la sainte apparition fit ruisseler à terre ses fers et ses chaînes, puis elle le transporta par la seule voie des airs par delà les déserts, les mers et les montagnes, pour le poser, indemne, sur la pierre du parvis de l'église de Port.

Plein de reconnaissance envers son saint Patron, Cunon de Réchicourt laissa ses chaînes en ex-voto sur l'autel principal et décida "qu'il se ferait annuellement une procession générale à la même heure que le tout estoit advenu."

Jusqu'au XVIIIème siècle, c'est-à-dire jusqu'aux temps de la Révolution, on pouvait voir encore les chaînes de Cunon comme preuve irréfutable que seuls les gens de Dieu savent ouvrir les prisons. L'histoire est si connue que ce n'est guère la peine de la conter encore. En revanche, j'en sais une autre, aussi intéressante, mais dont bien peu de monde a entendu parler. Il est hélas certain que dans l'ombre des saints, on découvre les diables. Qu'on les chasse des églises, ils deviennent gargouilles... Ce sont elles qui répandent les eaux tombées du ciel. La parole des prophètes attise les bûchers, l'exemple des grands saints n'est pas toujours à suivre, et rien n'est plus dangereux que de montrer à tous les chemins d'exception.

Ainsi, Saint-Nicolas, sous ses ailes de colombe, un jour eut dans son nid un oeuf de vautour. Si les Chrétiens sont rares maintenant dans les églises et font place aux touristes, si leur foi agonise et que leur dieu se meurt d'une morne indifférence, la bête qui prit naissance voici bientôt cinq siècles dans le petit village de Varangéville est toujours bien vivante. Rôdant sous la cité elle attend, pour sortir, qu'enfin vienne son heure... Mais qui oserait juger qu'elle est bonne ou mauvaise ? Elle est seulement autre. Après tout, qu'est-ce que l'humanité en face de l'Univers ?

***

"Il était trois petits enfants qui s'en allèrent glaner aux champs..."

En ce jour de mai 1512, la chaleur était si forte que Colin, l'apothicaire de Varangéville, n'avait pu supporter la poussière et le bruit de la foire bisannuelle de Saint-Nicolas-de-Port. Sous les voûtes élevées de la nouvelle église encore inachevée, à l'abri du soleil et de l'enivrement de la foule grouillante qui se pressait aux étals les plus riches du pays, Colin huma le frais béni et lumineux versé par les vitraux. Le vivant brouhaha des milliers de badauds, de pélerins, de courtiers venus de toute l'Europe qui, depuis quelques jours, envahissaient les rues de la cité marchande, mourait en clapotant au pied des hautes murailles du splendide édifice. A l'abri de cette digue, il goûtait le silence comme on savoure un fruit... Enfin, le silence !...

Colin s'épongea le front d'un revers de sa manche. Sous la toque de feutre de sa corporation, il sentait sur ses tempes battre une grosse veine. Décidément, ces chaleurs printanières doublées d'agitation ne lui valaient trop rien. Il se sentait fièvreux et un peu abruti. Hors l'église, point de calme. Il s'y glissait, heureux comme un poisson dans l'eau.

Celai faisait longtemps que Colin exerçait son métier avec une grande conscience. C'était un homme affable, aimé de tous, plein de cette charité qui est naturellement compagne des savants. Bien que pour lui la vie n'ait pas été facile, il avait pu garder pour les ordres du Ciel un infini respect qui l'empêchait encore de maudire le destin qui l'avait rendu veuf à l'âge de quarante ans, son épouse tant aimée s'étant blessée d'un fils pour périr à son tour emportée par la fièvre. Il n'avait rien pu faire. Venir dans cette église remplie d'une sainte ferveur était un réconfort.

Lui qui l'avait connue dans sa forme romane lorsqu'il était enfant, suivait dans l'enchantement sa lente métamorphose. Sous les échafaudages, la pierre sentait le neuf, joliment décorée de fresques élégantes, de tentures de velours et de vapeurs d'encens. En dépit des travaux, le culte du grand saint continuait de plus belle. Il lui tardait déjà de voir la basilique entièrement révélée. Elle pourrait, disait-on, accueillir des milliers de fidèles sous la nef élancée qui dormait en projet, pour quelque temps encore, sur quelque parchemin d'un quelconque architecte. Il aurait bien aimé que tout fût achevé avant d'aller rejoindre le paradis de Dieu.

Face à Saint-Nicolas qui trônait sur l'autel, Colin ne pouvait détacher son regard du "baquet" au pied de la statue, d'où sortaient trois enfants ressemblant à des anges, le regard encore plein de leur résurrection, et qui ouvraient les bras comme s'ils étaient ses fils.

"Il était trois petits enfants qui s'en allèrent glaner aux champs..."

Curieusement, l'apothicaire ne pouvait chasser de son esprit les premiers vers de cette chanson célébrant l'un des miracles les plus connus du saint patron des Lorrains. Dans l'immense sanctuaire en train de s'élever qui lui était dédié, l'écho de la légende rappelant l'évènement (21), si naïvement chantée par les petits enfants les soirs de veillée, ne manquait pas de prendre des accents redoutables... ceux d'un étrange possible que l'on prête volontiers aux récits du passé, pour peu qu'ils fassent rêver.

Ah ! Si le rêve pouvait devenir réalité, qu'il soit enfin possible de redonner la vie... voire de la donner sans qu'on soit obligé d'emprunter les chemins tracés par la nature ! Mais, à quoi bon ! Ce n'est pas une image, même celle d'un personnage d'aussi grande envergure que notre Nicolas, qui ramènerait au monde une épouse disparue depuis déjà longtemps.

Machinalement, Colin se dirigea vers le fond de l'abside, derrière l'autel rond (22), où brûlait près de la statue peinte de la Vierge Marie, comme toujours, une masse de cierges blancs haute comme une pyramide. Sans y faire attention, sa main en choisit un et lui fit une place au coeur du chandelier. La montagne de lumière absorbait ses regards. Il soupira longuement. Et la mère de Jésus ? Pouvait-elle quelque chose dans l'immense désespoir qui saisit l'homme seul, le veuf inconsolable qui sait le poids des ans et comprend que la vie jamais ne lui donnera un enfant à aimer ? Qu'imagine-t-on de plus triste, quand on n'est pas stérile, que cette certitude de ne jamais transmettre l'expérience de son temps au fruit de ses amours ? C'est une chose si terrible que même dans la langue, il n'y a pas de mot pour nommer cette horreur. Un enfant sans parents devient un orphelin ; qu'un conjoint disparaisse et l'on entre en veuvage... mais que devient celui qui meurt sans enfants, ou qui doit en perdre un ?... C'est une mort si complète qu'elle n'a même pas de nom.

Plus Colin y pensait, et moins il contrôlait cette sourde révolte qui faisait vaciller sa soumission chrétienne... ne rien laisser derrière... pas de chair, pas de sang, pas de mémoire vivante... accepter que jamais de petits pieds d'enfants ne courent sur le monde en laissant des empreintes qui leur viendraient de lui. Dieu n'avait pas le droit de priver un pauvre homme d'un bout d'éternité...

*

"Mais ce que Dieu ne veut, Science le peut !..."

Colin sursauta comme si un chien s'était jeté sur lui sans qu'il l'ait vu venir. Le cri qu'il poussa fit se retourner la vingtaine de fidèles plongés dans la prière et qui, tout comme l'apothicaire, avaient fui la cohue régnant à l'extérieur pour trouver en ces lieux fraîcheur et dévotion.

"Vous êtes fou, jeune homme, de surprendre pareillement les gens !" souffla-t-il à l'adresse de l'étrange inconnu qui venait s'immiscer dans ses songes, "vous m'avez causé une frayeur terrible... que me voulez-vous ?"

Le coeur désordonné et encore tout tremblant, Colin dévisagea son interlocuteur. Se tenant dignement dans un costume très strict plus sombre que la nuit, il ne paraissait pas avoir passé trente ans. Il avait le sourire tout tendu de malice au milieu d'un visage fin comme celui d'une fille. Ses yeux étaient si clairs et ses cheveux si blancs, que Colin, un instant, crut que c'était un ange. Mais quelque chose de froid se glissa dans ses veines quand la main du jeune homme se posa sur son bras.

"Vous souhaitez un enfant, n'est-ce pas ? Maître Colin... Alors, il faut *le faire*." Puis, après un silence savamment ménagé, il continua : "Je vous connais, Monsieur l'apothicaire, je sais tous vos secrets. Je connais tous les livres que vous tenez cachés derrière vos rayonnages... Monsieur l'alchimiste."

Colin blêmit. Se pouvait-il que l'Inquisition...

L'autre l'interrompit, comme s'il avait pouvoir de lire dans les pensées.

"Mais ne craignez rien, mon ami, je ne suis pas un juge, ni un dénonciateur. Je désire simplement aider à vos recherches. Avez-vous entendu parler de ce juif de Prague, le Rabbi Judas Loew Ben Bézazel ? Non ? Pourtant, vous avez bien ce livre d'Eléazar de Worms parmi tous les ouvrages qui font votre fierté... et puis, naturellement, tous ceux de Paracelse, d'Agrippa et de La Mirandole, je crois même avoir vu en assez bonne place les troublantes variations et interprétations de ce cher Abraham Ben Samuel Addoulafia... vous savez, Maître Colin, ce commentaire du Sepher Yetzirah... c'est étonnant, une si belle collection de livres interdits en pleine terre catholique !..."

Il souriait toujours, content de son effet. Le rouge de la panique illuminait les joues du pauvre apothicaire. Il était découvert.

"Avez-vous fait fouiller chez moi ?" répondit Colin d'une voix angoissée.

"Mais pas le moins du monde, qu'allez-vous imaginer ? Je croyais avoir dit n'être pas des tribunaux."

"Alors, vous êtes le Diable, pour savoir toutes ces choses !" reprit-il, "nul autre que le Malin n'aurait pu découvrir sans abîmer les murs de mon humble logis le passage qui mène à mon laboratoire."

"Le Diable !" s'esclaffa le jeune homme, "vous oubliez, Monsieur, que l'endroit où nous sommes est un lieu consacré ! Il faudrait que le Diable soit assez diabolique pour ne pas croire en Dieu !"

Redevenant de glace, il saisit par l'épaule le malheureux Colin et se pencha vers lui. "Mais ne croyez-vous pas qu'il serait plus séant, soit de parler plus bas, soit de nous retirer hors de cette noble enceinte où nos conversations troublent la dévotion de tant de pélerins ? Que diriez-vous de prendre quelque rafraîchissement dans une bonne auberge où nous pourrions enfin parler tout à loisir sans déranger personne... ni en être entendu ?"

Colin, abasourdi, ne savait plus que dire. Il suivit l'homme en noir jusque sur le parvis encombré de mendiants assis en plein soleil. Retrouver la chaleur, le bruit et la poussière, le tira de ses songes. Comme un oiseau de nuit saisi par la lumière, il fit une grimace et cligna des paupières. Le jeune homme le tira par la manche, l'entraînant en silence vers la plus proche auberge. La foule était si dense dans les étroites ruelles que Colin ne vit pas cette chose bien étrange, en ce beau jour de mai : il n'y avait qu'une ombre qui marchait dans leurs pas...

*

Assis dans un coin sombre, à une petite table de "La Corne d'Or", Colin toujours muet triturait nerveusement le gobelet d'étain qu'il avait bu d'un trait. La main de l'inconnu se posa sur la sienne, se voulant rassurante.

"Reprenez donc un peu de cet excellent vin, mon ami, " lui dit-il, "c'est un côte de Toul, râpeux comme le silex et frais comme l'eau des sources. Il n'est pas meilleur cru pour éclairer l'esprit. Maintenant, écoutez-moi."

Colin, un peu gêné, se dégagea la main et saisit le pichet de grès bleu posé en face de lui pour les servir tous deux, mais l'autre refusa d'un signe de la tête. La voix douce du jeune homme remplissait de bonheur l'âme de l'apothicaire qui buvait ses paroles comme son vin clairet aux couleurs de l'aurore, l'enivrant d'un espoir que jusqu'à cet instant il avait combattu. Le regard prisonnier au fond de son gobelet, il suivait, fasciné, les bulles qui remontaient pour crever la surface. Toute l'odeur des vendanges frétillait sous son nez, le monde changeait de forme, et l'univers de lois...

"... Oui, créer la vie est possible ! Le monde n'est qu'un tout dont chacun est partie, l'homme n'est que la couronne de l'univers visible, l'aboutissement logique du meilleur des trois règnes. Il a pour seule magie des lois de l'équilibre, les règles de la chimie et le souffle de Dieu... Puisque vous avez fait à votre épouse défunte serment d'être fidèle, si vous voulez avoir malgré tout un enfant, vous devez devenir l'élève du Créateur. Cet enfant, vous pourrez le créer, avec les mêmes lois et les mêmes matières que celles dont vous êtes fait : un peu de minéral, un peu de végétal, un peu de votre sang. Et sans vendre votre âme à je ne sais quel diable, la Science peut vous permettre de créer la vie..."

Perdu dans ses pensées, Colin ne lui répondit pas. Le jeune homme reprit dans un sourire :

"Vous ne me demandez pas qui je suis ?"

L'apothicaire hocha la tête, ni oui, ni non. En fait, il s'en moquait un peu. Qu'importe d'où vient la main qui vous tire de l'abîme !

"Et bien" dit l'inconnu, "vous ne le saurez point. Disons que, moi aussi, suis un peu alchimiste et, ayant obtenu les secrets du Grand Oeuvre, je ne désire qu'aider ceux qui suivent ce chemin. Il faut bien reconnaître que les choses écrites qui traitent de ce sujet sont un peu fragmentaires et parfois bien obscures. Le destin a voulu me mettre entre les mains le seul Livre sacré qui donne toutes les clés des sciences de l'âme humaine. Je ne vous dirai pas comment il vint à moi, ce fut une aventure. Mais je sais que la règle exige qu'on le partage. Aussi c'est à mon tour de vous le faire connaître. Sans ce livre, l'alchimie n'est qu'une longue errance. Par la grâce de Dieu, vous voici un élu. Faites-en bon usage. J'ai posé cet ouvrage près de votre athanor. Prenez-en grand soin et puis... transmettez-le."

Alors l'inconnu se leva et, sans avoir touché à son gobelet de vin, se fondit comme une ombre dans la foule anonyme des clients de l'auberge. Colin tenta ni de le retenir, ni même de le rejoindre. Il héla la servante pour lui payer son dû, puis s'en alla d'un pas tellement léger qu'il crut avoir aux pieds les ailes de Mercure.

Ce ne fut qu'arrivé au pont fixe de bois qui enjambait la Meurthe pour mener au village de Varangéville, qu'il lui souvint des mots de la fille de l'auberge :

"Eh bien, Monsieur l'apothicaire, votre ami n'est pas venu, qu'il reste un gobelet plein..." Il n'avait pas répondu.

*

La nuit tombait lentement. Le ciel perlé d'étoiles s'étirait comme une voile gonflée par les vents d'ouest où mourait tranquillement un soleil de corail. Dressé comme une épée entre lumière et ombre, le clocher de l'abside de la nouvelle église de Saint-Nicolas-de-Port ressemblait à un mât.

Colin posa enfin les volets amovibles sur les grandes fenêtres de son officine puis referma la porte, savourant le claquement du lourd loquet de fer qui l'isolait du monde. A part Dame Irénée venue chercher tantôt quelques préparations pour son époux malade, nul autre n'avait troublé sa longue solitude. Rongé par l'impatience, il avait néanmoins attendu qu'il fût l'heure pour fermer son commerce. Respecter la routine écarte les soupçons. Même son assistant ignorait les secrets de son arrière-boutique. C'est d'ailleurs le hasard qui permit à Colin de découvrir un jour le réseau souterrain, juste sous sa demeure, reliant la vieille église de Varangéville aux cryptes oubliées de celle de Nicolas. Une torche à la main, il avait exploré les longues galeries qui s'y étaient adjointes, courant discrètement entre les deux villages, et qui tissaient dans l'ombre des chemins invisibles menant à des hôtels autant qu'à des couvents. Il avait rencontré des salles aux hautes voûtes en partie effondrées, des labyrinthes noyés par les eaux de la Meurthe et quelques escaliers qui ne menaient nulle part. Saint-Nicolas, c'est vrai, avait peu de remparts ; ces étranges réseaux servaient aux braves gens à fuir les ravages des Grandes Compagnies qui tentèrent tant de fois de piller la cité. Par la suite, devenus à leur tour le refuge des brigands, et qui entassèrent là leurs armes et leurs trésors, il fallut se résoudre à combler les issues. Rares sont les vivants qui s'en souviennent encore. C'est en creusant sa cave que Colin découvrit quelques marches de pierre...

*

Le coeur un peu serré, Colin pressa le pas dans le couloir obscur qu'il avait déblayé, menant tout droit à une salle secrète maintenant devenue vaste laboratoire. Il ferma derrière lui une lourde porte de fer puis du feu de sa torche, alluma une à une les mèches des lampes à huile. Et la lumière fut.

C'était une vaste pièce, assez haute pour qu'un homme pût y lever les yeux et découvrir alors les arcades romanes qui en formaient la voûte. Il avait installé un four contre le mur élevé pour boucher l'autre issue, par où passait maintenant une cheminée coudée permettant aux fumées de se perdre sans risque dans les courants d'air frais montant des souterrains. La grande table centrale était tout encombrée de cornues, de mortiers, de verrines de toutes formes et autres alambics. Dans un coin, l'alchimiste avait aménagé une bibliothèque où trônaient tous les livres nécessaires à son Art. Il passait là des nuits à s'abîmer les yeux sur les fins caractères des parchemins jaunis, à retracer les cercles et les lettres magiques qui ouvrent ceux de l'âme et lui donnent des mains.

Mais il y avait cette fois une chose de plus : posé sur le lutrin près de son athanor, à la place de l'ouvrage qu'il y avait laissé, un gros livre fermé d'une reliure de métal luisait comme un appel dans la lumière des lampes.

Colin s'en approcha, plus timide et tremblant que peut l'être un amant lors d'une première nuit et, d'un doigt malhabile, fit sauter le fermoir qui le gardait scellé. C'était un manuscrit écrit en grec ancien d'une encre de sépia sur de vieux papyrus. Il n'y avait pas de titre mais, juste en première page, un court avertissement qu'il put traduire sans peine.

"Moi, Pythagoras, à qui les Dieux ont permis de connaître et de révéler tant de Secrets, ai ici consigné à l'usage des hommes purs les arcanes de la Vérité et de ses Lois. Que les générations futures les découvrent sans les profaner, s'en inspirent sans les altérer, et les partagent sans les départager. Ici est le livre du Savoir, tel que les Dieux, dans leur infinie bonté, me l'ont dicté.

Pour les initiés, il sera le Diamant d'Or."

Colin avait devant lui le légendaire Chrysadamas, l'unique ouvrage de la main même du Maître de Samos. C'était le Livre des livres, le Secret des secrets. Il contenait dans ses pages tous les divins principes qui permettent la lecture et la compréhension de tous les vieux grimoires, de toutes les religions et des sciences perdues...

Colin s'agenouilla, plein de respect sacré. Une sueur bénie lui coulait sur le front... tout devenait possible. Il en pleura de joie.

Les semaines qui suivirent furent un éblouissement. Colin s'illuminait d'un soleil intérieur. Tout lui réussissait. La vie s'offrait à lui dans toutes ses couleurs depuis qu'il avait lu les pages miroitantes écrites de la main même du père des philosophes... Mais bientôt leur effet, au travers de Colin subjugé par leur force, se fit sentir au monde...

Les fêtes de la Pentecôte s'éloignaient tranquillement, vidant Saint-Nicolas de la foule des marchands, amenuisant un peu le flux des pélerins. Mais le nombre des gens, venus parfois de loin pour trouver guérison à leurs maux incurables, qui allaient d'ordinaire implorer le bon saint, se dirigeaient maintenant vers la modeste échoppe de notre apothicaire ! Il circulait déjà dans toute la région que "le Colin" de Varangéville guérissait plus sûrement que Nicolas lui-même ! Ses herbes et ses potions, pour banales qu'elles parussent, semblaient plus efficaces que toutes les prières. Devant un tel succès, Colin dut embaucher un deuxième assistant, puis bientôt un troisième. Et ceux-ci préparaient selon ses directives une mixture unique, demeurée mystérieuse, mais qui pouvait soigner toutes les maladies. Une fois par semaine, l'apothicaire venait achever le travail en ajoutant seulement une poudre blanchâtre. Jamais il ne voulu en livrer son secret.

De toutes les voies royales qu'il avait parcourues, en fait, seule l'alchimie attirait sa constance. Il avait pénétré les mystères du sommeil et il ne dormait plus. Ses nuits étaient à lui et depuis quelque temps, entièrement consacrées à fabriquer son rêve... Il avait tout relu, il avait tout compris. Les merveilleuses lumières du Chrysadamas rendaient intelligibles tous les autres ouvrages. Il voyait leurs erreurs, savait leurs omissions, rassemblant çà et là les éléments épars qui permettraient bientôt l'Oeuvre de haute magie qu'il désirait mener. Dans quelques mois, enfin, il aurait un enfant. Un être surnaturel, fruit de son seul travail et de sa volonté, un être digne de lui et de son omniscience. Un être rien qu'à lui, à élever, à former... un Adam de synthèse dont il serait le Dieu...

Il lui fallut d'abord trouver la mandragore, cette plante rarissime dont l'étrange racine a la forme de l'homme. La Tradition affirme qu'elle naît sous les gibets, du sperme des pendus. Il y a dans ce symbole une part de vérité. Colin la connaissait. Son métier lui permit d'obtenir quelques graines de la plante fabuleuse, mais il ne voulut pas les mettre sous la potence. La semence d'un brigand n'eût rien donné de bon. Il fallait qu'elle naquît de sa semence à lui, dans un terreau spécial, dans son laboratoire.

Il travailla longtemps à une machinerie qui lui permit une nuit de se pendre lui-même. Et au moment précis où, dans un nuage noir, la mort et la jouissance allaient se réunir, la corde se rompit, l'arrachant au néant. La graine pouvait germer.

Puis il avait tracé un grand cercle magique enclosant ce Jardin comme s'il était un monde. Il avait fait danser les lettres hébraïques à la lueur des flammes de centaines de bougies qui donnaient à sa cave une lumière irréelle... enfin, un beau matin, cinq feuilles vert émeraude sortirent lentement du sol. La racine était prête. Il sépara alors le subtil de l'épais, et mit la plante humaine dans son nouveau vaisseau : une sorte de bocal en verre translucide, où bouillait sans chaleur un étrange liquide. La grande phase de l'Oeuvre commençait maintenant.

*

Passèrent les saisons, au rythme des vents d'ouest. Les pluies avaient chassé les moissons, les vendanges, puis les dernières feuilles roussies et desséchées, abandonnées des hommes, des Dieux et des hautes branches. Les flots sombres de la Meurthe avaient couleur de terre, les bêtes et les gens ne sortaient plus aux champs. En vain l'aile des corbeaux et la plainte des buses tentèrent d'écarter les spectres de l'hiver ; bientôt toute la campagne se couvrit de givre et le souffle de l'est fit geler les nuages, qui tombèrent un à un, enfouissant les reliefs sous leurs cendres de neige. Demain, viendrait Noël. Mais malgré le froid vif et les ornières boueuses des chemins du pays, on verrait à nouveau une foule innombrable se presser dans les rues de Saint-Nicolas-de-Port, où la grande foire d'hiver étalerait ses splendeurs, ses ors et sa chaleur. La jeune basilique s'emplirait de ferveur à la lueur des cierges et le coeur de l'Europe, une nouvelle fois encore, fêterait dans l'opulence et la foi des âmes pieuses l'équinoxe d'hiver, confondant dans sa joie les offrandes, les achats, Jésus et Nicolas, le dénuement du Christ et la richesse du monde.

Cela faisait huit mois que notre apothicaire ne sortait plus le jour. Sauf, bien sûr, le samedi, pour apporter la "poudre" à ses trois assistants. Il était fatigué, sa figure était pâle et sa voix hésitante. En moins d'une saison, il avait tant vieilli que les gens qu'il croisait dans ses rares promenades n'osaient pas en parler.

On avait mis au compte des voyages incessants qu'il devait entreprendre (du moins supposait-on) pour trouver la matière de sa panacée, ce visible épuisement qui lui rongeait les traits. Pourtant, le mal était tout autre. Qui s'en serait douté ? Et puis, toute la contrée avait d'autres problèmes, car en plus de ces fêtes qu'il fallait préparer, la région connaissait une vague inexplicable de disparitions...

On avait fait venir tous les louvetiers du duc pour purger le pays d'un étrange fléau qui était apparu : jamais jusqu'à présent les loups n'avaient tué autant d'hommes valides... D'ordinaire si craintifs à n'attaquer jamais quelqu'un qui ne fût mort, ou en passe de l'être, ils s'en prenaient maintenant même à des gens armés. C'était une chose curieuse que de voir leurs cadavres dépecés jusqu'aux os, sans qu'il y ait à côté une goutte de sang... comme s'ils étaient saignés avant d'être mangés. Au bout de deux semaines de chasses infernales, on avait fait des loups une race disparue.

On trouva malgré tout encore quelques dépouilles d'inconnus solitaires, mais à défaut de loups pour finir la besogne, les cadavres intacts étaient trouvés exangues. On parla de vampire...

Les hommes de louveterie firent place aux hommes d'Eglise. On ouvrit quelques tombes, on prit quelques sorcières qu'on brûla à Nancy, autant pour rassurer les personnes effrayées que pour montrer au Diable que Dieu restait présent. Rien n'y fit.

C'est alors qu'une nuit, un vigile entendit un hurlement d'horreur dans les bois attenants aux terres du prieuré, par où passait la route qui menait à Dombasle. Il fit donner l'alerte et l'on fut assez près de prendre l'assassin. Car c'était bien un homme et non point une bête, puisqu'on le vit s'enfuir à l'approche des gens d'armes, mais sans pouvoir, hélas ! mettre la main dessus. A l'endroit d'où était monté le cri épouvantable, on retrouva pendu par une de ses chevilles un pèlerin allemand, voyageur solitaire qui n'avait pas trouvé d'auberge sur sa route et qui était tombé dans cette sorte de piège à l'évidence tendu pour capturer un homme. On l'avait égorgé, saigné comme un lapin, mais rien de ses effets ne semblait dérobé. Il était évident qu'on avait manqué de très peu le coupable, qui devait ensuite détacher ses malheureuses victimes, comptant sur les loups pour enlever toute trace de ses crimes. Désormais cette affaire relevait de la police ducale.

*

Assis dans son fauteuil à sa table de travail, Colin leva les yeux. IL DEVAIT achever l'ouvrage commencé. Il n'avait plus le choix, il n'était déjà plus maître de ses pensées, presque entièrement soumis aux exigences de l'Autre. Il fixa tristement la grosse outre de peau qui dormait sur la table et y posa la main. Elle était encore tiède.

Cette nuit devait être la dernière de ses chasses. C'était une chose heureuse qu'il puisse enfin finir cet ignoble travail. Il n'avait pas pensé devoir en arriver là, à gaver de sang frais l'énorme mandragore allongée dans une cuve à quelques pas de lui. Dans un pauvre soupir, il s'approcha un peu. Le monstre ouvrit les yeux. Baignant dans un sang noir, on aurait dit un homme immergé à demi, comme un cadavre blême noyé dans un marais. Il semblait respirer par une bouche hideuse qui lui fendait la tête pour commencer déjà l'ébauche d'un visage. Au bout de bras solides, massifs comme des branches, on devinait des mains, mi-griffes, mi-racines, par où la créature se nourrissait encore. Colin versa sur elle le contenu de l'outre, emplissant l'atmosphère de remugles écoeurants. Il évita cette fois de croiser les yeux jaunes, opaques et sans prunelles, qui le dévisageaient. La chose, satisfaite, émit un grognement et remua un peu. Les masses musculaires étaient déjà formées, ce n'était certes pas une véritable chair, mais Colin constata que tout se passait bien. La vie qui circulait dans ce corps végétal était déjà humaine... tout au moins animale. On devinait un coeur, puissant et régulier, des artères, des poumons, mais surtout un cerveau qui gisait quelque part au plus profond du crâne, avalant les pensées par ses yeux sans paupières, prenant celles de Colin avec avidité, et leur dictant des ordres...

"De la chair... il me faut de la chair... le sang ne suffit plus. Je ne puis être un homme sans manger de la chair... j'en comprendrai la fibre, j'en apprendrai la peau et toutes ses sensations..."

Colin frémit d'horreur. Il fallait maintenant faire oeuvre de boucherie.

*

Les deux mois qui suivirent furent une épouvante. La région toute entière recherchait l'assassin. Colin n'arrivait plus à rester insensible à la terreur ambiante qui voyait des suspects partout comme nulle part. Il avait beau se dire que les yeux des passants n'étaient que des miroirs dénués de conscience, il n'osait faire un pas sans se croire poursuivi...

La lumière du soleil devint insoutenable, les ombres de la nuit ne l'apaisaient même plus. Alors il commença à fermer l'officine plus tôt que d'habitude. A cause de tous ces crimes, les gens étaient prudents, évitaient de sortir et les pèlerins eux-mêmes venaient à se faire rares. Nul ne s'en inquiéta. Il n'avait plus de "poudre", et peu lui importait maintenant d'en refaire. Ce qui ne servait pas à la croissance maudite de sa mandragore ne l'intéressait plus.

Ainsi qu'une araignée, Colin ne sortait plus que pour chercher ses proies. Bien qu'il y eût des patrouilles sillonnant les chemins pour protéger les gens, les prodigieux secrets du *Chrysadamas* l'avaient encore cette fois aidé dans sa besogne : le pauvre vagabond qu'il avait étranglé en toute impunité dans la forêt voisine gisait de tout son long au milieu de la table du laboratoire.

Assis dans son fauteuil, à la lueur cireuse des cierges vacillants, il regarda le monstre se lever de sa cuve, faire un pas hésitant en direction du corps, le saisir par un bras et l'attirer à lui dans un grognement d'aise. Colin détourna la tête, le cœur partagé entre dégoût et honte. Il devinait la suite... les mâchoires informes garnies de dents pointues déchirant la peau blanche, avalant la viande fade et les tripes fumantes, faisant craquer les os pour en lécher la moelle... Colin n'en pouvait plus. Ce n'était pas cette chose dont il avait rêvé. Il voulait un enfant. Un tout petit enfant... un enfant à aimer. Un fils, tout simplement.

"Père... je deviens humain..." la mandragore qui répétait ces mots entre chaque bouchée s'arrêta soudain. Elle posa ses yeux jaunes sur Colin qui pleurait.

"Père... laissez-moi encore grandir... je ne sais rien du monde. Permettez-moi encore d'en être un des reflets..."

Colin se releva. Aucune de ses pensées n'échappait à ce monstre. Il croisa son regard, esquissa un sourire, et lui dit gentiment :

"Oui, mon petit, je te laisserai grandir. Je te donnerai le monde, je t'apprendrai ses lois... bientôt, tu seras un homme, tu verras la lumière, je suis fier de toi."

***

La veille de Noël 1512, après avoir muré l'entrée de son laboratoire, Colin se jeta du haut du pont de la Meurthe, entre Varangéville et Saint-Nicolas-de-Port.

Les eaux boueuses de la rivière engloutirent à jamais les rêves de l'alchimiste.

12.

LE MENEUR DE LOUPS

"Pattes sur mousse,
voiles dans l'eau
ailes qui poussent
griffent la peau...

Sang aux joues,
feux aux bois,
chasse les loups,
Mort sur toi !"

Qui chanterait encore cette jolie comptine que les enfants de France connaissaient autrefois ? Qui se souvient encore qu'un jour il y eut des loups dans nos forêts profondes, que les lueurs nocturnes qu'allume la pleine lune attiraient leur audace jusqu'aux lisières des champs ? Ils passaient comme des ombres dans les eaux de la nuit, dévorant l'imprudent, la bête solitaire, le faible et le malade. Sans haine et sans pitié, ils purifiaient le monde. Qui se souvient encore des longues meutes grises sillonnant en silence les chemins des ténèbres, illuminant la mort du feu de leurs yeux clairs ?...

L'homme sage aime les loups, car il craint leurs mâchoires qui lui mangeraient le coeur s'il venait à faiblir. La menace de la mort rend l'homme intelligent. Imaginez un monde qui n'aurait plus ses loups pour dévorer sans cesse erreurs et faiblesses... les hommes ne seraient plus que de vilains cafards sur la table des Dieux.

Un jour, dans un village, on voulut oublier cette loi de la vie. On paya un Meneur pour purger le pays des loups qui s'y trouvaient. C'était il y a quatre siècles, dans le coeur de l'Europe. Ecoutez cette histoire.

***

Le crépuscule avançait à grands pas. Julien souffla un peu. Depuis l'aube, il marchait sur ce sentier perdu au beau milieu des bois, l'âme pleine des lumières que filtrent les hauts arbres caressant le soleil de leurs dernières branches. Il ôta son chapeau de feutre noir, si large qu'il lui touchait le milieu des épaules, et s'épongea le front. Julien n'avait pas d'âge. C'était un homme mince, au regard droit et clair, portant une courte barbe blonde comme sa chevelure. A part une cicatrice qui lui fendait la joue, chaque trait de son visage respirait la beauté, le calme et la puissance. Il fallait cette prestance, hautaine et rassurante, pour que les paysans réussissent à comprendre qu'on puisse être un Meneur sans avoir pour autant vendu son âme au Diable. Julien était de ceux qu'on dit "Meneurs de loups". Etrange confrérie, venue du fond des temps, et dont les membres avaient apparemment pouvoir de parler aux bêtes fauves et, plus bizarre encore, de s'en faire obéir. Louvetiers des pauvres gens, lorsqu'une meute s'écarte de l'instinct naturel, qu'elle attaque les villages, s'empare des enfants, des femmes et du bétail sans qu'il y ait de vraie cause, ils vont à la rencontre du maître de la horde. On ne saura jamais comment ils y parviennent, mais ce qui est certain, c'est que les loups écoutent et changent de manières. Nul n'est besoin de tuer, quand on a la parole.

Julien était le dernier des hommes de cette race. Les Chrétiens n'aiment pas qu'on parle avec le Monde sans passer par leurs prêtres. La sainte Inquisition avait eu raison d'eux. Traités de loups-garous, de sorciers, de démons par un clergé inculte qui les croyait coupables de tous les crimes possibles, ils étaient pourchassés sans trêve et sans merci par les fidèles crédules gobant ces balivernes. Mais la forêt vosgienne, abri de tous les rêves qui se souviennent des Dieux, pour lui était encore une terre et un refuge. Colmar était bien loin, et Nancy encore plus. Même s'il était sorcier, les gens de la région aimaient trop leurs intérêts pour livrer au clergé celui qui reconduit, sans demander d'argent, les loups dans leurs domaines. Les affaires de conscience se règlent plutôt bien lorsqu'elle restent discrètes et que les juges sont loin.

Au détour du chemin, en léger contrebas, Julien put découvrir les toitures de chaume des toutes premières maisons annonçant le village. Il n'était pas bien grand, mais il était propret. Ni riche, ni misérable, il pouvait abriter une quinzaine de familles autour de son église. Loin des routes passantes le besoin de murailles ne se justifiait pas, et tout semblait paisible en ce beau soir d'été. Bien qu'il eut accéléré le pas, il fallut à Julien presque une demi-heure pour parvenir enfin à sa destination.

Sitôt qu'il fut visible au milieu de la rue, le silence se fit derrière les fenêtres. Les gamins s'engouffrèrent sous les portes des granges, les filles tirèrent sur elles les rideaux de leur chambre et les chats disparurent sous d'invisibles ombres. Tous les chiens enchaînés se mirent à aboyer, concert insupportable de hargne et d'inquiétude qui fit sortir des portes tous les hommes du village. Julien tendit la main et, en fermant les yeux, lança vers les nuages une sorte de cri, sorte de sifflement étrangement modulé, qui finit dans les mots d'une langue imprononçable, et le calme revint... Alors, les chiens se turent, les oiseaux apaisés reprirent leur envol, le soleil du couchant ses teintes flamboyantes, et le parfum des fleurs s'étendit à nouveau sur les vagues du vent.

"Es-tu celui qu'on attendait ?"

L'homme qui venait d'interpeller ainsi Julien se prénommait Mathieu. Bien qu'il fût encore jeune, à peine la quarantaine, il s'était par sa force et le ton de sa voix imposé comme le chef de la communauté. C'était un grand gaillard, massif comme un saule, avec de petits yeux luisants de volonté, et un drôle de sourire qui ne le quittait jamais. Il n'était point mauvais, malgré son apparence de brute et de sauvage. Mathieu posa sa fourche, les pointes vers le bas, contre le banc de pierre à côté de l'entrée, puis il se dirigea la paume large ouverte vers le meneur de loups.

"Tu es bien Julien-le-meneur, que nos chiens fassent silence en est la meilleure preuve. Viens chez moi te restaurer un peu. Nous ne t'attendions pas avant quatre ou cinq jours, mais nous avons de quoi t'accueillir comme il convient. Ensuite, nous parlerons."

*

Julien posa le verre de mirabelle qu'il avait bu d'un trait, comme le veut la coutume. Mathieu en avait fait de même. Discrètement, son épouse les resservit tous deux. Puis, à l'adresse des gamins et des gens du village qui pressaient leurs regards par l'unique fenêtre de la pièce principale, elle cria :

"Allez-vous-en, c'est ici affaire d'hommes. Le mien s'en charge. Allez, allez, rentrez chez vous, et fermez bien vos portes, les loups sont encore là, et la nuit tombe vite !"

Mathieu baissa les yeux. Il ne savait pas par quel bout commencer. Faire venir au pays le dernier des meneurs n'était pas ordinaire. Si la petite paroisse n'avait pas à demeure de curé attitré, il restait à la merci d'une dénonciation, et les prêtres chrétiens ont brûlé pour moins que ça !... Il revoyait encore le visage du louvetier qu'il avait rencontré à la foire de Saint-Dié, ravagé de vérole, borgne et tout abîmé par les morsures des fauves qu'il avait combattus parfois au corps à corps. Les pichets de vin gris avaient délié sa langue, il avait entendu les plaintes de Mathieu. Mais il l'avait prévenu : les louvetiers du duc n'ont point de temps à perdre avec des miséreux perdus dans les collines. Aucune compagnie n'irait les soulager de ce cruel fléau, elles avaient trop à faire dans les bois de Nancy. La seule solution était de faire appel au dernier des Meneurs. Le lieutenant qu'il servait savait où le trouver. Encore une demi-pinte de cet excellent vin, et il trouverait moyen de le faire prévenir.

"Combien sont-ils ?"

D'un claquement de langue, Julien tira Mathieu de sa gêne silencieuse.

Nous ne savons pas, Messire", répondit le villageois, "jamais nous n'avons eu une telle inquiétude. Il y a du gibier partout en abondance, nous sommes à la bonne saison, le bétail est gardé, et malgré tout cela, en moins de quatre mois, les loups ont enlevé facilement dix moutons, et le fils de la Jeanne, qui était fort bien fait, et puis deux étrangers qui passaient par ici..."

"... et aussi la Margot qu'on n'a jamais revue !" coupa d'une voix serrée l'épouse de Mathieu, debout derrière son dos.

"Sans compter la volaille, le cochon du Bertrand... et les villages autour se plaignent tout autant !" reprit-il, "hier, c'est la gamine de la ferme aux Colin qui s'est fait enlever par les diables de bêtes-là... "faut nous aider, Messire, je ne crois point aux loups-garous, mais les pièges restent vides, et nos chasses sont vaines."

Julien hocha la tête. Les loups devenaient fous, c'était une évidence. Leur travail ordinaire n'est jamais téméraire, ce sont des combattants missionnés par les Dieux, ils ne s'en prennent jamais aux âmes innocentes remplies de bonne vie, utiles à l'Univers... ou alors, rarement, quand la faim leur devient par trop insupportable, ou s'ils doivent se venger d'une chasse inhumaine qui les prive d'une compagne à laquelle ils consacrent toute leur existence. Car les loups sont ainsi, ce sont de vrais seigneurs, fidèles jusqu'à la mort. La meute n'est pas une bande, c'est une association. Leur chef n'est qu'un guide, élu pour l'occasion, en fonction de sa force et de sa noblesse d'âme. Les bêtes, aveuglément, suivent ses directives. Ces excès que Mathieu évoquait avec crainte montraient bien qu'un esprit étranger à la meute en avait pris la tête, et les fauves innocents se laissaient abuser. Julien savait quoi faire.

"Je verrai cette nuit. Tout rentrera dans l'ordre" affirma-t-il au villageois, tout surpris de la légèreté avec laquelle le meneur prenait apparemment les choses. Mais, après tout, se dit Mathieu, c'était là le métier d'un meneur et non point son affaire. Il lui proposa bien de passer avec eux le grand repas du soir, mais Julien déclina, se leva de sa chaise, et sa longue silhouette disparut dans la nuit.

*

Julien marcha longtemps dans la forêt mêlée de hêtres et de sapins qui gravissait les pentes dodues comme des femmes, enlaçant de leurs bras les terres cultivables au creux de la vallée. La lune s'était levée, pleine comme un fruit mûr, répandant sa lumière jusqu'aux racines des arbres, préparant la rosée qui viendrait au matin en moisson de diamants fleurant bon les étoiles.

Depuis six millénaires, Julien menait les loups sur toutes les routes d'Europe, traînant derrière ses pas les meutes affamées vers d'autres paysages aux forêts giboyeuses. C'est cela, un Meneur : un presque demi-dieu dont le rôle est d'aider avec force et amour son troupeau de fauves gris. Empêchant le surnombre, apaisant les fureurs, cajolant de la main les louves aux yeux candides, guérissant leurs petits, désignant de son mieux les chasses des chefs de clan, c'est un conciliateur, un maître et un ami. Mais maintenant la tâche devenait difficile, il y avait trop de loups qui oubliaient les lois ; ce n'était pas leur faute : presque tous les meneurs avaient été tués, par des hommes imbéciles, par les prêtres jaloux servant le dieu unique (23), et surtout par le Temps. La race qui ignorait qu'un jour on puisse vieillir ne suivait plus le cours des civilisations. Les meutes abandonnées par la force des choses s'enfonçaient, comme les hommes, dans la barbarie.

Assis sur un rocher couvert de mousses blondes, Julien se souvenait des époques passées où chaque génération, chaque meute, chaque famille, voyait une fois l'an la venue d'un meneur, et chacune des rencontres devenait une fête... mais il n'y avait plus de ces bergers des loups.

Il soupira un peu, et puis, il se leva. Il ne servait à rien de verser une larme sur les temps disparus et les rêves enfuis. Une tâche l'attendait, il devait l'accomplir. Peut-être une goutte d'eau pour nourrir le désert, mais c'était son devoir d'aller l'y apporter.

Julien laissa à terre un à un ses vêtements. Il invoqua alors la grande métamorphose que savent les meneurs depuis l'aube des temps, à chaque fois terrible, à chaque fois miracle de l'âme et de la forme. Comme il l'avait appris il y a six mille ans, il traça sur le sol un cercle avec ses mains. Puis il se mit debout, bien droit face à la Lune. La tête à la renverse, les bras large écartés, du fond même de ses os monta un cri immense, un hurlement d'amour, de vie, de renaissance, un souffle magnifique à vous glacer le sang, un souffle inconcevable, comme celui que poussa le premier univers qui créa en un mot les quatre-vingt-douze Dieux... Alors une longue brume sortit de ses deux mains, lui couvrit les épaules et s'enroula sur lui ainsi qu'une chrysalide, le soulevant du sol et le voilant au monde... et, comme à chaque fois, au milieu de Mystère, il tomba évanoui. Lentement, une épaisse fourrure lui remplit les cheveux, courut sur sa poitrine et envahit ses bras. Sa tête s'allongea, ses oreilles se dressèrent, sa bouche s'agrandit pour faire place à des crocs...

La brume s'était levée. Julien revint à lui et se remit debout, épuisé et heureux de sa transformation. Il regarda ses mains où les griffes de l'aigle prolongeaient chaque doigt, son nez devenu truffe captait tous les effluves, ses oreilles mobiles redécouvraient l'espace, et un frisson de joie lui parcourut l'échine. Il était homme-loup, parfaite communion de la bête et de l'homme, juste point d'équilibre entre les deux états, quintessence magique du meilleur des deux êtres. Il savait que, tout près, la meute l'attendait.

*

Là-bas, dans les buissons fondus dans la pénombre, Julien avait saisi comme un craquement furtif. Un chevreuil. Il en était certain. Ce parfum chaud et vif... cette pointe de musc évoquant les brimbelles, l'écorce de bouleau et l'essence de ronce... un chevreuil. A moins de cinquante pas, un vieux mâle isolé, inconscient du danger... un cadeau pour la meute.

Julien s'en approcha, comme le font les loups, lentement, sans un bruit, tous les sens aux aguets, l'écoutant respirer, mâcher les feuilles tendres des basses branches d'un hêtre... il pouvait percevoir jusqu'aux battements du coeur de la bête convoitée, tranquille, régulier comme une vivante horloge... soudain, tout s'arrêta. Une ombre d'inquiétude effleurait le chevreuil, et le silence autour en devint formidable. Julien ne bougeait plus. L'odeur de sa victime s'éleva brutalement... elle était apeurée. Aurait-elle pressenti l'approche du prédateur ? Non. Tout redevint normal. C'était une vieille bête, qui s'était habituée à l'idée de survivre. Pour elle, c'était fini. Collé contre un tronc d'arbre, ainsi que font les hommes, Julien avait sa proie à quelques pas de lui. Dans un fond fantastique, il se jeta sur elle. Le chevreuil terrifié parut sauter en l'air. Mais il était trop tard, Julien l'avait saisi en plein milieu des flancs et, d'un coup de mâchoire, il lui brisa la nuque.

Jamais les hommes-loups ne dévorent la viande des bêtes qu'ils atteignent, ils n'en boivent que le sang. C'est là un des secrets de leur longévité. Une fois rassasié, portant sur ses épaules la dépouille du chevreuil, Julien se mit en route pour rejoindre la meute. Il en sentait la trace, toute proche, sous l'ombre des sapins qui montaient, immobiles, les pieds dans les bosquets de myrtilles odorantes et de hautes fougères aux courbes dentelées. La grande famille des loups avait dû pressentir la venue du meneur car un long hurlement s'éleva vers la lune, plein de joie et d'espoir, devenant un concert puissant et chaleureux qu'on aurait cru repris par toutes les collines, auquel Julien bientôt rajouta une voix, pour savourer enfin la communion des loups.

"Lune rousse,
forêt bleue,
griffes te poussent,
sauve qui peut !..."

Remontant un ruisseau aux teintes libellule frétillant à grand bruit entre roches et racines, Julien vit tournoyer à quelques pas de lui un essaim de lumières comme autant de lucioles. La meute était sur lui.

Nul ne saurait décrire cette impossible fête, cette joie religieuse qui naît des retrouvailles entre un berger des loups et son troupeau perdu. Le bonheur se fait cris, jappements, coups de langue, petites pattes qui s'affolent, qui dansent et se trémoussent, mélangeant ciel et terre, nuages et rivières en une seule émotion fébrile et enthousiaste. Julien fut renversé par une vingtaine de loups oubliant retenue, usages et préséance... débordé par leur nombre, submergé de tendresse, Julien, sous leurs fourrures tièdes et parfumées, riait comme un enfant et pleurait comme un homme...

Puis les bêtes se calmèrent, redevinrent superbes, hiératiques, jalouses de leurs âmes. Elles formèrent un cercle tout autour de Julien et s'assirent en silence, attendant qu'il les nomme et redonne à chacune la place qui lui convient. Au centre de la meute, le meneur s'accroupit. La dépouille du chevreuil posée à ses genoux, il commença alors à la départager. De ses griffes plus tranchantes que des lames de serpe, il tira pour chaque fauve des pièces de taille égale que chacun vint chercher en fonction de son rang, du mâle dominant à la dernière des louves.

Quand tout fut consommé, la meute toute entière plongea dans le sommeil, ouvrant grand sa mémoire, ses rêves et ses espoirs, afin que le meneur en prenne connaissance et puisse agir aux mieux pour la communauté.

*

L'aube s'était levée. L'immense forêt vosgienne acclamait le soleil de sa voix mélangée d'insectes et de feuillages, où venait s'ajouter un fabuleux concert d'oiseaux et de torrents pour rehausser encore le cantique de la vie. L'été qui finissait laissait courir ses mains sur la peau de la Terre, l'écorce des grands arbres et la fourrure des loups. Julien ouvrit les yeux. La clarté l'éblouit, mais cela ne lui déplaisait pas, et il sourit au ciel. Allongé sur le dos, il fixait, l'esprit vide comme on contemple un dieu, le puits de lumière bleue que dessinaient les branches, attardant ses regards sur cette mouvante margelle, avant d'oser plonger tout à fait au milieu. Il avait vu en rêve le malheur de la meute. Il n'avait qu'à attendre, le coeur un peu serré, que celui-ci revienne.

"Mais non ! je ne m'étais pas trompé, c'est bien Julius ! Ainsi, ce brave compagnon est toujours ici-bas !"

Julien se releva d'un bond. Assis sur les rochers dominant la clairière, un autre loup-garou venait de le héler... un meneur comme lui, il n'était donc pas seul à être survivant de l'antique confrérie. Mais hélas, c'était bien ce dernier le malheur de la meute.

"Eh bien, Julius," reprit le nouveau venu, "que veux-tu faire ici ? Mes bêtes sont menées..."

Julien huma le vent. L'homme-loup avait sauté derrière les roches avant qu'il ait eu le temps de le reconnaître.

"Ne cherche pas plus longtemps, Julius" dit-il en quittant le couvert des arbres pour s'approcher de lui, "je suis Zeheb, ton ancien compagnon, élève comme toi du très sage Anubis, qui nous apprit à tous deux la grande métamorphose dans les cryptes secrètes de la vallée des rois."

Les loups coururent à sa rencontre avec la même joie qu'ils avaient eue la veille pour accueillir Julien. Deux meneurs, quelle aubaine ! Deux Dieux pour un seul clan... qu'est-il besoin de comprendre ? Les loups n'ont pas pour loi de juger de leurs maîtres.

Zeheb abandonna le cadavre encore chaud de sa prise de la nuit : une belle brebis, grasse et bien vigoureuse. Ce n'était pas la règle. Le sang qui achevait de sécher sur ses griffes avait le goût de l'homme. Ce n'était pas la Loi.

Julien n'avait rien dit. Zeheb lui sourit, découvrant ses canines longues comme des pouces.

"J'ai saigné le berger, ami Julius, aurais-tu à redire ?"

Julien baissa les yeux. La longue nuit de Zeheb, il l'avait vue en rêve : l'approche du troupeau, le hurlement du chien décapité d'un geste, la terreur du berger devant le loup-garou... et le sang qui coulait, rouge comme la honte, l'injustice, l'injure... comment Zeheb avait-il pu tomber si bas ? Lui qui avait été le meilleur des élèves d'Anubis-le-chaman, leur Maître à tous les deux, si grand devant les hommes que ceux-ci le voulurent pour être un de leurs dieux (24).

Zeheb souriait en se léchant les griffes. S'il avait été chat, il aurait ronronné.

"Tu vois, Julius," reprit-il, "nous ne sommes plus que deux. Et jusqu'à ta venue, je croyais rester seul."

"Cela fait bien longtemps..." répondit enfin Julien, "je te croyais à l'est, à tenir loin des hommes, comme le veut notre règle, les meutes désordonnées qui viennent de Russie. Que fais-tu en Lorraine ? C'est ma juridiction..."

"Le ciel y paraît plus clément. Et puis, j'aime voyager. Depuis quelques années, je ne vois plus personne... et je te croyais mort, comme tous nos compagnons, massacrés par les hommes, leurs chiens, ou bien leurs prêtres ! Il est loin derrière nous, le temps où les humains remerciaient les hommes-loups de les garder des fauves."

"Je sais, Zeheb, je sais. Mais il faut les comprendre, effrayés par la vie autant que par les Dieux, ils en ont rêvé un qui serait un agneau. Ils sont tellement fragiles..."

"Un agneau !" Zeheb faillit s'en étrangler de rire. "Un agneau ! bien sûr ! Et nous qui sommes des loups, nous serions l'Ennemi, le Diable, comme ils disent ! Pourquoi les décevoir ?... Dis-moi, ami Julius, cela fait six mille ans que l'on connaît les hommes, depuis qu'ils ont voulu ce dieu inoffensif, tout cloué sur sa croix en signe d'impuissance, sont-ils devenus meilleurs ? Ont-ils moins de haine ? Plus de respect du monde ? Leur race est-elle plus saine, plus forte, ou plus paisible ? Mettent-ils l'intelligence au service du bonheur et du progrès des peuples ?"

Il y avait dans sa voix qu'il voulait arrogante, un filet de tristesse qu'il n'avait pu cacher. Julien s'en aperçut, et il lui répondit comme on console un frère.

"Qui sait ? Les choses évoluent lentement. Tu es trop impatient, ils sont lents à apprendre, mais déjà tu peux voir qu'ils sont bien moins cruels que ne l'étaient leurs pères. En Europe, tout au moins, il n'y a plus d'esclaves, ils veulent la connaissance de ce qui les entoure, et en tirent des bienfaits qui permettent à l'esprit d'enfin se libérer de moult contingences..."

"Y-a-t'il moins de misère, d'orgueil ou d'égoïsme ?" coupa Zeheb, "tu crois qu'ils sont meilleurs parce qu'ils ont des mousquets, qu'ils n'en sont plus à vivre dans des cabanes en bois ! Moi je dis qu'ils sont pires, parce qu'ils sont devenus l'espèce dominante et que déjà ils croient que seul Dieu peut les vaincre. Ils n'en ont plus qu'un ! un seul, inoffensif ! bientôt ils l'oublieront. Cette fois, c'est la poussière qui tuera leurs croyances et le peu de tendresse qui les unit au monde. Ils voudront que leur science devienne toute-puissante et, faute de conscience, leur âme se perdra. Les siècles à venir ne respecteront rien..."

"Peut-être," lui répondit Julien d'un ton embarrassé, "mais ce n'est pas à nous d'avoir à en juger. Notre rôle se borne à protéger les hommes de tous leurs prédateurs, non d'en être nous-mêmes."

Zeheb continua, perdu dans sa tirade.

"... Bientôt les hommes voudront exterminer les loups, de ces mêmes arquebuses qui tuèrent la noblesse. Rien ne les arrêtera, ils arriveront un jour à supprimer la Peste et, ivres de leur confort, à l'abri du réel, confondant sentiment avec sensiblerie, ils mélangeront tout : beauté et esthétique, amour et convoitise, charité et pitié, pardon et négligence, mort et inexistence... ils se couperont du monde avec leurs machines, et crois-tu qu'une machine puisse remplacer la main sans altérer l'esprit ? Ils en deviendront fous."

Julien ne disait rien. De toute façon, ç'eût été peine perdue, son ancien compagnon n'aurait pas écouté. Enfoncé dans sa rage, il ne voyait plus rien. Combien de fois Julien avait-il, lui aussi, ressenti cette hargne née de la déception ? Les frères d'Anubis avaient tellement rêvé de voir un jour les hommes devenir la couronne de toute la création, partir vers les étoiles avec un coeur immense, plein du message de Vie, plein d'amour et de force, ensemencer les sphères pour devenir des dieux repoussant à leur tour les portes du néant... mais la Loi du Meilleur était battue en brèche. Le Verbe s'était fait homme, et ne conjuguait plus que les phrases des hommes. Depuis l'aube des temps, l'univers tout entier n'avait toujours vécu que par la sélection. Le danger était là : il y avait tout à craindre qu'un jour ne vît venir le règne de la Machine. La folie... Zeheb n'avait pas tort. Anubis leur avait enseigné à guider les grands fauves, désormais il leur incombait de mener la Folie.

"Que comptes-tu faire de ton éternité, ami Julius ?" Face à lui, Zeheb n'avait plus son sourire. Il continua : "Moi, j'ai décidé de vivre selon MA loi. Je préfère de loin la compagnie des loups à celle des humains. Désormais, c'est la meute que je veux protéger. J'ai décidé qu'ici, aucun homme ne vivra. Je veux cette province uniquement pour mes bêtes. Les Vosges vont devenir une terre d'épouvante pour cette race indigne qui croit marcher debout. Je vais fonder école comme celle d'Anubis, et apprendre aux sorciers qui voudront me rejoindre la grande métamorphose. Et si tu viens m'aider, demain, nous serons cent."

"Non" répondit Julien. "Je n'ai pas l'intention de sauvegarder l'avenir en reniant le passé. Si l'Homme ne mérite plus d'être l'accomplissement du rêve de ce monde, il devra se lever une nouvelle espèce, plus pure, mieux adaptée. C'est elle que nous devrons protéger des humains, et non celle des loups."

Zeheb se redressa de toute sa hauteur. Retroussant ses babines, il mit à la lumière sa denture formidable et fit bouger ses griffes dans une danse de mort. Tout au fond de ses yeux, on aurait dit des larmes.

"Commence donc par me vaincre !" hurla-t-il à Julien, "si tu veux ton avenir, écrase le passé ! j'exige l'ordalie !"

Et Julien accepta.

*

C'était presque midi. Mathieu, comme les autres, s'occupait aux vergers à l'entrée du village. Cette année serait bonne pour les mirabelles.

Là-bas, sur le sentier qui menait aux collines, un nuage de poussière avançait à pas lents. Mathieu cligna des yeux. C'était encore trop loin pour qu'on puisse deviner. Il donna l'ordre aux femmes de rentrer au village, prit deux hommes avec lui et, ramassant une gaule posée contre un tronc d'arbre, il rejoignit la route. Le nuage grandissait. Bientôt une silhouette se dessina dedans... un large chapeau noir... une longue houppelande comme celle des bergers... et derrière l'homme seul, une meute de loups qui suivait docilement. Le meneur était de retour, c'était la fin des loups.

Mathieu, courageusement, alla à leur rencontre. Il arrêta Julien à cent pas du village, essayant de sourire, évitant le regard des soixante yeux pâles, froids comme des nuages, qui lui cernaient les jambes.

"Messire", dit-il au meneur d'un ton presque tranquille, "au nom de tous les gens qui vivent en ce pays, soyez remercié. Emmenez loin d'ici les monstres qui vous suivent. Recevez en échange ces quelques pièces d'or. Je sais, c'est peu de chose, mais c'est tout ce que j'ai. Et que Dieu vous bénisse."

Julien le regarda jusqu'au tréfonds de l'âme. La main qui lui tendait une bourse de toile alourdie du trésor d'une saison de travail ne voulait pas trembler. Elle était noble et franche.

"Je ne puis accepter, Monsieur," répondit le meneur, "on ne paye pas les loups avec l'argent des hommes. Si ces bêtes vous ont nui, elles ne le feront plus. Ce n'était pas leur faute, et la vôtre non plus. Elles resteront ici, le mal a disparu. Comme dit la loi du Christ, pardonner à celui qui vous a offensé est la meilleure façon de rétablir la paix. C'est en montrant l'exemple qu'on fait bouger le monde, je ne veux pour salaire que de voir aujourd'hui se sceller votre paix : vous allez héberger la meute pour une nuit, chacun des villageois ira nourrir les loups et leur toucher le front comme ils le font aux chiens, c'est là un bon moyen d'apprendre à se connaître, et à se reconnaître. A l'aube, la meute reprendra la route de la forêt, et plus jamais les hommes n'en entendront parler. Il y a pour les deux races suffisamment d'espace pour pouvoir s'épanouir sans devoir se gêner. Monsieur, je vais attendre ici que vous me rapportiez la réponse du village."

***

La légende nous rapporte une fin différente de celle que je connais. Elle se borne d'ailleurs à nous dire qu'un chanoine de l'abbaye de Senones, un saint homme, évidemment, fut appelé par un village du comté de Salm afin qu'il les libère d'un démon qui avait pris l'aspect d'un loup pour les terroriser. Armé d'un mousquet chargé d'une balle d'argent (25), il l'aurait abattu dans les bois avoisinants. Les loups, privés de ce chef diabolique, se seraient ensuite laissé exterminer sans opposer de résistance et, une fois de plus, les paysans émus de la puissance des prêtres, se confondirent en remerciements. C'est une belle histoire.

La vérité est tout autre. Lorsque Mathieu revint au village, une surprise l'attendait. On était samedi, jour où, effectivement, un curé venait pour préparer la grand-messe du dimanche. Il l'avait oublié. Les confessions des paroissiens avaient eu tôt fait d'informer le zélé représentant du Christ de la démarche fort peu catholique qu'avait entreprise Mathieu, et celui-ci se trouva pris entre les feux de la parole donnée, et ceux de la terreur que pouvait à juste titre lui inspirer la très sainte Inquisition. En échange de son repentir, on jura de ne pas lui faire procès. Aussi, lorsqu'il rendit la réponse à la meute, ce n'était plus sa bouche qui parlait.

On installa les loups pour la nuit dans une grange, et puis, on fit comme le meneur l'avait prescrit. Mais peu après minuit, les villageois menés par le curé massacrèrent les fauves endormis. "On ne veut point du Diable et de ses sbires" fut la seule explication. Julien n'eut la vie sauve que grâce à Mathieu qui le prévint, au péril de sa propre vie, de l'intention qu'avaient les assassins de le brûler tout vif, selon la bonne coutume qu'instaurèrent les Chrétiens pour tous les gens suspects. On ne l'a plus revu.

Aujourd'hui que vient l'an deux mille, l'histoire de Julien-le-meneur est bien oubliée. Pourtant, depuis quelques années, jamais il n'a été aussi présent. Anubis-le-chaman lui avait enseigné à mener les grands fauves pour protéger les hommes. aujourd'hui que les loups ne sont plus, il dut apprendre seul à mener la folie, qui est à notre époque le nouveau prédateur. Il est meneur de fous. Comment ? Nul ne le sait, mais il les mène bien.

Depuis la fin des conflits de la seconde guerre mondiale, il y a en Occident une nouvelle espèce en train de se lever. Elle est encore humaine, mais déjà différente. Les gens de cette espèce peuvent se reconnaître : ils sont forts, ils sont beaux, se servent des machines sans en être esclaves, et n'aiment point la guerre, ni un dieu, ni une race. Ils sont intelligents, droits, sincères et généreux, d'une rare gentillesse, et ont pour leurs enfants, leurs épouses et le monde un infini respect. Ils ne savent pas encore qu'ils sont déjà mutants. Que Julien veille sur eux, demain, ils seront cent...

"Pattes sur mousse,
voiles dans l'eau,
ailes qui poussent
griffent la peau...

Peau de Lune
vient pour nous,
sans rancune
veille sur nous...

LOUP-GAROU...!"

13.

LA ROCHE DES FOUS

Evoquer la Lorraine sans parler de l'acier est chose difficile : c'est comme un long trident planté dans son milieu, dont chaque pointe porte le nom d'une rivière : Fensch, Chièrs, Orne, noms barbares résonnant comme des cris de guerre, rivières aux yeux de loup dont les eaux brunes et grasses découpent des collines pour trouver les grands fleuves : la Chièrs se jette sur la Meuse ; Fensch et Orne se mêlent à la Moselle. Entrer dans ces vallées rongées par l'industrie ne vient pas à l'idée de l'homme qui se promène. Le monde bouleversé par la marche du siècle n'a laissé en ces lieux que les vestiges d'un temps : celui où toute l'Europe, toutes races confondues, s'est jetée sur le fer comme l'Espagne sur l'or, sacrifiant son bonheur, sa vie et son histoire, pour un peu du minerai dont on fait les canons.

Aujourd'hui la Lorraine est au coeur de l'Europe, mais aujourd'hui l'Europe n'est plus le coeur du monde. L'acier se fait partout, de l'Afrique à l'Asie, des Amériques aux Indes. Même s'il n'est pas meilleur, on l'y produit moins cher... Alors les trois vallées ferment les hauts-fourneaux, les forges, les laminoirs et rejettent à la rue, sans espoir de retour, ceux qui par leur travail en avaient fait la gloire. Les trop vieilles usines pourrissent comme des requins échoués sur la grève. Au bord des trois rivières, leurs carcasses éventrées, gangrénées de mousses glauques, regardent les ronciers pousser dans leurs murailles et les blanches clématites étrangler de leurs lianes les arbres centenaires. Une mort poussiéreuse tend des linceuls de rouille jusqu'aux toitures de tuile des cités ouvrières, et les vents cardinaux dispersent dans le ciel les larmes des enfants et les silences des vieux...

Je connais une histoire que n'ont pas oubliée les rivages de l'Orne. C'était encore au temps des forges artisanales, bien avant que l'on vît les flancs de la vallée parés de tous les fruits des rêves de l'Occident, avant que les seize villes qui longent la rivière n'en forment plus qu'une seule, maussade et sans attrait. C'est l'histoire d'un ermite qui vivait près de Joeuf, voici près de six siècles. Il s'appelait Ferry. Et, avant de se perdre à jamais dans les forêts profondes, il était un des hommes de Pierre II de Bar (26).

C'était un chevalier qui venait d'Heillecourt. De sang vif et de race, le jeune homme, peu avant, avait loué ses armes. Il était de ceux-là qui pensent que la guerre est la meilleure façon de faire un beau voyage.

Mais l'horreur des combats que menait son seigneur bientôt lui apparut dans sa réalité. Lui qui rêvait d'honneur ne voyait que pillages. Lui qui rêvait d'exploits comme ceux que l'on chantait dans les cycles anciens ne connut qu'embuscades, trahisons, laideur et cruauté. Quand Pierrefort (27), vaincu, s'écroula dans les flammes, Ferry quitta l'armée du triste Damoiseau.

Il jeta son épée, son heaume et son haubert du haut du pont de l'Orne, près de la forteresse, et s'en alla chercher dans les vastes forêts entourant Homécourt une autre direction pour y mener son âme.

Ferry avait vingt ans, le coeur rempli de Dieu, et il se résolut à n'écouter que Lui.

***

Cela faisait longtemps que Ferry d'Heillecourt évitait de croiser ses frères de Franchepré (28). La Vierge était à lui.

Dans les bois alentour, au flanc d'un des vallons qui font les contreforts du plateau de Briey, il vivait isolé, loin des proches villages, loin des chanoines blancs. Il avait dégagé une petite clairière et cultivait, paisible, juste l'indispensable. C'était un lieu discret, à l'abri des regards, égaré quelque part au milieu des collines, là où vivent les arbres qui chantent quand vient l'aurore, où les rochers moussus comme des ventres d'abeilles étincellent au soleil de toute leur rosée.

Cela faisait vingt ans, ou peut-être un peu plus, que Ferry restait là, unique jardinier de cette forêt immense, telle une ombre vivante fondue dans le décor, si oubliée du monde qu'elle en était absente, si proche du firmament qu'on eût dit un nuage. Le petit chevalier s'était mis à l'écart de tant de choses du monde que les saisons elles-mêmes passaient sans l'émouvoir, et qui l'aurait croisé au détour du chemin aurait presque cru voir un jeune homme de vingt ans. Il était amoureux de la Vierge Marie. C'était sa Dame à lui, la maîtresse de son âme. Il la priait si fort depuis tellement longtemps qu'il lui semblait parfois la prendre par la main et visiter ensemble, toujours émerveillés, les infinies dentelles que tisse l'existence. Pour cet homme un peu fou, notre univers visible lui était inconnu. Bien qu'il fût bon chrétien et ne craignît qu'un Dieu, il s'était fait l'ami de tout ce qui existe, voyant dans chaque chose un être individuel, vivant autant que lui, avec le même esprit, le même coeur, la même force, et cette solitude qu'on croyait l'entourer lui était une foule grouillante et enthousiaste. Il parlait aux oiseaux, aux fleurs et aux étoiles ; les cailloux du chemin lui contaient des histoires et les feuilles d'automne qui dansent sur le vent chuchotaient à son âme la mémoire des grands arbres. La vie n'était pas dure pour Ferry d'Heillecourt, et les luttes incessantes entre Vide et Matière lui étaient familières comme le feu l'est aux braises. Il se glissait dedans, heureux comme un renard au milieu des halliers, la truffe remplie d'effluves et de subtils parfums, témoin simple et futile des richesses de la Terre, avare ni de beauté, ni d'amour, ni de joie. En fait, c'était un homme. Un homme, tout simplement.

*

Le temps n'existait plus pour l'ermite de l'Orne, il y avait bien longtemps que personne des villages, ni même de la région, ne l'avait plus revu. Et qui se soucierait d'un homme qui vit aux bois ! Il faudra cette guerre, dite "des quatre seigneurs", pour qu'à nouveau les hommes se souviennent de lui.

C'était le 15 septembre de l'an 1404. Quatre puissants seigneurs des confins de Lorraine déclarèrent à Metz une guerre des plus infâmes. L'Histoire a retenu le nom de ces brigands : Philippe de Sarrebrück, Jehan de Salm, Gerairdt de Boulay, Jehan d'Aultey-d'Aspremont. Ils lâchèrent le même jour sur quinze petits villages une troupe de 1500 hommes, chevaliers de fortune, gens de sac et de corde, qui ne laissèrent que ruines, récoltes incendiées, paysans massacrés et troupeaux dispersés. Des onze feux que Joeuf comptait dans sa paroisse, aucun n'a subsisté, et nul n'a survécu (29)....

Puis, à la fin du jour, les mains pleines du sang de centaines d'innocents, les quatre cavaliers envoyèrent à Metz un message expliquant la cause de cette fureur : ils cesseraient leurs ravages pour peu qu'on leur alloue une simple rançon de 13 000 florins. Metz était encore riche, elle paya les seigneurs.

Et la guerre s'arrêta.

*

Tout le jour Isabelle était restée terrée au sein des prunelliers qui bordaient le chemin comme un épais rempart. Elle n'osait pas bouger, figée par l'épouvante...

Envoyée par son père qui vivait plus au nord, elle devait, ce jour-là rejoindre des cousins tenant une ferme forte au village d'Homécourt. Son frère l'accompagnait dans ce dangereux voyage et les deux jeunes gens, forts de quelques écus et d'une seule épée, avaient pu jusqu'ici suivre une route tranquille. Quands ils virent au loin un nuage de poussière, une vague inquiétude vint les troubler tous deux. On sait de quelle manière les filles sont traitées lorsqu'elles se font surprendre par quelques cavaliers. Par mesure de prudence, le garçon donna l'ordre à sa soeur de s'enfuir et de cacher sa vue au secret des broussailles. Bien lui en avait pris. Il gisait maintenant la gorge large ouverte, mais sa soeur était sauve... La centaine de soudards qui les avait rejoints avait, sans s'attarder, continué son avance jusqu'au hameau de Joeuf, et Isabelle put voir bientôt, à l'horizon, des flammes hautes et claires s'élancer vers le ciel pour mélanger leurs ors à ceux du crépuscule.

Maintenant le silence régnait sur la campagne. Elle attendit la nuit pour sortir des taillis. Les yeux remplis de larmes, elle tira du chemin le cadavre encore tiède de son malheureux frère et entreprit alors de le couvrir de pierres pour lui donner, au moins, une sépulture décente autant que provisoire qui le mettrait un temps à l'abri des corbeaux. Il n'était plus question de gagner Homécourt en empruntant la route, même si le gros des troupes était parti au loin : les traîneurs des armées sont toujours plus féroces que les soldats du rang. Isabelle préféra éviter la grand-route et rejoindre son but en coupant par les bois. Du plus discrètement qu'il lui était possible, elle gagna la forêt au-delà des cultures qui gravissaient les flancs de la vallée de l'Orne, et puis, elle s'y perdit.

*

La nuit était si noire et le ciel si couvert qu'on aurait pu se croire au fond d'une caverne. Cela faisait des heures qu'Isabelle progressait sans rien voir ni entendre, tombant à chaque pas, s'écorchant les genoux, se griffant le visage à chaque basse branche. Elle avait faim et froid. Surtout, elle avait peur. Peur des hommes, peur des loups, peur des arbres massifs, crochus comme des menaces, dont les griffes humides lui déchiraient sa robe et lui fouettaient les mains. Elle ne savait même plus d'où se lèverait l'aurore, son coeur était en crue d'un désespoir si froid que les larmes qui coulaient de ses yeux fatigués ne parvenaient même plus à réchauffer ses joues.

Alors elle s'effondra sur le sol détrempé de feuilles jaunes et de pluies. Ramenant sur sa tête son grand fichu de laine, elle se recroquevilla comme le font les mourants et les petits enfants qui attendent de naître. Et elle confia à Dieu la garde de son sommeil.

L'aube se leva enfin. Isabelle s'éveilla. Tout avait disparu. Les cauchemars avaient fui l'avance du soleil qui répandait maintenant sa lumière amoureuse jusqu'au coeur des buissons. La forêt retrouvait la robe de ses jours, toute fraîche des fougères et des lierres d'émeraude, toute chaude des feuillages blonds et des écorces brunes. Isabelle frissonna de cette paix retrouvée, s'étira longuement comme un chat près du feu puis, levant vers le ciel un oeil reconnaissant, put reprendre sa route d'un pas souple et léger. Maintenant, se disait-elle, elle sortirait du bois, elle croiserait bien une route, un chemin, un ruisseau, qui la guiderait tout droit vers un proche village, une ferme, un château. Enfin, jusqu'à quelqu'un...

Mais tout le jour passa, et rien ne vint à elle. La jeune fille épuisée voyait monter la nuit et l'angoisse la reprendre comme une fièvre mauvaise qui profite de l'ombre pour ronger la conscience. Elle suivait à présent au flanc d'un fort vallon une sorte de sentier. A perte d'horizon, une mer immobile d'arbres enchevêtrés écumait en broussailles au contour des rochers. Au pied d'une faille abrupte, la jeune fille arriva au bout de son chemin. La route s'arrêtait là. Devant elle une muraille d'épines noires et de ronces, derrière elle le néant d'une errance de deux jours, entre une pente obscure qui ne menait nulle part et cette haute falaise qui semblait l'écraser, Isabelle s'arrêta, tomba face contre terre et se mit à pleurer...

*

"Seriez-vous égarée, jolie demoiselle ?"
Une voix douce et pure comme une brise d'été arracha la jeune fille à sa sombre torpeur. Une main sur son épaule venait de se poser, pudique et rassurante. Inondée du bonheur de voir un être humain, fût-il prince ou brigand, Isabelle oublia même d'être surprise. Elle se tourna d'un bond, prête à sauter au cou de celui qui venait par sa simple présence la tirer de l'horreur.

Se tenait devant elle un homme plutôt jeune, beau comme un mot d'amour, portant très près du corps une tunique de cuir fauve arrivant à mi-cuisse, de hautes bottes souples et des chausses de peau. A sa ceinture de fer pendait une dague ancienne dans un fourreau d'argent, et une bague d'or portant des armoiries faisait comme une fleur au doigt de sa main gauche.

"Ne craignez rien", reprit-il, "je suis le chevalier Ferry d'Heillecourt, mais les gens du pays me surnomment L'Ermite. Si toutefois il en reste qui se souviennent encore, car il y a bien longtemps que l'on ne m'y voit plus... Mais entrez donc chez moi, vous êtes à bout de forces."

Isabelle se leva. Elle n'osait dire un mot, ni croiser le regard de l'homme à côté d'elle. Il étendit la main, lentement, avec grâce et, comme par magie, la muraille de branchages qui fermait le sentier se mit à s'entrouvrir, découvrant quelques marches d'un marbre éblouissant.

Ferry pencha la tête et fit une révérence.
"Je vous en prie, Demoiselle, après vous..."
Stupéfaite, la jeune fille découvrit l'escalier de pierre blanche qui montait en pente douce à même la falaise. Creusé dans un rocher ruisselant de verdure où se mêlaient des fleurs d'essences inconnues et des fruits parfumés aux couleurs étranges,

l'ouvrage grimpait doucement en longues enjambées, puis semblait avalé par la végétation.

"Montez, montez, juste après cette courbe, vous serez au jardin."

Jamais aucune image, aucun mot, aucun rêve, ne sera assez riche, assez fort, assez beau, pour rapporter l'émoi que sentit Isabelle lorsqu'elle put découvrir ce qu'était le "jardin". C'était un parc immense, au gazon régulier comme une verte fourrure, semé d'arbres énormes aux frondaisons parées de tous les arcs-en-ciel que savent les cristaux. Leurs troncs étaient d'or pur, d'argent, de cuivre rouge ; leurs feuillages, ondulant sous une brise légère, étaient formés de gemmes d'un incroyable orient. Chaque feuille, selon sa race, était une émeraude, un saphir, une topaze... des buissons de corail portant des perles fines lançaient dans la lumière de folles iridescences. Et puis, dans le lointain, la silhouette puissante d'un palais de diamant aux cent mille fenêtres brillait dans le soleil de lueurs améthyste...

Isabelle se tourna vers Ferry d'Heillecourt.

"Pourquoi vous moquez-vous, Monseigneur, je sais à cette vue que déjà je suis morte et que j'arrive ici au seuil du paradis..."

"Morte ?" l'ermite éclata de rire, comme un enfant farceur ravi de son bon tour, "mais non, vous n'êtes point morte, et encore moins au ciel ! Ceci n'est qu'un caprice, en somme bien peu de chose. J'ai simplement voulu, au fond de mon jardin, donner à quelques pierres cet aspect végétal. J'aime à me reposer au frais de leurs ombrages, je trouve que la lumière y danse mieux qu'ailleurs".

"Seriez-vous magicien ?" reprit la jeune fille, "et ce don merveilleux vous vient-il bien de Dieu, ou alors..."

"Ni de l'Un, ni de l'Autre, jolie demoiselle", coupa Ferry d'Heillecourt la prenant par le bras, "tout ceci n'est que fruit d'un art bien naturel : juste un peu de rosée cueillie au bon moment, une poignée de poussière offerte avec amour, et tant de choses peuvent naître, pour peu que l'harmonie chante dans votre coeur... Mais quel est votre nom ?"

"Isabelle", souffla-t-elle en baissant son regard,"... pour servir votre Seigneurie."

"Eh bien, charmante Isabelle, acceptez de prendre quelque repos dans mon humble demeure, elle vous est grande ouverte. Je vais me retirer. Ce que vous pourriez désirer, dites-le à haute voix. Tout sera exaucé par d'invisibles mains. Ne vous étonnez point, vous les chagrineriez. Je serai près de vous quand l'aube reviendra."

Puis l'ermite se fondit dans l'ombre capiteuse des massifs fleuris, naturels cette fois, qui bordaient sagement les allées transversales s'écartant du château.

Et bientôt Isabelle se trouva toute seule dans le vaste domaine. Les yeux émerveillés, elle s'avança alors vers l'énorme bâtisse qui scintillait au loin comme un astre de feu. Jamais elle n'avait vu une telle construction : c'était un assemblage de gemmes colossales, dont chacune s'élevait comme une cathédrale. Innombrables, soudées, mêlées les unes aux autres, fouillis inextricable de liens géométriques, leurs murailles translucides semblaient une réplique en taille gigantesque de ces nids de cristaux que l'on surprend parfois dans les failles ténébreuses des roches volcaniques. Les milliers de fenêtres qu'elle avait cru y voir n'étaient que leurs facettes, lisses comme des miroirs, qui renvoyaient partout les derniers flamboiements du jour s'évaporant au-dessus des collines...

La jeune fille arriva au pied de l'édifice. Il faisait déjà nuit. Elle gravit sans effort les marches monumentales qui menaient au perron et, sans plus s'étonner des dragons de pierre noire qui en gardaient les flancs, face à la porte d'or, elle dit à haute voix qu'on la laissât entrer. Et les deux lourds battants s'écartèrent sans un bruit.

*

C'était un vestibule immense et circulaire, au plafond arrondi comme le dôme d'une église. Il y régnait partout une diffuse lumière ne venant de nulle part, et que rien n'arrêtait. Douze escaliers de verre montaient de son milieu, pour gagner un à un des portes en ogive s'ouvrant sur des couloirs coupant d'autres couloirs, donnant sur d'autres portes. La jeune fille se trouvait au seuil d'un labyrinthe de cristal et de marbre. Une exquise chaleur planait avec délice ; partout des plantes étranges et des fleurs magnifiques qu'elle ne connaissait pas adoucissaient l'ensemble de leurs ombres vivantes.

Seul dans le silence, le grondement apaisant d'une haute fontaine au milieu de la salle dallée de mosaïques, lui rappelait encore que tout ce qu'elle voyait n'était pas un mirage.

Explorer ce palais lui aurait pris vingt ans. Elle était épuisée, plus affamée qu'un loup, sa longue chevelure toute maculée de boue, sa robe et sa chemise, déchirées par endroits, n'étaient plus que guenilles. elle eut honte de sa mise, et mal de son état. Alors, en rougissant et sans plus s'attarder, elle frappa dans ses mains et dit d'une forte voix :

"Qu'on me montre ma chambre, qu'on fasse couler un bain et j'aimerais, s'il vous plaît, qu'on prépare un repas."

Dès qu'elle eut dit ces mots, une sorte de souffle puissant et invisible la saisit doucement pour l'emporter sans heurt jusqu'au coeur du palais et la poser ensuite, légère comme une plume, dans une vaste pièce de forme hexagonale. Au centre était un lit, rond comme un nid d'oiseau, débordant de soieries et de fourrures d'hermine. Le sol était couvert d'un gazon dru et tiède où ses pieds s'enfoncèrent avec volupté. Des murs translucides venait une lumière bleue, comme celle qui rend le jour au travers d'aigues marines, et nimbait de nuances les contours arrondis de quelques meubles blancs aux formes arborescentes.

Alors, la jeune fille enleva ses vêtements et se dirigea vers les marches de pierre qui menaient à une pièce en léger contrebas, où gargouillait un bain aux essences parfumées.

Un somptueux repas lui fut ensuite servi, et puis elle se glissa dans des draps frais et roses pour trouver aussitôt le meilleur des sommeils.

*

Lorsque l'aube se leva, Isabelle s'éveilla. Les parois de cristal avaient changé de teinte : y passaient maintenant des lueurs orangées qui traduisaient sans peine la fin d'une longue nuit. Le maître de céans allait bientôt venir. Il fallait l'accueillir du mieux qu'il fût possible, mais elle n'avait pour lui que sa seule beauté. Elle frappa dans ses mains et ordonna encore aux servantes invisibles :
"Qu'on me fasse une robe qui plaise à Monseigneur."
Alors comme une brise couvrit sa nudité et elle sentit sur elle une étoffe de lin blanc, à peine rehaussée d'or, tombant sur ses chevilles en plis fins et légers. Elle fut presque déçue de cette sobriété mais se consola vite en découvrant sa grâce dans le psyché de bronze de sa table de toilette. Après s'être coiffée, elle passa à son cou un lourd collier de perles qu'elle trouva au milieu de bijoux magnifiques dans un petit coffret. Et devant son image, pour la première fois depuis de si longs jours, la jeune fille, enfin, retrouva le sourire.
A ce moment seulement, on frappa à la porte.

*

Juchée en amazone sur le grand cheval blanc que Ferry d'Heillecourt lui avait accordé, Isabelle s'étonna, en voyant Homécourt au détour du chemin, de l'incroyable errance qui l'avait égarée.
L'ermite avait raison. Elle n'était pas bien loin du village des cousins, dont la ferme, à l'écart, avait l'air d'un château. Elle sortait maintenant des forêts vallonnées et découvrait enfin au

bord de la rivière les riantes cultures épanouisssant leurs fruits au soleil de septembre. Le coeur un peu serré, elle pressa du talon le pas de sa monture. Elle avait retrouvé ses anciens vêtements, l'impossible chagrin d'avoir perdu son frère, l'angoisse de ne savoir en quels termes l'annoncer aux gens de sa famille, ni de trouver les mots pour leur dire qu'elle aussi, elle allait disparaître pour vivre au fond des bois. Du moins, le croyait-elle, le tendre souvenir de l'ermite de l'Orne lui donnerait la force de retrouver les siens. Et puis, n'avait-elle pas en quittant le jardin, pris un rameau aux branches d'un arbre de diamant ? Les feux étincelants des feuilles de pierre précieuse au creux de son corsage lui réchauffaient le coeur et lui donnaient confiance. C'était une vraie fortune qu'elle portait aux cousins... L'argent n'aide-t-il pas à combler les chagrins ?

Quand elle entra enfin dans la cour de la ferme par la porte gardée de deux tourelles rondes finissant les remparts, l'annonce de sa présence fut une traînée de poudre. On savait que les troupes d'un des quatre seigneurs avaient remonté l'Orne, incendié deux villages, et passé par les armes des familles entières. En fait, ici personne n'espérait la revoir, depuis bientôt huit jours qu'on comptait leur retard . On avait fait prévenir ses malheureux parents qu'il restait peu de chance de revoir leurs enfants. N'en avoir perdu qu'un ressemblait au bonheur.

Et, en quelques instants, presque toute la ferme fut autour d'Isabelle : enfants et serviteurs, journaliers et parents. Puis le silence se fit quand son oncle Conrad apparut sur le seuil du grand corps de logis, encadré par ses fils et Bertrande, son épouse.

La jeune fille sauta à terre, tendit les rênes de son cheval à un proche palfrenier, et fit une révérence à l'attention des siens.

"Mon oncle, voici votre nièce Isabelle qui vient se mettre sous votre protection comme Monsieur votre frère lui en a donné l'ordre. Mon frère devait m'accompagner, hélas, je suis seule, car nous eûmes grand malheur en chemin."

"Il plut à Dieu cette douloureuse épreuve, mon enfant," répondit-il en baissant la tête, "nous savons. Rendons grâce au

Seigneur de t'avoir épargnée... Et vous, laissez-nous, il reste fort à faire avant les mauvais jours. Retournez à vos tâches."

Isabelle se jeta dans les bras de son oncle, pendant que dans la cour s'éparpillait la foule. Une fois le calme revenu, Conrad lui prit la main pour la faire pénétrer dans la grande salle commune. C'était une vaste pièce au sol dallé de pierre, faiblement éclairée par de petites fenêtres fermées par des barreaux. Au plafond plutôt bas, strié de grosses poutres noircies par la fumée, pendaient près du foyer des grappes d'oignons blancs et quelques gros jambons. Autour de la grande table qui remplissait l'espace, la famille réunie attendait qu'Isabelle racontât en détail sa terrible odyssée. Ce qu'elle fit sans se faire trop prier. Mais dans l'immédiat, elle jugea plus prudent de garder une certaine réserve quant à sa rencontre avec l'ermite. Elle se contenta de rapporter qu'elle lui devait la vie, sans évoquer plus loin les merveilles étranges qu'il avait su créer. Une vague méfiance la retenait encore. Les fabuleux diamants enfouis dans son corsage attendraient quelque temps avant d'être livrés.

"Ferry d'Heillecourt, as-tu dit ?" reprit son oncle quand elle eut fini son récit, "je l'ai connu il y a bien longtemps, quand il était encore un des frères de Franchepré. Mais tu dois faire erreur, tout le monde le dit mort." Puis, se tournant vers sa femme : "Bertrande, mon amie, il te souvient de l'ermite qui avait fait cette statue de la Vierge pour notre église ?"

"Oui-da, mon époux," répondit-elle, "c'était il y a longtemps, j'étais en relevailles de notre Gaudéus quand il l'a portée à l'ancien curé pour quelques sous. Nous ne l'avons plus jamais revu. Un bien saint homme, ma foi, mais s'il est encore en vie, il doit être assez vieux, il me semble qu'avant de devenir ermite, il était compagnon de Pierre-le-Damoiseau."

Isabelle baissa les yeux.

"Peut-être, mon oncle, pourtant, c'est bien le nom qu'il m'a donné pour être le sien, et c'était un homme jeune."

A l'autre bout de table, les trois fils de Conrad, Thibault, Gaudéus et Simon, dévoraient du regard leur charmante cousine. Thibault surtout, car Isabelle lui était promise. Conrad, en effet n'était que son beau-père, Dame Bertrande l'ayant eu lors d'un premier mariage qui l'avait laissée veuve, le petit orphelin avait suivi sa mère dans ses nouvelles noces, mais Conrad le traitait comme s'il était son fils. Lui donner une épouse au sein de sa famille serrait encore les liens. C'était un beau jeune homme qui n'avait pas trente ans, avec de grands yeux clairs et une forte stature. Quoique n'étant pas fils du maître de maison, il avait sur ces derniers un ascendant certain que lui valaient sa force autant que sa bonté.

Gaudéus lui sourit en lui bourrant les côtes.

"Eh bien, mon frère, voici jolie oiselle qui n'attend que tes bras ! mais gare si tu la manques, nous saurions l'attraper !".

"Tais-toi, grosse bête," lui répondit-il, "tu oublies qu'elle est de ton sang !" puis, en se levant, il s'adressa au maître de maison : "Père, ne pensez-vous pas que notre sœur est épuisée et qu'il serait plus séant de lui faire autre accueil qu'ainsi la presser de questions ? Puisqu'elle doit rester à demeure parmi nous, ne pouvons-nous attendre meilleurs temps pour entendre de ses nouvelles ? Permettez-moi plutôt de la conduire chez elle."

Conrad sourit.

"Tu as raison, mon fils, occupe-t'en comme il convient. Nous reparlerons de tout ceci à l'heure du souper. Pour l'instant, il suffit." Il se leva à son tour, et chacun retourna à ses devoirs. Restés seuls dans la salle, les deux jeunes gens s'observèrent un moment, puis Thibault prit le bras de sa cousine, et commença de lui montrer le domaine.

*

Sept jours. Cela faisait sept jours qu'Isabelle résidait à la ferme d'Homécourt. Elle aidait Dame Bertrande aux tâches domestiques, travaillait au jardin, s'occupait des volailles ; elle s'était intégrée dans sa nouvelle famille et il semblait à tous l'avoir toujours connue. Seul Thibault la voyait avec d'autres regards. Il lui faisait une cour discrète et empressée sous les sourires complices de toute la maisonnée. Il la serrait de près, prompt à lui proposer son aide à tous moments, avec une maladresse si douce et si charmante que parfois Isabelle s'en trouvait amusée.

Elle n'avait rien pu dire. L'accueil si chaleureux de son oncle et des siens l'en avait empêchée. Comment leur faire comprendre que l'amour de sa vie se trouvait dans les bois ? Dans un palais de verre tout rempli de magie, avec un homme étrange qui savait tant de choses que les années elles-mêmes n'osaient s'en prendre à lui... Comment dire à Thibault qu'elle ne l'aimerait jamais ? Comment dire à son oncle qu'elle voulait les quitter ?

Le soir elle s'endormait, tournée face aux collines, des rêves plein la tête, serrant le rameau d'or aux feuilles de diamant, elle songeait à Ferry qui l'attendait toujours, et revoyait ses yeux aux reflets de Moselle, verts et étincelants de respect et d'amour... C'est bien l'homme qu'elle voulait, et non point ses richesses. Elle voulait sa tendresse et partager sa vie. Résonnait dans son âme l'écho de ses paroles, planant comme l'aile blanche d'un grand oiseau de nuit, s'engouffrant dans son coeur, puissant comme un remord... "Revenez, Isabelle, s'il vous plaît," lui avait-il dit avant qu'elle ne s'en aille, "revenez, maintenant je vous ai vue, je sais ce qui me manque. Sans vous mon univers n'a plus de raison d'être. Ce n'est pas dans l'esprit qu'on trouve le bonheur, mais dans l'amour du Monde que l'on découvre à deux..."

Elle sentait son appel comme la biche affolée écoute le brame d'automne, elle n'était qu'une oreille tendue vers la forêt et s'y trouvait portée par chaque fibre de son être. Un soir, elle n'y tint plus et résolut enfin de céder au destin.

*

Le repas s'avançait, joyeux comme de coutume. Conrad, sans l'interrompre, attendait que chacun donne de sa journée les faits les plus saillants. Les yeux dans son écuelle forgée de bel étain, il marquait chaque bouchée d'un long hochement de tête et dictait à chacun la conduite à tenir. Demain on vendangera les six arpents de vigne, Simon ira au pré réparer la clôture, on devra à Auboué chercher le rebouteux, le fils de la Margot s'était tordu la cheville...

Isabelle, face au feu, avait le coeur battant. Penchée sur la marmite fumante et parfumée, elle écoutait bouillir la potée de choux vert en la tournant lentement d'une cuillère de bois. Le regard de Thibault, assis en bout de table, lui traversait le corps comme s'il était de l'eau. Pour un homme amoureux, il n'est point de secrets. Il devait lire en elle plus sûrement qu'en un livre... Elle partirait cette nuit, sans rien dire à personne. Elle n'emporterait rien, hormis le cheval blanc et son fichu de laine. Mais elle laisserait posé, à peine en évidence, sur le coffre de bois sombre qui jouxtait son lit, le précieux rameau d'or aux feuilles de diamant. Nul doute qu'oncle Conrad pourrait le vendre à Metz et, avec cet argent, augmenter son bétail... Et peut-être, plus tard, pourrait-elle revenir, les bras pleins de trésors pour toute la famille... Alors, on comprendrait les raisons de son choix et on lui pardonnerait sa fugue mystérieuse.

"Maître Conrad ! Maître Conrad !... venez vite, les soldats...!"

Tout rouge d'avoir couru, un gamin essoufflé avait poussé la porte et, tremblant de terreur, s'était jeté aux pieds de l'oncle d'Isabelle.

Dans la lumière du soir tombant de l'embrasure, la lourde silhouette d'un capitaine d'armes se découpa soudain, énorme et menaçante, et le silence se fit. Dehors, par les fenêtres étroites aux barreaux de fer noir, les mouvements d'une vingtaine d'arbalétriers se laissaient deviner dans l'ombre et la poussière...

Conrad se leva. L'homme entra dans la pièce.

"Ne craignez rien, pays, nous sommes gens de Bar." L'homme s'avança encore, et les lumières du feu l'éclairèrent tout à fait. Sous son casque d'acier brillaient des yeux de glace, une longue cicatrice lui rayait le visage. Sur sa cuirasse luisante, le blason du Barrois n'arrivait qu'à demi à rassurer Conrad. D'un geste froid et sûr, il tira lentement les gantelets de ses mains, ôta son casque et son colletin, prit une chaise libre et se rompit du pain. Enfin, il s'expliqua.

"Il y a de grands troubles dans la vallée de l'Orne. La garnison de Briey a reçu l'ordre d'y ramener le calme. Joeuf a été brûlé et Amnéville détruit. Ces fiefs sont messins, ce n'est point notre affaire, mais on a rapporté qu'une bande de soudards qui aurait dû rejoindre le gros de son armée s'est attardée ici, et malmène durement les terres et les vilains... Nous resterons ici pour votre protection. Vous nous logerez donc tout le temps nécessaire. Nous ne sommes que vingt et n'abuserons point. J'en fais serment. Mais nul ne peut sortir avant de m'avertir. Quiconque sera surpris en dehors de l'enceinte se verra confondu avec un malandrin et traité comme tel."

Le capitaine marqua un temps, se servit largement un gobelet de vin et le vida d'un trait. Puis il reprit :

"Ce matin, dans les bois de Wacrange, nous en avons vu deux. Ils portaient une épée et poussaient devant eux trois têtes de bétail. Nous les avons pendus... mais non sans les avoir rudoyés méchamment !" et il hurla de rire. "C'étaient des gens du nord, avec cette vermine, point de manières à prendre. Qui sera pris ainsi subira le même sort. Qu'on se le tienne pour dit. Conrad, veille à tes gens."

L'homme d'armes se leva et, empoignant Thibault par sa manche de chemise :

"Toi, mon garçon, montre-nous nos quartiers, occupe-toi de mon cheval, et porte-nous du pain."

*

La nuit était tombée. Isabelle, dans sa chambre, avait ouvert la fenêtre et soufflé la chandelle. Une lune presque éteinte engluée dans les brumes éclairait faiblement la crête des collines. Les tourelles pointues qui enclosaient l'enceinte et gardaient le portail luisaient comme des canines dans la gueule de la nuit. Sur la courtine de bois ceinturant la muraille, quatre guetteurs veillaient en faisant les cent pas. Dans la grange attenante, le reste de la troupe festoyait bruyamment en houspillant les gens livrés à leur service.

Combien de temps encore serait-elle prisonnière, à merci des brimades de cette soldatesque, et de leurs convoitises... Conrad ne pouvait rien. Y compris ses trois fils, il n'avait pas dix hommes, et nul ne prétendait être un homme de guerre. Après tout, la présence de cette force était un moindre mal : ils ne brûleraient rien et ne tueraient personne. Si l'amour de son monde importe peu au duc, au moins aime-t-il l'argent qu'apportent les impôts, et une ferme ruinée n'est plus qu'une bête morte.

Mais Ferry attendait à moins d'une lieue de là, et le temps qui passait devenait plus cruel. Elle devait s'échapper. Elle s'enfuirait demain.

*

Jamais elle n'avait pris autant de précautions. Avançant pas à pas, le coeur brûlant de fièvre, Isabelle se fondait dans l'ombre des sous-bois. Une heure auparavant, elle vendangeait encore avec les journaliers les vignes qui montaient à l'assaut des coteaux. Le risque était fort grand. Trois arbalétriers veillaient à la récolte, prêts à la moindre alerte qui surviendrait du bois. Dans l'ombre et la fraîcheur, le reste de la troupe patrouillait sans relâche depuis la première heure. Trop fiers de leur puissance et sûrs de leur bon droit, ils étaient plus dangereux que les brigands eux-mêmes...

Les sens aux aguets, lentement, évitant de poser le pied sur une brindille, Isabelle retrouvait le chemin de Ferry. Il était là, tout près, attendant quelque part au milieu des fourrés. Elle y songeait si fort depuis de si longs jours qu'il lui semblait parfois l'entendre dans sa tête, si bien que ses pensées devenaient des dialogues. On dit de ceux qui s'aiment qu'ils peuvent se joindre en rêve : elle le voyait sans cesse, l'accompagnant partout, au point qu'il y a deux jours, Thibault et Gaudéus l'avaient surprise un soir à parler toute seule en souriant aux anges. Elle avait tant rougi qu'ils en riaient encore...

L'angoisse et la chaleur collaient à sa chemise. Une mèche agaçante lui tombait sur le nez. Elle la chassa d'un souffle. Elle n'était plus très loin. Longeant discrètement la sorte de sentier qui menait à Ferry, soudain, elle se figea. Un bruit. Des voix. Des branches que l'on brise, des feuillages qu'on écrase, et puis un hurlement... les soldats... Ferry !...

Alors Isabelle s'élança du couvert des grands frênes qui suivaient le chemin comme d'immobiles pèlerins, serrant sur sa poitrine deux poings crispés d'effroi, elle poussa en écho un cri épouvantable, ainsi qu'un chat saisi par les mâchoires d'un piège...

Oubliant toute prudence, le coeur éparpillé et les poumons en feu, Isabelle, en hurlant, courut comme une folle là d'où venait sa mort, enjambant sans les voir pierrailles amoncelées et souches pourrissantes, montant la pente raide sans s'en apercevoir, écartant de ses mains ronciers et murs d'épines... dépassant dans sa course tous les soldats eux-mêmes, elle tomba à genoux près de l'homme abattu.

Un homme plutôt jeune, beau comme un mot d'amour, portant très près du corps une tunique de cuir fauve arrivant à mi-cuisse, de hautes bottes souples et des chausses de peau. A sa ceinture de fer pendait une dague ancienne dans un fourreau d'argent, et une bague d'or portant des armoiries faisait comme une fleur au doigt de sa main gauche. Juste au-dessus du coeur, dans une tache rouge, un careau d'arbalète était planté tout droit.

"Isabelle," dit-il d'un dernier souffle, "vous avez tant tardé... pour vous j'avais ouvert toutes les portes de Sîd... désormais, c'est trop tard... adieu... Je n'ai plus qu'une issue..."

Isabelle prit sa main, la mit contre ses lèvres, elle voyait son visage et ses yeux de Moselle au travers d'un brouillard de larmes et de phosphènes... elle n'entendit même pas la voix du capitaine qui les avait rejoints.

"Eh bien ! Gauthier, que nous as-tu tué là ?... Non, laisse-la, c'est une servante de maître Conrad, je la connais... mais, dis-moi, c'est son coquin que tu as arrêté, pas un brigand !... Ecarte-toi, la fille..."

Isabelle leva les yeux et chercha ceux du capitaine.

"Celui que vous avez tué est l'ermite Ferry d'Heillecourt. Ce n'est pas un brigand. Ce n'est pas mon coquin..."

"Drôle d'ermite, qui porte dague !" répondit-il, "Heillecourt, dis-tu ? Sûrement une mauvaise bête des ducs de Lorraine (30), nous avons fait erreur, j'en conviens, mais la perte n'est pas grande. Remercie donc le ciel de n'avoir pas subi le même sort, tu as désobéi. Suis-moi, maintenant, je vais te rendre aux tiens."

Elle suivit sans mot dire, le monde n'existait plus.

*

Ramenée dans sa chambre, elle chercha du regard le précieux rameau d'or aux feuilles de diamant qu'elle avait déposé sur le coffre de bois sombre qui jouxtait son lit. Mais il n'y avait plus qu'une brindille de frêne dont l'unique brillance était, juste à sa base, une larme de sève séchant sous la lumière qui venait des fenêtres...

***

Et puis, les soldats sont partis. Quand finit l'Histoire commence la légende : ici, en terre lorraine, que l'on soit du Barrois, du Saarland, de Metz ou de Nancy, que l'on vienne des Vosges ou même de Luxembourg, on se souvient encore du destin d'Isabelle...

Elle s'était résignée à épouser Thibault et fit, sans grand plaisir, une ribambelle d'enfants. Leur tendresse innocente fit enfin sur ses joues renaître le soleil. Un beau jour, elle revint au coeur de la forêt, là où Ferry d'Heillecourt avait trouvé la mort. A l'emplacement exact où il était tombé, saupoudrée des lueurs qui pleuvent des feuillages, une roche miraculeuse s'élevait maintenant. Isabelle a souri, s'est assise à côté, et a posé sa tête contre la pierre humide...

Quand elle revint du bois, ce n'était plus la même. Et depuis ce jour-là, Isabelle put guérir les maladies d'esprit. De toute la Lorraine, on envoyait vers elle tous ceux que la raison avait abandonnés. Gentiment, un par un, elle leur prenait la main et les emmenait toucher la roche miraculeuse. Ils revenaient guéris, libérés, exaucés. Mais les prêtres jaloux n'en firent pas une sainte et, lorsqu'elle mourut, on oublia bientôt les miracles païens de la roche des fous...

Un jour que mes affaires avaient forcés mes pas dans la vallée de l'Orne, j'ai entendu quelqu'un évoquer Isabelle et la roche des fous, disant que c'est le siècle qu'il faudrait y mener. C'est ainsi que j'appris l'histoire de Ferry que je vous ai contée.

J'avais à cette époque un problème insoluble et me mis dans l'idée de retrouver cette roche. A force de patience, visitant les cadastres, exhumant les archives, j'ai pu la découvrir. Et je m'y suis rendu.

Elle est dans la forêt que l'on dit "de Moyeuvre", sur un terrain pentu, près du village de Joeuf. Ce lieu miraculeux est en endroit paisible, dans un bosquet de frênes et de hêtres mêlés. Il y règne une paix et un bonheur intenses qui m'ont fait oublier le sens de mes questions. Je ne savais que dire, je ne savais que faire. Alors, comme Isabelle l'avait montré jadis, j'ai posé sur la pierre mon front et mes deux mains et, en fermant les yeux, je l'ai interrogée :

"Que devient le rocher, quand il a la conscience ?"

Et du coeur de la pierre monta une clarté qui envahit ma tête, et mon coeur, et mon âme, et puis un rire immense, profond, épouvantable, se répandit en moi comme une vague chaude, balayant mes pensées, mes sens et mes angoisses, et ce fut pour ma vie comme une autre naissance...

Je ne reviendrai plus à la roche des fous. J'entends encore ce rire, il est dans ma mémoire pour toute l'éternité.

14.

LA LEGENDE DE SAINT GOERIC

Voici déjà longtemps que je voulais conter l'histoire d'un saint chrétien. Cette cause qui produit l'étrange métamorphose d'un homme simple en homme sage n'est pas si évidente pour celui qui, comme moi, n'a guère l'âme religieuse et ne peut concevoir que, si un dieu existe, il puisse rester unique. A mes yeux tout au moins, tous les monothéismes sont des absurdités dont l'histoire a prouvé qu'il ne vient rien de bon. Dans l'esprit des tribus hantées par cette folie qu'il n'y a de dieu que Dieu, l'idée de différence, d'étranger, de contraire, devient insupportable, aussi l'humanité livrée à ces dieux-là qui rêvent de rester seuls, a bientôt inventé de nouvelles raisons de se laisser glisser dans le plaisir du meurtre. En plus des jalousies, des rancunes et du goût du pouvoir, le penchant évident des hommes pour le pillage se verra soutenu par l'ardente conviction d'agir pour le vrai Dieu, qui ne saurait admettre qu'on ne croie pas en lui, ni en son peuple élu. Bien sûr, tout est permis aux soldats-missionnaires puisque, comme chacun sait, pour cette circonstance : "Dieu le veut".

Trouver parmi les saints de tendance chrétienne un homme qui ne fut pas un triste personnage me semblait une gageure. Mais j'en ai trouvé un. Il n'est pas très connu, quoiqu'il soit fort ancien, et nous vienne de ces temps où hache et goupillon aimaient à se confondre dans le même élan. Ce n'était pas un gueux, ni un apôtre ignare, ni un moine fanatique s'attachant à détruire les cultures différentes en rêvant du martyre comme une femme à l'amour. Non, rien de tout cela chez Goeric. Maire du palais au royaume d'Aquitaine, puis comte d'Albi et gouverneur des provinces du sud, marié et père de deux filles qu'il aimait tendrement, Goeric sera élu évêque de Metz à la fin de l'an 629 (31). L'un de ses successeurs, Thierry 1er, fondera peu après en son nom un monastère autour duquel naîtra la ville d'Epinal. Point d'excès dans sa foi, ni d'intolérance, ni même de folie. Saint Goeric nous apparaît comme un homme juste, sage et généreux. Je voudrais vous conter la quête de son âme. Je crois qu'elle m'a touché.

***

En ce beau matin de juillet, la chaleur qui montait des abords de la route tendait des voiles troubles sur tout le paysage. L'ancienne voie romaine qui remontait vers Metz en suivant la Moselle ondulait lentement comme un serpent paisible, étirant au soleil ses écailles de pierre où trébuchaient les pas des hommes et des chevaux. Juste au milieu du ciel, quelques oiseaux passaient, silencieux comme des anges. Mais Goeric ne les voyait pas.

Et bientôt apparut aux yeux des voyageurs la riche capitale du royaume d'Austrasie, avec ses hauts remparts hérissés de créneaux comme une épine dorsale, et ses grosses tours carrées plantées jusqu'aux épaules dans les limons du fleuve. Sous les coupoles romanes de sa grande basilique, bossues comme des ailes repliées pour le jour, la ville tout entière paraissait endormie. Mais Georic ne la voyait pas. En ce beau matin de juillet 629, accompagné de son épouse et de ses deux filles, le comte Goeric, gouverneur de l'Albigeois, arrivait en grande escorte devant les murs de Metz. Ici s'achevait son voyage.

Jusqu'alors étendu dans sa lourde voiture au milieu du convoi, Goeric se releva et chercha à tâtons la main de son épouse. Elle vint à ses devants, et se pencha sur lui :

"Nous sommes en vue de Metz, mon ami," dit-elle," déjà votre bon cousin Arnulf est prévenu de votre arrivée ; je vois le capitaine Anselbert qui revient entouré d'hommes d'armes. Laissez-moi vous faire bonne figure."

Avec une infinie tendresse, Bithilde (32) prit un linge blanc pour éponger le front maculé de poussière de son époux, lui rajusta ses vêtements, reforma les coussins, secoua les tentures et, en moins d'un instant, par ses soins attentifs, seule l'écume des chevaux qui formait l'attelage eût pu trahir encore les fatigues du voyage. Mais Goeric ne le voyait pas. Goeric était aveugle. Une brusque cécité l'avait saisi alors qu'il revenait d'une mission lointaine dans les hautes montagnes qui séparent en deux le pays wisigoth. Parti avec pourtant une assez forte troupe pour rétablir l'impôt, sans toutefois heurter les barbares vascons, il s'était égaré avant de rentrer seul, errant sur son cheval, incapable de dire ce qui s'était passé. Des cinquante cavaliers qui lui faisaient escorte, aucun ne put donner la moindre explication. Selon eux, Goeric s'était levé une nuit, avait quitté le camp sans prévenir personne, puis avait disparu. Ils l'avaient recherché pendant de longues semaines et puis, la mort dans l'âme, s'étaient résolus à rentrer à Toulouse. C'est en rebroussant chemin qu'ils l'avaient retrouvé, hébété et aveugle, ne portant curieusement aucune trace de blessure, ni même d'empoisonnement. A moins que Goeric ne retrouve la mémoire, on ne saurait jamais l'exacte vérité sur cette curieuse absence. Et près d'un an plus tard, le siège du comté albigeois étant devenu vacant par la nomination de Syagrius au duché de Marseille, le duc Caribert le confia à Goeric, en lequel il avait maintenu toute sa confiance. On peut être invalide et cependant rester bon administrateur.

*

Ce voyage vers le nord, il en rêvait depuis si longtemps... Depuis cette aube étrange au milieu de sa nuit où une voix intérieure s'était soudain levée, tel un astre sonore dans un ciel de silence. Il l'entendait encore, puissante, irrésistible, comme si c'était lui-même qui lui parlait enfin : "Viens à moi, Goeric, viens toucher de ton doigt la pierre qui m'a tué. Viens à elle, Goeric, par elle tu m'atteindras, et ma mort revécue sera ta délivrance..." Et puis un beau visage commença d'apparaître, comme se reforme un rêve, par bribes de mémoire arrachées au néant : image fantomatique d'une face ensanglantée, avec de longs yeux noirs plus vastes que l'océan, remplis de cette sagesse que seule donne la mort à celui qui accepte d'en devenir l'amant. Goeric l'attendait sans oser l'espérer, sans chercher à comprendre pourquoi il est de ces visages, inconnus jusqu'alors, que l'on ne peut saisir sans sitôt les nommer...

Etienne. Le premier des martyrs, lapidé pour sa foi, tué pour son message d'amour et d'espérance, mort dans la gloire du Christ, massacré par les Juifs... C'était Etienne qui venait le visiter. Il le savait.

Goeric frissonna malgré la canicule. Il se sentait perdu dans sa nuit ordinaire, humilié de dépendre du bon vouloir des autres, souffrant de ne saisir du monde qui l'entourait que de vagues signaux, lointains, imprévisibles : le claquement des sabots sur la chaussée de pierre et la voie d'Anselbert, le ban de bienvenue clamé par tous ces gens heureux de l'accueillir, Bithilde qui l'aidait à se tenir bien droit en lui guidant la main... Il tenta un sourire, une pose altière, dernier geste d'orgueil, maladroit, dérisoire, voulant encore cacher à la vue des badauds que, lui, ne voyait plus.

"Monseigneur Arnulphus m'envoie vous conduire en son palais, seigneur Goeric, soyez le bienvenu en notre ville de Metz."

Goeric opina du chef dans un remerciement. Qui avait parlé ? Peut-être un envoyé du jeune Dagobert (33), ou un homme de l'évêché ? Qu'importe ! Il fallait en tout cas lui faire bonne figure. Il sentit sur son bras la main du capitaine, fidèle et rassurante comme celle d'un ami et, contre son visage, le murmure de sa voix :

"A cheval, seigneur comte, à cheval ! Comme il sied à un Grand, et guerrier en renom !"

Goeric tenait courtes les rênes que ce dernier lui avait mises en main. Campé du mieux qu'il pût sur sa selle d'apparat, il savait Anselbert retenir par le mors les écarts éventuels qu'aurait faits sa monture. D'un pas lent et tranquille, le convoi s'approcha des murailles de Metz. Tout au long de la route, le peuple s'amassait, de plus en plus nombreux à mesure que la troupe se rapprochait des portes. Tout le monde le savait : un très haut personnage de la cour d'Aquitaine venait chercher miracle auprès de saint Etienne. Ici, nul n'en doutait, toucher la sainte relique (34) rendrait au comte d'Albi l'usage de ses yeux.

*

Avant même qu'il ne fût parvenu en terre d'Austrasie, le comte Goeric avait fait prévenir qu'il ne désirait pas qu'on fêtât sa venue, et l'évêque Arnulphus l'avait fort bien compris. C'était un pèlerin, et non un noble Franc, qui venait implorer la divine Providence. Il convenait seulement d'assister sa souffrance, et non de faire les frais qu'on doit aux ambassades. Tout le reste du jour, et presque toute la nuit, Goeric les passa en totale solitude dans la pauvre cellule qu'Arnulf avait voulue dans son propre palais pour s'isoler du monde. Et un peu avant l'aube, Anselbert fut admis à rejoindre son maître. Il le trouva couché, les bras tendus en croix, à même le sol humide. Il n'avait touché ni au pain, ni à l'eau, il n'avait pas cherché à prendre du repos sur son humble paillasse : toute cette longue nuit, Goeric l'avait passée à prier saint Etienne.

Et au petit matin, avant qu'on dise la messe, Goeric se leva, revêtit un cilice, et demanda enfin qu'on le mène à l'église. Arnulf, en grande tenue, l'y conduisit lui-même.

Au-dehors, le soleil dessinait vers l'orient des brumes orangées. Au-dedans, Goeric se sentait plus ému qu'un enfant qui va à la rivière pour la première fois. Tout autour, sur la vaste esplanade entre église et palais, une foule innombrable se pressait en silence, priant avec ferveur pour que vienne le miracle. On dit qu'il y avait même bon nombre de païens qui étaient venus là, témoins respectueux de la magie chrétienne, attendant pour juger qu'elle montre sa puissance.

Goeric se mit à genoux au bas des quelques marches qu'il avait dû descendre pour quitter le palais. Les longues dalles blondes qui recouvraient la place avaient gardé sur elles la fraîcheur de la nuit. Il y avait cent vingt pas jusqu'au large parvis de la basilique dédiée à saint Etienne. Et c'est sur les genoux que le comte d'Albi voulut les parcourir. Vaincu par tant de foi et tant de désespoir, Arnulf, évêque de Metz, voulut en faire autant.

Alors, un seul cantique se leva de la foule. D'abord un long murmure, s'amplifiant lentement, se haussant bouche par bouche jusqu'aux toits de la ville ; puis gagnant en vigueur, en force et en ferveur, il s'élança enfin jusqu'au plus haut des cieux, mettant à l'unisson de cette voix immense les anges et les oiseaux, les eaux et les nuages. On dit qu'à cet instant, bon nombre de païens en furent si étonnés qu'ils se mirent à chanter avec la même passion ce dieu qui, curieusement, ne voulait pas des leurs.

C'est les genoux en sang qu'Arnulf et Goeric se relevèrent enfin aux pieds de saint Etienne. Et le silence se fit. Un diacre se pressa d'ouvrir les lourds battants de bois cloutés de bronze qui donnaient sur la nef. Au-dessus de l'autel brillait une lumière. Mais Goeric ne la voyait pas. Ils entrèrent tous deux, et l'on ferma les portes.

Il faisait frais et doux sous les arcades rondes. Un silence savoureux comme une source d'eau claire déversait sa lumière dans l'âme des deux hommes. Mais Goeric ne la voyait pas. Arnulf se dirigea vers le fond de l'abside et saisit à pleines mains un coffre de bois d'aulne recouvert de feuilles d'or. Il le porta lentement, avec un grand respect, les yeux fixant le ciel à travers les tuiles plates de la haute toiture qui couvrait l'édifice.

"Goeric, mon cousin", dit-il d'une voix grave, "voici la sainte relique que nous gardons ici. C'est la pierre qui tua notre premier martyr. Elle porte encore sur elle une trace du sang qui coula de son front. Puisque c'est votre rêve qui vous demande de voir, avancez jusqu'à lui par la grâce de Dieu, et osez la toucher."

Seul et tremblant de fièvre, plongé dans ses ténèbres, Goeric fou d'angoisse avait perdu Arnulf. Sa voix lui parvenait comme tombant des nuages, ruisselant sur les murs, dispersée par les voûtes, déviée par les piliers, immensément présente, lointaine, insaisissable, pourtant si près de lui... C'était comme s'il devait toucher le coeur du monde. Il aurait tant voulu avoir des yeux pour voir... Au moins voir la relique qui lui rendrait la vue...

Il étendit les bras, étreignant le silence qui était revenu. Mais même le silence ne lui répondit pas. Alors, deux larmes blanches tombèrent de ses yeux morts, deux larmes ternes et vides, deux larmes d'impuissance. Et il plongea en lui, recherchant la vision au sein de sa mémoire. Alors, vers la conscience remontèrent des images...

*

C'était une nuit tiède, il en sentait l'arôme. La pluie avait cessé d'abreuver les montagnes. Dans l'ancien camp romain où la petite armée avait fait son bivouac, on entendait seulement dormir les cavaliers. En haut de la seule tour qui se dressait encore, la silhouette immobile d'une vague sentinelle dessinait ses contours dans le ciel de minuit. Peut-être dormait-elle, accoudée aux créneaux. Et après tout, qu'importe ! Le pays était vide à des lieues à la ronde. Les trois petits villages qu'ils avaient traversés ne semblaient pas hostiles. Ils étaient disposés à acquitter l'impôt, pourvu qu'on le leur demandât et qu'il aille aux Vascons, (35) aux Wisigoths, aux Francs, leur importait fort peu. Ils désiraient la paix encore plus que l'oubli. Loin des carrières de marbre, la région était pauvre et son peuple encore plus. C'était une vieille race, sacrifiant à des dieux plus anciens que la Gaule, et même les jeunes gens parlaient à peine latin. Mais à la vue des armes, ils avaient vite saisi qu'ils étaient les sujets de ces nouveaux "Romains".

Perdu dans ses pensées, Goeric se leva. La fraîche humidité qui montait de la plaine lui troublait le sommeil. A l'écoute de la nuit, il sella son cheval pour une promenade. Il rentrerait à l'aube, et prévenir Anselbert lui sembla inutile. Nul ne le vit partir.

Goeric enfin libre s'en allait tête nue. Il se sentait si bien dans cette forêt superbe qui courait sur les flancs de la haute colline où s'élevait le camp qu'il souriait aux anges, heureux comme un enfant qui peut parler tout seul sans craindre les railleries. Il n'avait pas pris d'armes, hormis sa cotte de maille tombant jusqu'aux genoux et sa hache de guerre damasquinée d'argent. Qu'aurait-il eu besoin de casque, de bouclier, de lance ou bien d'épée ? Dans ces montagnes désertes, oubliées du royaume et des Vascons eux-mêmes, il n'y avait rien à craindre. Il marcha de longues heures, la tête dans les étoiles, laissant couler sur lui la brume et la rosée. La nuit était si claire qu'il voyait devant lui comme si c'était le jour. Bercé par son cheval, il finit par bâiller, s'étirer et se tendre comme le font les chats pour saluer le soleil. Enfin il se sentit plein du calme de la nuit, le coeur seulement rempli de parfums et de songes.

Il était déjà loin, au creux d'une vallée qui descendait doucement en taillant la montagne, suivant d'un pas tranquille un minuscule torrent, lorsque se fit un bruit. Goeric s'arrêta et prêta l'oreille. Echappés par instants du frêle gargouillis qui montait du ruisseau, on entendait nettement quelques petits craquements, comme des branches que l'on plie, des brindilles que l'on foule, des herbes qui s'écartent. Il y avait quelqu'un à quelques pas d'ici.

"Holà !", cria Goeric, "montrez-vous, je ne veux point le mal !"

Le silence se fit, pendant un court instant. Puis une tête se leva au-dessus des taillis, avec deux yeux brillants comme de petites lunes, immobiles et craintifs, de l'autre côté de l'eau...

Un ours ! Goeric l'avait vu avant qu'il ne replonge au milieu des broussailles et ne fuie lentement vers l'abri des grands arbres. Un ours ! Quelle aubaine ! Une viande savoureuse, une fourrure chaude, une proie courageuse agréable à combattre ! Goeric décrocha sa hache et lança son cheval au-delà du ruisseau. Du saut qu'il fit ne resta à la terre que les empreintes profondes de ses quatre sabots en forme de croissant.

A une portée de flèche, l'ours courait tout droit, d'un amble souple et calme entre les fûts des arbres, traversant les fourrés sans chercher de détour, semblant par son allure moins effrayé par l'homme qu'indisposé seulement par sa simple présence. Mais déjà le chasseur était sur ses talons... sans ralentir sa marche ni même dévier sa route, la bête grogna un peu et releva la tête, jetant un regard noir vers l'homme et son cheval maintenant à sa hauteur. Elle n'en vit pas plus. D'un coup vif et puissant, Goeric lui abattit le tranchant de son arme sur le sommet du crâne, la tuant net.

C'était un ours énorme. Il n'était pas question de l'emporter tel quel au travers de la selle. Sautant de son cheval, Goeric entreprit de dépouiller la bête avec dextérité. Puis il la dépeça et fit avec sa peau une sorte de balluchon, dans lequel il posa les seuls meilleurs morceaux, abandonnant aux loups le reste de la viande. Son travail achevé, il ficela le tout avec des liens de ronce au pommeau de la selle, en ayant bien pris soin d'ébarber les épines. Alors il s'apprêta à faire demi-tour, le coeur rempli de joie et les jambes fatiguées, imaginant déjà la surprise d'Anselbert et de ses cavaliers, voyant rentrer leur chef d'une chasse inattendue autant que fructueuse.

L'aube allait se lever. Goeric prit conscience avec un peu de gêne du temps qu'il avait pris pour sa seule convenance, et lui vint à l'esprit que le camp maintenant devait être en alerte. Il avait disparu, il lui faudrait des heures pour pouvoir revenir ; l'ardeur qu'il avait mise au compte de sa chasse avait gommé en lui le chemin du retour. Un ciel couleur de fleur avait voilé la lune, modifiant les montagnes, redessinant les ombres d'un autre paysage, éclairant la forêt de nouvelles lueurs où s'ouvraient en tous sens des routes inconnues. Alors l'angoisse gagna le coeur de Goeric qui comprenait enfin qu'il s'était égaré. Il lui fallait prévenir, qu'on vienne le chercher. Il voulut décrocher son olifant de corne. Il l'avait oublié.

*

Gravir... gravir la montagne, trouver une éminence de laquelle il verrait les ruines de l'oppidum. C'était sa seule issue. Depuis combien de temps, juché sur son cheval déjà bien alourdi par la dépouille de l'ours, Goeric avançait-il dans la forêt de jade qui recouvrait la pente ? Le temps ne comptait plus. Jamais il ne s'était senti si fatigué, si faible, si vulnérable, si seul et si aveugle à la splendeur de l'aube. Mais c'était un homme fort, un brave, un bon chrétien, et pour vaincre sa peur, il chanta des cantiques. Il arriva enfin en haut de la montagne et seulement parvenu au bout de l'horizon, il se retourna. La forêt ne l'avait pas suivi. Le décor devant lui semblait mordre le ciel de toutes ses roches aiguës. Au loin, près d'un soleil encore teinté de rouge, le vol muet d'un aigle traçait dans le silence des cercles réguliers. Goeric soupira. Sa route s'arrêtait là, au bord d'une falaise qui s'enfonçait à pic au-dessous des nuages. Les arbres derrière lui mangeaient le paysage, il n'y avait plus d'espoir. Le camp était perdu. Il se mit à genoux et supplia le Christ de lui venir en aide.

C'est alors que les accents lointains d'une presque musique parvinrent à ses oreilles. Ce n'était pas grand chose... un souffle, quelques notes, une voix vaporeuse venant de nulle part... Goeric se leva, essayant de saisir les quelques sons épars volant autour de lui comme d'invisibles anges... une harpe. C'était une harpe. L'ouest... elle provenait de l'ouest... remontant un sentier s'ouvrant dans les broussailles juste au bord du plateau, Goeric s'avança, tous les sens en éveil, et il sourit. Descendant en pente douce le long de la falaise, un chemin sinueux menait à la vallée. De là montait vers lui une mélodie ancienne, chantée par une harpe. Goeric se signa, plein de reconnaissance, voyant le doigt de Dieu qui montrait le salut et la fin de l'errance.

La pente était abrupte et le chemin étroit. Son cheval derrière lui renâclait d'inquiétude, comme s'il avait conscience de côtoyer le vide. Le dos à la falaise, Goeric descendait, dominant son vertige en calmant de la voix sa monture hésitante, retenant au plus près la bride de cuir noir, flattant de l'autre main son encolure humide... et, une fois le soleil parvenu au zénith, le sentier s'estompa, pour se perdre au milieu d'une large terrasse où la forêt, enfin, pouvait reprendre pied. L'endroit semblait désert, la musique s'était tue. Goeric pénétra à pas précautionneux sous le couvert du bois, attacha son cheval au tronc d'un vieux sapin, jugeant qu'il convenait, pour l'heure, d'être prudent.

Dès qu'il eut fait neuf pas, les accords cristallins de la harpe mystérieuse s'élevèrent à nouveau. Ils résonnaient tout près, si près que Goeric aurait pu les toucher. La forêt devant lui amoncelait des arbres, des rochers, des bruyères, qui lui faisaient un mur. Mais Goeric ne les voyait pas. On célébrait la vie à quelques pas de lui, avec cette émotion propre aux vieux chants celtiques... et qui tient une harpe d'aussi belle manière ne peut être ennemi. Goeric rassuré courut comme un chevreuil au plus profond du bois, guidé par le parfum des notes de musique, pour enfin découvrir la source de ce chant, de cette voix, du miracle... il était juste là, dans une petite clairière, au pied d'un frêne immense, auprès d'une fontaine.

C'était une jeune fille, toute vêtue de blanc, sa longue chevelure pâle comme les étoiles dessinait un long fleuve sur ses fines épaules. Et lorsque Goeric croisa ses yeux immenses, il crut un court instant que tant de profondeur allait le faire mourir... Alors elle lui sourit, se leva avec grâce et s'en alla puiser une large coupe d'or dans l'eau de la fontaine. Puis revenant vers lui, elle l'invita enfin, dans un latin parfait, à y tremper ses lèvres. Goeric stupéfait accepta de bon coeur, ravi qu'on lui montrât tant de sollicitude. Une fois désaltéré, il lui rendit sa coupe, voulut la remercier, mais comme si elle avait deviné ses pensées, elle posa sur ses lèvres un doigt pour le faire taire, et s'adressa à lui, en francique cette fois :

"Non gentil seigneur, ne me remerciez pas. Vous êtes baron du nord et avez sur les mains encore du sang de l'ours. Les Dieux dans leur bonté vous ont mené à moi, je suis votre servante, et vous êtes mon Roi." Puis, elle s'agenouilla, attendant qu'il parlât.

"Mais qui êtes-vous donc ?... Vous parlez franc aussi bien que latin, que faites-vous ici, à cent lieues du royaume ?"

"Mon nom est Audegonde, reprit-elle, mais les gens du pays m'appellent Siriden. Ma mère était la fille d'un Grec affranchi, mon père était un marchand venu d'Austrasie. Nous avons fui les basses terres lorsque les Vascons s'y sont répandus. Aujourd'hui, je suis seule, tous deux sont morts des fièvres. Mais je ne me plains pas, j'ai ici fort à faire, les gens de cette vallée ont fait de moi une reine."

*

"C'était une païenne !... C'était une sorcière !... Mon Dieu, j'ai cru bien faire en agissant pour vous !"

A moins d'un pas d'Arnulf, presque au milieu du choeur de la haute basilique, Goeric immobile semblait paralysé. Les deux poings sur les yeux pour écraser ses larmes, sa mémoire remontait comme vient un incendie. Arnulf ne disait rien. La peine de son cousin lui faisait mal à voir. Il lui toucha l'épaule. Goeric sursauta en revenant à lui, puis reprit doucement, d'une voix étranglée :

"C'est déjà grand miracle que de se souvenir... Monseigneur Arnulphus, je dois me confesser avant d'aller toucher la très sainte relique, sinon, elle me tuerait."

Et l'évêque accepta. Il guida son cousin jusqu'à un banc de bois où ils s'assirent tous deux, et Goeric conta pour la première fois toute son aventure, au fur et à mesure qu'en lui elle revivait.

"Je suis resté longtemps auprès de Siriden, elle était la prêtresse du peuple des montagnes. Pendant de longues nuits, et pendant de longs jours, nous avons échangé paroles et pensées. Que je fusse chrétien n'empêchait pas pour elle de célébrer nos noces. Mais comment le vrai Dieu aurait-il supporté qu'un Chrétien se renie ? C'était une sorcière qui rameutait à elle cette foule d'idolâtres qu'il nous faut convertir pour le bien de leur âme et le salut du monde... pouvais-je trahir Bithilde, mon épouse légitime, de qui j'ai deux enfants ?... Et le duc Caribert, qui ne saurait régner que sur de bons Chrétiens ? Je devait empêcher cette ligue païenne, je devais protéger l'âme de tout un peuple, je devais respecter mes propres engagements.

Un matin, Siriden alluma un brasier pour dire à la vallée qu'un Roi était venu et qu'elle l'aimait d'amour. J'étais comme envoûté, et ne pouvais m'enfuir... Je regardais monter les flammes vers le ciel, si belles, si chaleureuses... J'ai su en cet instant que je devais agir avant d'être perdu. Alors, je l'ai tuée. J'ai refermé ses yeux, j'ai embrassé ses lèvres douces comme des framboises et j'ai fait de ses mains un calice pour mes larmes. Puis, j'ai posé son corps au milieu du bûcher. Reprenant mon chemin sans savoir où aller, je ne sais plus le temps où j'ai erré ainsi, pensant à Audegonde derrière Siriden, rongé par le remords autant que le chagrin... D'aveugle que j'étais, aveugle je devins."

Arnulf, silencieux, écoutait Goeric. La profondeur d'un crime dépend de l'assassin comme de sa victime, et il ne se sentait pas de taille à juger. Ce n'était pas à lui d'accorder le pardon, ni même l'absolution. Les hommes n'ont que des lois, seul Dieu a la Justice.

"Goeric, mon frère, dit-il en se levant, peut-être saint Etienne éclairera-t-il votre âme, je crois que maintenant vous pouvez l'approcher. Que ne puis-je, en son nom, effacer votre crime ! C'est affaire entre vous. Mais quoi qu'il en advienne, sachez que je vous aime, et que je compatis."

Arnulf ouvrit le coffret de bois d'aulne recouvert de feuilles d'or et saisit en tremblant le caillou blanc et lisse où une trace de sang pouvait se lire encore. Puis il ouvrit la main du comte Goeric, l'y glissa doucement, enfin, la referma.

*

Plongé dans ses ténèbres, le coeur plus affolé qu'un renard pris au piège, Goeric se trouvait maintenant en face de son rêve. Il avait dans la main un morceau de martyre. Ce modeste galet, fragment de l'infini, innocent instrument d'un meurtre épouvantable, il le serrait si fort que le caillou bientôt devint partie de lui. Et son coeur s'apaisa. Il entendait son rythme pénétrer dans la pierre, entrouvrir de la pierre sa mémoire minérale, puiser au plus profond de ses fibres intimes les images, les visions, qui y étaient enfouies. Et il les reconnut. La mémoire de la pierre déferlait dans la sienne, puissante comme un fleuve, baptisant sa conscience pour une nouvelle conscience, le laissant interdit devant les souvenirs d'une vie si ancienne qu'il l'avait oubliée...

Maintenant, elle remontait, présente dans son âme comme elle était présente bien avant sa naissance, avant que pour les hommes il ne soit le comte Goeric. Il revivait un temps perdu dans le passé où, pour d'autres humains, il n'était qu'un obscur, un esclave affranchi, anonyme sans mérites comme il y en avait tant dans la Jérusalem qu'avait connue le Christ. Il se ressouvenait...

La grande salle Gazith au coeur du Sanhédrin était noire de monde. Les gens de la synagogue dite des affranchis, des

Cyrénéens, des Alexandrins et d'autres de Cilicie et d'Asie, avaient mis à profit l'absence momentanée des Romains pour traîner devant le grand prêtre, les anciens et les scribes, un jeune Chrétien accusé de blasphème. On l'appelait Chéliel (36). Quel était donc en ce temps-là le nom de Goeric ? Qu'importe... Il y était présent. Il avait même un rôle qu'on lui avait donné en échange d'un peu d'or, et il l'avait joué, avec quelques autres racolés comme lui pour témoigner des faits devant toute l'assemblée. Tendant vers ce jeune homme un doigt accusateur, ils avaient affirmé :

"... Nous l'avons entendu prononcer des paroles blasphématoires contre Moïse et contre Dieu !"

Ce n'était pas pour l'or que Goeric avait menti face aux juges, non. Certes, il n'aurait pas accepté sans cela, mais il avait agi au seul nom de sa foi. Des propos de Chéliel, il ne connaissait rien. Mais si la synagogue s'en était indignée, c'est qu'il y avait matière. Et il était croyant, selon la tradition ; autant que celui-là, juste à côté de lui, Saül, qu'il revoyait encore acquiescer en silence aux chefs d'accusation, le regard flamboyant sous ses épais sourcils...

Chéliel... Le jeune homme exalté, superbe de passion, à la fin du discours qu'il prononça d'un trait, tomba à la renverse et cria à la foule qui exigeait sa tête que Jésus en personne, ce fou qui prétendait être le fils de Dieu, se montrait à lui seul, environné de gloire ! Et en suprême offense, il se mit à son tour à accuser ses juges. C'en était trop... On se jeta sur lui, le frappa au visage, et puis on le traîna hors les murs de la ville pour qu'il soit lapidé... Goeric était là. Il continua de jouer son rôle. Selon l'antique Loi livrée par les prophètes, les témoins devaient enlever leurs vêtements avant de jeter la première pierre au condamné. Goeric les posa aux pieds de ce Saül, dont l'étrange regard l'avait impressionné. Alors Chéliel sourit, leva les bras au ciel et dit à haute voix ces curieuses paroles : "Seigneur, pardonne à tes enfants le crime qu'ils vont commettre, il n'y a pas de pêcheur qui ne soit ignorant..." Goeric ne les avait pas comprises. Lorsque les témoins eurent accompli leur tâche, la foule déchaînée acheva la besogne.

Au fond de ses ténèbres, Goeric revivait cette scène évoquant un passé si lointain qu'il l'avait oublié avant même de renaître. Il se voyait debout, remettant sa tunique, seul au coeur de la foule, fixant étrangement le visage de Chéliel, son front ensanglanté et ses profonds yeux noirs plus vastes que l'océan, et qui lui souriaient au milieu du martyre...

Assis dans l'ombre froide de la grande basilique dédiée à saint Etienne, le comte Goeric avait enfin rejoint l'homme qu'il avait été. Maintenant, il savait. Le coeur rempli de honte, il lâcha le caillou qu'il tenait dans sa main, sur lequel on disait qu'une trace de sang pouvait se lire encore. L'espace de sa chute remplit un univers et, pendant qu'il tombait comme tombe une étoile, une dernière fois le visage de Chéliel revint à Goeric. Et une dernière fois, Chéliel lui parla.

"Ainsi tu es venu, mon frère Goeric... et tu m'as reconnu. Je suis bien celui-là que tu as abattu. Hier tu as tué au nom de tes croyances. Voici que maintenant au nom d'autres croyances, tu as tué encore. N'as-tu donc pas compris qu'on ne peut convertir que par le seul exemple ? En vérité, je te le dis, il m'a fallu mourir pour qu'enfin moi aussi je puisse le comprendre : à quoi bon convertir ? Dieu est une montagne qui monte à l'infini. Nous sommes tous sur des routes qui gravissent ses pentes, s'y croisent et s'y rencontrent, s'y joignent et s'y séparent. Nul n'arrivera jamais à toucher le sommet. Alors, tout ce qui compte, c'est d'avancer. Prends plaisir à ta marche, goûte les paysages que tu découvriras, et émerveille-toi. Que chacun de tes pas soit semence de rose, et ne te mêle d'aider que celui qui le veut. Ne commets pas l'erreur que j'ai jadis commise, ne heurte pas de front les convictions des autres : tu troubles leur conscience et nuis à leur bonheur. J'ignore qui est ce Christ pour lequel je suis mort dans mon aveuglement. Il a suivi sa route, je ne le verrai plus sur mon propre chemin. Pourtant, à cet instant où il croisa la mienne, la puissance de sa gloire m'a rempli de bonheur. Je sais qu'il faut monter. C'est tout ce qu'il m'en reste. Goeric, moi aussi j'ai croisé ton destin. Tu es mon assassin, mais je te dois beaucoup. Tu peux ouvrir les yeux."

*

Lorsqu'un diacre vint ouvrir les portes cloutées de bronze de la basilique, une foule immobile massée sur le parvis attendait en silence le verdict de Dieu. Arnulf et Goeric quittèrent l'ombre bleutée qui remplissait le porche et, une fois arrivés dans la pleine lumière, Arnulf, évêque de Metz, clama d'une voix émue : "Peuple d'Austrasie, peuple de Dieu ! Aujourd'hui est un grand jour. Le comte Goeric a tant prié notre bon saint Etienne avec une si grande foi que celui-ci a prié à son tour notre Seigneur Jésus d'accomplir un miracle. Et voici que ce miracle est advenu. Mon cher cousin Goeric, comte d'Albi et très haut seigneur franc, a recouvré la vue. Louez notre Dieu !"

Alors la foule en liesse cria son enthousiasme, remplie d'une émotion impossible à décrire, tant elle était fervente. On dit qu'en cet instant bon nombre de païens qui étaient restés là, tombèrent à genoux et supplièrent l'évêque de les baptiser. Puis, étendant les bras pour ramener le silence, il reprit.

"Peuple de Metz, j'ai maintenant une requête à vous adresser. Vous n'ignorez pas combien pour moi la charge que j'assume m'est pénible à porter. Depuis longtemps déjà j'aspire à me retirer au monastère qu'a fondé mon ami le très saint Romaric au bord de la Moselle, dans les montagnes de l'est (37). Si vous l'acceptez, mon cousin Goeric se montre disposé à reprendre mon siège."

Il en fut fait ainsi.

***

L'Histoire nous rapporte que saint Goeric fut un très bon évêque. C'était un homme droit, rempli d'humilité, fort pieux et fort courtois même avec les manants. Il géra toute sa vie les terres de l'évêché avec beaucoup d'adresse et de diplomatie, enrichissant sans cesse les domaines de l'Eglise à en rendre jaloux jusques aux rois de France. Puis, devenu très vieux, il songea à mourir. Il se coucha alors à même un lit de cendres, poussière dans la poussière, et s'éteignit enfin en prononçant un nom que nul, auparavant, n'avait encore jamais entendu sur ses lèvres. Et nul jusqu'à ce jour ne le comprit jamais.

C'était celui de Siriden.

16.

LA LICORNE DE FLORANGE

Dans les forêts de Sîd, ses plaines et ses vallées, courent d'étranges bêtes. Elles figuraient souvent dans les anciens bestiaires, créatures fabuleuses côtoyant des espèces dûment inventoriées, où elles étaient citées comme tout à fait réelles : sirènes et basilics, griffons, sphinx et loups-garous, manticores, centaures et phénix... Il en existe d'autres, connus en Occident de seulement quelques uns : chasseurs, naturalistes, rares explorateurs qui avaient entendu des Noirs d'Afrique centrale prononcer en tremblant ces noms quasi-magiques d'animaux inconnus des encyclopédies : chipekwe, ours-nandi, nunda ou agogwe... (38)

Bêtises, me direz-vous, cependant il convient de remettre en mémoire qu'il y a à peine un siècle, certaines créatures que nombre de savants tenaient pour des légendes se sont fait reconnaître et sont maintenant admises comme de nouvelles espèces : l'antilope bongo, le gorille, le poisson coelacanthe, l'okapi... sans compter les pygmées, dont l'existence ne fut attestée qu'au XIXe siècle. Ce qui fait dire aux Noirs, non sans ironie, que "le monde n'existe qu'une fois vu par un Blanc". Et pendant ce temps-là, d'autres races nous quittaient pour rejoindre les terres de l'oubli et des songes, comme firent les mylodontes de la Pampa chilienne, thylacynes et moas disparus d'Australie, les quetzals d'émeraude des îles Caraïbes, les drontes si paisibles, les ramiers d'Amérique envolés à jamais dans les brumes de Sîd... déjà, qui s'en souvient ?

Peut-être qu'un beau jour, on verra se lever les voiles de l'ignorance sur les dernières énigmes : celles du Kongamato, du monstre du loch Ness, du terrible Lukwata qui vit encore, dit-on, dans le lac Victoria, ou celle du Yéti et du Serpent de Mer...

Mais je ne suis pas sûr qu'il y ait à gagner à vouloir à tout prix chasser tous les mystères, à briser tous les mythes et tuer les légendes. Et puis, de toute façon, n'est pas un mythe qui veut : il y a les plaisanteries comme le dahut vosgien (39) ou d'autres qui ne sont que des allégories : la chimère par exemple, archaïque symbole du calendrier carien qui ne comptait que trois saisons (40).

Je voudrais vous parler d'un de ces êtres étranges, un habitant de Sîd, ou du moins de ses marches, qui franchissent parfois la frontière invisible qui sépare ce royaume de notre monde vulgaire. Alors qu'un jour j'allais en forêt de Florange, j'ai croisé son chemin...

***

La soirée s'avançait. On approchait des onze heures. Gagné par la fatigue, mon regard se perdait dans les dédales abstraits du lourd tapis d'orient inondant le plancher. Jean Claude, intarissable, inconscient de l'ennui qui prenait peu à peu, pour la énième fois me racontait ses frasques.

J'avais connu Jean Claude, bien sûr, au régiment. Car c'est le seul endroit où l'on fait des rencontres aussi invraisemblables qui peuvent vous poursuivre toute votre existence. Le service militaire est un curieux terreau, un compost, devrais-je dire, où viennent s'ensevelir les rêves et les enfances d'une foule de jeunes gens qui, sans cette occasion, n'auraient pas eu la chance de se rencontrer : coupés de toute famille, de toute caste, de tout rang, pendant plus d'une année, ils vivent dans un monde aux frontières arbitraires, replié sur lui-même, englué dans ses lois au point d'en oublier jusqu'à l'intelligence. En fait cela ressemble à une initiation : ces millions de jeunes gens qui sont précipités dans un monde kafkaïen à mille lieues de la vie subissent une rupture qui fera d'eux des hommes... ou bien des imbéciles. Livrés à eux-mêmes, sans refuge possible pour se ressourcer l'âme, ils devront s'inventer des moyens de survivre. L'amitié en est un.

Cela faisait dix ans que je n'avais pas vu mon vieil ami Jean-Claude. Il n'avait guère changé, seulement un peu grossi depuis son mariage, peut-être ses cheveux avaient-ils grisonnés juste après son divorce, mais son tempérament était resté le même : toujours aussi ouvert, familier, flagorneur, avec cette même gaîté, parfois un peu pénible de n'avoir pour seule cause qu'un trait de caractère. En fait, je l'aimais bien.

C'était vraiment complètement par hasard que je me retrouvai dans la maison bourgeoise qu'il avait à Florange. Je l'avais rencontré dans une rue de Thionville, la grande cité voisine, alors que je l'avais totalement perdu de vue, et il avait tenu à m'inviter chez lui pour fêter l'évènement qu'était nos retrouvailles. Mon ancien camarade était un homme comblé. Pendant tout le repas et toute la soirée, il me parla de lui, de cette chance qu'il avait d'avoir une entreprise dont les nombreux marchés étaient à l'étranger. Il me parla d'Afrique, d'Asie, d'Océanie, réduites dans ses propos à une cour de jeux où tout était permis... Il me parla de chasses, d'aventures et de femmes, et puis encore de lui.

Soudain, il devint grave, comme on le devient généralement passée l'heure des liqueurs.

"Ainsi, tu es écrivain," me dit-il brusquement. Je n'avais, à vrai dire, guère eu le temps d'en parler. Sa question, si toutefois c'en fut une, me réveilla. Je m'attendais presque à ce qu'il me propose d'écrire un roman sur sa vie. Je ne répondis pas.

"J'ai toujours envié ta connaissance des choses," reprit-il d'un ton de confidence, "tu sais, j'ai beaucoup vu d'étrangetés en ce monde. Mais celle-ci, je crois bien que tu es le seul auquel je puisse en parler : aussi incroyable que cela puisse paraître, il y a une licorne qui vit tout près d'ici..."

Je connaissais Jean Claude comme on connaît un frère. Il avait les défauts de ceux qui parlent beaucoup et brassent beaucoup d'air mais, en tout cas, jamais il ne m'aurait menti. La fabuleuse licorne, il l'avait rencontrée, c'était une certitude. Par un beau soir d'automne, alors qu'il se trouvait dans les bois de Florange, l'espace d'une seconde, Elle était apparue, plus blanche qu'un linceul, puissante, majestueuse, et puis l'avait chargé, pointant sur lui la corne droite comme un épieu qu'elle portait au front. Jean Claude s'était enfui. Et il m'avoua qu'il avait ressenti la frayeur de sa vie. La bête était réelle et n'avait pas pu être une hallucination. Mais une chose cependant lui paraissait étrange : dès qu'il eut fait neuf pas en rebroussant chemin, la licorne derrière lui s'était évaporée. Seule restait sur le sol la marque de ses sabots, empreinte incontestable que ne laisse pas un rêve...

*

J'avais encore en tête les paroles de Jean Claude. Il avait bien voulu m'expliquer où, et quand, il avait rencontré l'impossible licorne. C'était un soir d'automne, la lune se levait au beau milieu des bois qui entourent Florange. Enfin, ce qu'il en reste. Le pays aujourd'hui n'abrite plus de mystères. La région de Thionville, coupée par l'autoroute n'a plus rien de champêtre. Tout n'est plus qu'industries, urbanisme sauvage, et la population aux deux tiers immigrée n'a guère dans sa mémoire de souvenirs lorrains. La grande forêt n'est plus cette belle Dame qu'on aime, qu'on craint et qu'on respecte. Mais elle est toujours là, certes moins étendue, mais tout aussi profonde. J'y étais ce soir-là, sous une lune d'automne qui montait en silence au fur et à mesure que les nuages de l'ouest drapaient en rougissant l'agonie du soleil.

Je crois que rien au monde n'aurait forcé Jean Claude à revenir ici, aux marches de la nuit. La peur qu'il avait eue avait été si forte qu'il n'aurait pas voulu retrouver le chemin qui menait à cette porte ouverte entre deux mondes et d'où était sortie, l'espace d'un éclair, une licorne de Sîd. Il se borna seulement à m'indiquer la route, au cas où je souhaiterais me rendre compte par moi-même.

"... Entre un peuplier noir et un peuplier blanc."

Heureusement mon ami savait les noms des arbres. "Tu quittes le chemin à gauche du vieux chêne, tu longes les sureaux, traverses les noisetiers, tu passes le ravin. Remonte vers le nord et, avant d'aborder les pentes du plateau, tu obliques vers l'ouest. Après les trois bouleaux, juste avant la clairière, tu verras les deux arbres dont je t'avais parlé. Je m'étais attardé pour chercher des jaunottes, j'ai trouvé la licorne."

Je ne sais rien de Sîd, hormis ce qu'on en dit. Mais j'avais deviné que la bête en venait, pour ce qu'elle est du genre à ne vivre que là-bas, comme nombre de ces êtres que l'on prend pour symbole. Si je voulais la voir, il suffisait de suivre exactement les pas que Jean Claude avait faits. Il fallait que ce fût à la même saison, aux mêmes heures, avec la même lune dans le même quartier. Chacun sait que la lune met dix-neuf ans pour refaire la même course aux mêmes dates calendaires. Je n'avais pas envie d'attendre si longtemps. Aussi, le choix du jour n'ayant, du moins je l'espérais, qu'une faible importance, j'usai d'autres moyens pour reproduire en moi la conjonction des astres.

J'avais pris une année pour préparer ce soir... et bien que je sentais mon coeur dans ma poitrine comme un oiseau captif cherchant à fuir sa cage, je savais être prêt. Mes bottes toutes rayées par les griffes des ronces s'enfonçaient en silence dans le terreau humide ; sous la voûte des arbres, on pouvait encore voir les ombres et les reliefs nimbés de lueurs bleues comme dans une cathédrale. Mais à chaque enjambée les ténèbres gagnaient ; la nuit inexorable, semblait venir du sol comme une marée montante, engoutissant mes pas dans un néant ouaté. Encore quelques instants, et même la lumière qui tombe des étoiles n'irait plus jusqu'ici offrir sa clarté.

Entre un peuplier noir et un peuplier blanc, dressés en face de moi comme des battants ouverts, une nuit étrangère à celle d'alentour semblait avoir pris place. Je m'avançai un peu. Le seuil était étroit. Le coeur prêt à se rompre, je franchis en tremblant l'impalpable frontière qu'on devinait tendue entre ces deux repères. Mais, à ma grande surprise, il ne fallut qu'un pas pour en franchir l'abîme... la terreur, tout à coup fit place à l'allégresse : j'avais réussi ! j'étais au bord du monde, mais de l'autre côté.

Derrière moi, les deux arbres-piliers délimitant le seuil ouvraient sur la forêt, redevenue tranquille, une nuit ordinaire. Mais je n'y étais plus. Devant moi s'étendait une forêt de Sîd. Elle était différente. Les arbres étaient immenses, d'essences inconnues, chargés de fleurs étranges et de grappes de fruits, et la brise qui allait au milieu des feuillages ressemblait à ces chants que l'on prête aux sirènes. Il règnait en ce lieu la même fraîcheur nocturne que là d'où je venais, c'était la même lune et les mêmes nuages ; mais quant à la lumière, elle était différente. Il ne me semblait pas qu'elle provenait du ciel, mais qu'elle montait d'elle-même de la terre et des choses. Tout était lumineux d'une phosphorescence comme seules, dans notre monde, savent le faire des lucioles. Mais cela n'était rien : remplissant l'atmosphère, il y avait surtout l'entêtante présence d'un parfum féminin... j'eus soudain l'impression que l'on ressent parfois lorsqu'on frôle le bras de la femme d'un autre, une gêne indicible, un trouble d'innocence, ainsi que fait le vent à la surface de l'eau. Et je baissai les yeux. De courtes herbes blondes, soyeuses et régulières, me touchaient les chevilles. J'eus honte de la boue qui salissait mes bottes.

C'est alors qu'apparut à moins de quelques pas une licorne blanche. Surgi de nulle part, l'animal fabuleux pointait son front sur moi comme on pointe une épée. Il avait des yeux d'or, brillants comme des béryls, éblouissants de vie, de race et de puissance, qui plantèrent dans les miens leur regard sans prunelle. Mais je n'avais pas peur, ayant de longue date préparé cette rencontre. Je reculai d'un pas, et fis une révérence.

"Seigneur," lui dis-je respectueusement en ouvrant mes deux mains, "je ne veux point le mal. Pardonnez seulement l'intrusion sur vos terres, je ne suis qu'un poète qui ne cherche qu'à comprendre et rapporter chez lui le souvenir de vous."

Il me garda longtemps prisonnier dans ses yeux. Je sentais ses pensées s'enfoncer dans mon âme pour la mettre au grand jour. Je n'étais pas inquiet, il n'y pouvait trouver que ma sincérité. Alors, il me parla :

"Nul n'est autorisé à pénétrer ici. Cette sphère m'appartient, c'est là que je demeure. J'ai exploré ton coeur, je sais ce que tu veux. A la seule condition que tu jures d'oublier la route qui t'a conduit, je veux bien satisfaire ta curiosité. Si tu devais faillir un jour à ce serment, je saurais te trouver et je serais ta mort."

C'est ainsi que j'appris, par sa bouche, l'histoire de la licorne.

*

"Je suis Anselm, fils d'Ulric de Florange, qui fut vogt du comte Robert de Lorraine, après l'avoir été du roi des Romains (41). On dit que je suis mort quelque part, en croisade, mais je réside ici pour toute l'éternité. La mort n'existe plus pour qui a le bonheur de revoir son épouse dans les forêts de Sîd... mais si tu veux comprendre le mystérieux chemin qui m'a mené ici et l'expliquer au monde, il faut que tu remontes le cours de ma vie."

Assis au pied d'un arbre aux branches retombantes dont le mol balancement faisait comme une danse, j'ouvris tout grand mon coeur, mes oreilles, ma mémoire ; puis, en fermant les yeux, laissai monter en moi la foule des images que la Licorne, confiante, commença d'animer.

"Lorsqu'un jour les murailles du palais de Florange, dont mon père avait garde, virent arriver l'escorte toute chamarrée d'or de la cour de Lorraine, je n'imaginai pas qu'un funeste destin arrivait avec elle. Du fait de ma naissance, j'étais fils de seigneur : dépendre de l'Empereur était une bonne charge qui élevait mon père au rang de feudataire. Mais sitôt que l'Empereur offrait à quelqu'un d'autre les terres et le chateau dont il avait la charge, mon père, dépossédé, redevenait alors simple administrateur. De maître que j'étais, je ne fus plus qu'alors serviteur d'un enfant n'ayant pas d'autre gloire que d'être fils d'un duc (42).

Je me souviens encore de la honte que j'ai bue à voir mon père, si grand, devenir si petit, les deux genoux en terre, pour présenter l'hommage à un jeune garçon. Mais je ne savais rien de la marche du monde que ce que les trouvères, en échange d'un peu d'or et d'hospitalité, venaient chanter chez nous. J'ignorais qu'une terre se vend comme une esclave, se loue comme une putain, se gage comme un objet. C'est à ce moment là, que j'ai formé projet de devenir errant, chevalier de fortune, sans fief ni patrie, avant que je ne puisse m'offrir par mes seules forces une place qui me convienne. Les temps étaient propices à de telles ambitions : la route de Palestine était ouverte en grand, mais on avait besoin d'hommes et de cavaliers pour la tenir ouverte. Il y avait de quoi se tailler des royaumes pour qui voulait rester, ou gagner des fortunes pour qui voulait rentrer.

N'avait-on pas l'exemple d'un cadet sans avoir, Renaud de Châtillon, devenu par une femme maître absolu d'Antioche ? Bien sûr, Conrad et Louis de France étaient rentrés sans gloire, leurs troupes décimées, mais on savait pourquoi : cette deuxième croisade était mal préparée, trahie de toutes parts, et surtout sans honneur. Au lieu de rechercher des alliés chez les peuples dont ils coupaient les terres, ceux-là qui prétendaient sauver Jérusalem de l'emprise des brigands se comportaient pire qu'eux, mettant tout au pillage. Dès lors, ils ne pouvaient prétendre à conquérir les coeurs. Les Francs de Palestine, en un siècle de présence, avaient pris maints usages et façons de penser typiques des Orientaux, sans parler de leurs filles, les plus belles du monde ! La terre modèle les gens, et les Francs aiment la terre. Respectueux des coutumes, des peuples et des marchands, ils n'étaient déjà plus comme des envahisseurs... Il fallait des renforts et non point des soudards, un apport permanent de petits contingents et non cette grande armée qui n'eut pour seul effet que d'effrayer l'Orient et de créer contre elle l'union des Musulmans.

Et puis, un jour j'appris que la porte d'Egypte, la cité d'Ascalon, était enfin tombée au pouvoir des croisés. Les troupes des Fatimides étaient bouclées chez elles, Nûr-al-din à Damas semblait chercher la trêve. Avec un peu d'adresse, on trouverait l'équilibre et la colonie franque s'épanouirait sans heurts. Il fallait agir vite. Alors, je décidai d'aller porter mes armes au service d'Ascalon. Mais il fallait d'abord, pour me sentir en paix, tenir mes engagements.

Depuis déjà longtemps je connaissais quelqu'un : la fille d'un Lombard établi à Thionville. Elle se nommait Alix et je l'aimais d'amour. Nos familles s'estimaient, quoique de villes rivales. Avant que je ne parte, nous voulûmes nous marier. Ce ne fut certes pas une grande cérémonie qui eût requis du temps, de l'argent, des manières, mes parents n'étaient plus les seigneurs de Florange et mon futur beau-père était plus homme de bien qu'assoiffé de paraître. Nous ne voulions, en fait, qu'engager notre amour sur le chemin qui mène à l'immortalité. Que vaut l'acte de chair s'il n'a point de parole ?

Nous échangeâmes nos voeux dans un quasi-secret sous les modestes voûtes de la chapelle de Justemont, assise sur une colline toute proche de Florange, où les frères norbertins avaient trouvé asile quelque trente ans plus tôt et fondé abbaye. Nous souhaitions notre union bénie par la sainte Vierge, la grande Dame du Monde, sans laquelle il est dit que nul arbre ne pousse, ni moisson ne se fait. A défaut de grandeur, nos noces furent célébrées avec une foi immense. Ce jour-là, j'ai compris le mystère de l'Alliance.

Alix reçut en dot une belle somme d'argent qui devait me servir à payer mon voyage, ainsi que l'équipement qui m'était nécessaire, et une rente confortable pour attendre mon retour en élevant ce fils qui bientôt pourrait naître. Je fis ensuite broder sur ma capeline de lin, et peindre sur mon écu, les armes que je voulais : de gueules parce que le rouge est couleur de l'amour autant que des hommes preux, à une bordure dentelée d'argent, pour signifier la soumission de cet amour à la Vierge Marie qui nous en dispense un plus grand encore et que la frontière entre les deux n'est point rigide ; puis, je fis ajouter dans le champ un lion de sable, parce que le lion est le symbole de la bravoure, comme le noir l'est de la profondeur, de la patience et de la fidélité.

Lorsque je présentai à mon épouse les armoiries que j'avais faites pour elle, et qui me feraient reconnaître sous tous les cieux, elle se jeta dans mes bras en me disant qu'il n'y avait pas de plus beau blason dans toute la chrétienté. Alors, je pus partir en paix. Je me joignis à un petit détachement de Templiers qui prenait la route pour rallier ceux des leurs qui avaient fait le siège d'Ascalon avec le roi Baudouin. Et, en quelques semaines d'une chevauchée sans incidents, nous fûmes en vue de la ville de Marseille. C'était la première fois que je voyais la mer, je crois que rien au monde n'aurait pu me laisser une telle impression. L'eau était aussi claire que les yeux de ma femme, salée comme ses larmes, chaude comme sa tendresse. Je ne pus m'empêcher d'y plonger tout entier, pour sentir sur ma peau le goût de ce regard, la force de cet amour qui disait d'une épouse, c'est l'intérieur de l'âme...

Et puis, nous embarquâmes dans un navire de l'Ordre qui devait nous mener jusqu'aux rives de Terre Sainte. Hélas, un destin contraire m'empêcha de voir jamais les murailles d'Ascalon. Alors que nous voguions vers Malte, une tempête survint qui nous en éloigna, et laissa le navire démâté, à demi brisé, et nombre de nos gens disparus dans les flots. Les survivants furent recueillis par une galère barbaresque, dont le capitaine s'empressa de nous faire mettre aux fers avec le dessein de nous vendre comme esclaves. C'est ainsi que nous fûmes dispersés, et que je ne revis aucun des frères Templiers qui m'avaient pris pour compagnon. Je me retrouvai seul, avec de pauvres gens emmenés comme moi sur les routes poussiéreuses de la Cyrénaïque pour servir de bétail à de riches Sarasins. C'en était fini de mes rêves de conquêtes.

Nous étions une vingtaine, surtout des hommes noirs ; le reste se réduisant à quelques jeunes femmes et deux ou trois soldats qui n'avaient pas l'espoir d'obtenir de rançon. Sous une chaleur mortelle, couverts de lourdes chaînes et serrés au plus près par une dizaine de gardes aux visages enveloppés de linges indigo montant des dromadaires, nous gagnâmes Moursouk, au coeur de la Libye, où mes frères d'infortune furent livrés un à un de quelconques notables. Quant à moi, je ne fus point vendu. Je compris que, promis à un autre destin, je devais être entraîné jusqu'au coeur du désert.

La caravane s'enfonça dans les sables et les roches chaotiques pour rejoindre l'Azalay (43) qui s'était reformé autour de Ghadamès. Toute fuite semblait impossible. J'était le seul captif à faire route vers le sud, mais quand bien même la surveillance des méharis se serait relâchée, comment aurais-je pu survivre hors des points d'eau qui jalonnaient la route ? La région tout entière était aux infidèles, et hormis de notre Seigneur Jésus, je n'avais aucun secours à espérer...

Et puis, un beau matin, nous quittâmes l'Azalay pour nous diriger vers l'est où se trouvait le ksar de Djado, en pays Kanouri (44). J'y suis resté sept ans."

*

La merveilleuse licorne sembla marquer une pause. J'étais rempli d'une tristesse immense, les souvenirs d'Anselm se déversaient en moi comme les eaux d'un lac s'en vont remplir un autre. Assis au pied de l'arbre aux branches serpentines, les genoux repliés jusque sous le menton, je voyais dans ma tête passer la caravane...

"Je n'ai jamais compris cette étrange magie qui a tué en moi tout esprit de révolte." reprit-elle brusquement. "Les sables du désert autour de l'oasis ont bu en quelques jours l'Anselm que j'étais au comté de Florange. J'avais été offert en cadeau d'amitié des nomades commerçants au cheik de Djado. J'étais un Ghazi, un guerrier du nord, des pays mystérieux d'au-delà de la mer, tel que les Garamantes, à l'époque de Carthage, en avaient colporté l'existence légendaire. Et ces gens noirs de peau, aux yeux plus noirs encore, s'étonnaient de me voir porter sur le visage les couleurs du désert, moi qui venais d'un monde où l'eau et les forêts coulaient en abondance. Ils voyaient dans mes yeux le miroir de leur ciel, et dans mes cheveux blonds le sable de leurs montagnes... Quoique je fusse esclave, je crois qu'ils m'accordaient le pouvoir des esprits qui gouvernent les mondes dont ils portent les signes. J'étais l'homme des jardins, celui par qui viendraient les pluies tant espérées, celui dont la présence ferait verdir les feuilles et lever les semailles. J'étais certes un captif, mais aussi un ami : j'avais, enfoui en moi, la puissance des Djinns. Je crois que pour cela je fus fort bien traité, et que chacun voulut poser la main sur moi. C'était la première fois qu'ils voyaient un homme blanc et même s'ils voyaient bien que je n'étais qu'un homme, ils attendaient de moi que je fusse autre chose.

Je fus naturellement affecté aux travaux d'entretien des immenses palmeraies qui sont la seule richesse de ces pauvres régions, à part les mines de sel que l'on trouve plus au sud. Ici, l'eau vient d'en bas. Il n'y a pas de pluies, de nuages, de rivières. La vie est un combat que l'on mène chaque jour, à la force des seaux que l'on monte des puits et que l'on va verser dans les fragiles canaux qui quadrillent les cultures.

Ainsi passèrent les mois, les saisons, les années. Je me pris à aimer cette terre de sable, ces crépuscules immenses et ces aubes gigantesques faits pour un seul soleil et rien d'autre que lui... Le palais de Florange était devenu un rêve. La nuit je m'y voyais glisser comme un fantôme, me pencher sur la couche d'Alix, mon épouse tant aimée, goûter ses lèvres fraîches et toucher ses cheveux... Mais à chaque réveil, les sables du Djado engloutissaient mes songes, et le soleil d'Afrique tarissait ma mémoire. Et bientôt le désert vint envahir mes nuits. Je me mis à prier le dieu des Infidèles et à parler leur langue, mais je gardais au coeur l'image de la Sainte Vierge qui m'aidait grandement aux tâches agricoles. Avec un tel soutien, j'y mis tellement d'amour, de soins et de patience, que jamais dans l'histoire des oasis du nord on ne vit se lever tant de fleurs et de fruits. J'avais trouvé ma place à l'autre bout du monde. Ici, j'étais utile, respecté, reconnu, au point que dans l'esprit du peuple Kanouri et jusque dans celui des nomades Toubou qui sillonnaient les pistes, à des lieues alentour, j'étais "l'homme des jardins."

Et puis, un beau matin, une petite caravane de marchands d'esclaves vint s'abriter derrière les hauts murs de Djado. Ils se savaient suivis par une bande de pillards et attendaient du cheik secours et protection. Ils restèrent quelques jours. Remontant de Gao, capitale du Sonrhay, ils traînaient enchaînés une trentaine de personnes, hommes, femmes et enfants. C'était une grande pitié de voir ces malheureux, traités comme des bêtes, le regard contre terre comme s'ils en attendaient un quelconque réconfort. J'en fus tellement ému que, bousculant les gardes, je leur portai à boire, des fruits de mon jardin, et lavai leurs blessures. C'est là que je la vis.

Une belle jeune femme, à la peau aussi noire qu'une baie de sureau, avec des yeux immenses comme des puits sans fond. Elle me toucha la main de ses doigts longs et fins, me sourit, puis dit ces quelques mots en ancienne langue grecque :

"Je suis Reine, et je viens te chercher."

De stupeur, je lâchai l'écuelle et renversai mon eau. Bien sûr, je parlais un peu grec, tout comme le latin que mon père avait tenu à me faire enseigner, ainsi qu'il sied aux gens de qualité. Mais il me semblait inconcevable que la connaissance d'une telle langue, réservée aux élites de la philosophie, eût pu parvenir jusqu'aux pays qui s'étendent au-delà de l'Issa-Ber (45), d'où provenaient ces pauvres gens. La jeune fille avait ensuite baissé la tête, pour se figer dans un étrange mutisme. J'eus beau chercher les mots qui m'en feraient comprendre, secouer son épaule pour la sortir de cette torpeur qui l'avait ressaisie, je n' en tirai plus rien. Autour de nous, le temps avait semblé s'arrêter. Nul n'avait remarqué son geste, ni perçu ses paroles, si bien que je crus avoir rêvé.

Le lendemain et les jours qui suivirent, le même manège se reproduisit, sous les yeux amusés des gardiens qui ne paraissaient toujours rien remarquer de l'étrange attitude de la jeune fille, et ce mystère gâchait mes nuits. Aussi, n'y tenant plus, je décidai d'aller m'en ouvrir à Toubba Ali, le Cheik de Djado, devenu avec le temps plus un ami qu'un maître.

Il me reçut comme de coutume, avec cette gentillesse courtoise, attentive et sincère, qui est la marque des hommes justes.

"Que désires-tu de moi, Anselm de Florange ?" me demanda-t-il avec douceur, "seraient-ce les beaux yeux de cette jeune esclave qui troublent ton sommeil ?"

Je baissai la tête. Le cheik semblait toujours tout deviner.

"Je t'attendais, Florange," reprit-il, "Allah, dans sa bonté, m'a envoyé un rêve... et cela te concerne : j'ai vu deux arbres morts au milieu du désert. Je premier était noir, l'autre te ressemblait. J'ai vu le crépuscule au delà de leurs branches ; tendant la main, j'ai voulu m'approcher du soleil qui semblait une feuille touchée par cet automne dont tu m'as tant parlé, une feuille géante et ronde, assise sur l'horizon, à quelques pas de moi... Je me suis avancé, mais je fus arrêté par un mur invisible. J'ai pris mon sabre pour tenter de le briser, mais je n'y parvins pas. Je m'assis alors sur le sol, puis traçai dans le sable un cercle autour de moi, comme pour me retirer de cette étrange vision. A peine avais-je fini que les arbres frémirent... se couvrirent de feuilles et une profonde faille partit de l'un à l'autre, comme pour les réunir. Puis une eau bouillonnante jaillit de son milieu pour devenir un fleuve qui s'élança vers l'ouest. Alors, le désert tout entier redevint verdoyant et se couvrit de fleurs. Le soleil sembla se consumer, ne laissant qu'une vapeur qui monta vers la nuit... et la lune se leva pour reprendre son trône. Je sentis derrière moi la présence de Dieu qui m'attirait vers lui... mais je ne pouvais pas détourner mon regard de l'astre immaculé qui dessinait au loin une perle gigantesque. Comme saisi d'un vertige, je me sentis tomber à la renverse, et je me réveillai, plein d'une joie indicible."

Le cheik me sourit et ajouta : "Florange, il est temps pour toi de prendre femme. Va chercher cette jeune fille, elle est à toi."

*

Les trois mois qui suivirent furent un enchantement" poursuivit la Licorne. "N'Game - c'était le nom de cette jeune esclave - semblait avoir tout oublié des cruelles épreuves de la captivité, ainsi que ces mystérieux appels que j'avais cru l'entendre me lancer, au point qu'il n'en fut plus jamais question entre nous. En revanche, je découvris dès les premiers jours, qu'à défaut de grec, elle parlait couramment le kanouri, la langue des oasis, et bien que je lui fisse part de mon étonnement, elle ne me dit jamais où elle l'avait apprise. Quoi qu'il en fût, c'est dans cette langue que nous fîmes connaissance, et j'avoue que j'ai trouvé en N'game la plus merveilleuse des amies, la plus tendre des confidentes, et la plus ravissante des compagnes. Trois mois passèrent ainsi, trois mois d'un grand bonheur comme je n'imaginais plus qu'il s'en puisse trouver.

Il arrivait souvent que nous restions des heures, une fois la nuit tombée, à partager nos joies, nos souvenirs, nos songes et nos esprits, et puis nous rentrions en nous tenant l'épaule dans ma petite maison de pierre et de banco au milieu du jardin. Mais il restait une chose qui empêchait encore que nous fussions un couple. Cette chose, évidemment, je ne la voulais pas. Et je n'en parlais pas.

Et puis, une nuit, alors que nous étions étendus côte à côte sur notre lit de palme, ce qui était inévitable finit par arriver. Je sentis sa belle main se poser sur la mienne.

"Anselm..." me dit-elle dans un souffle, "pourquoi ne veux-tu pas me faire l'amour ? Tu sais combien je t'aime, mon ventre pleure de t'attendre en vain, et mes yeux brûlent de ne pas me voir en toi..."

Je ne répondis pas. Tourné face au mur blanc où noircissaient les ombres, j'avais la gorge sèche et les entrailles en feu.

"Anselm", poursuivit N'Game d'une voix pleine d'émotion, "ne suis-je pas désirable ? Crois-tu que les femmes noires ne conviennent pas aux Blancs, ou que je ne saurais pas te donner du plaisir ?..."

D'une main, elle me tourna la tête, me forçant à la voir, assise sur les talons, ses longues jambes repliées et le buste cambré. Sa poitrine haute et ferme comme des fruits sauvages dressait dans la pénombre ses pointes frémissantes. Puis elle chercha mes lèvres et força mes deux mains à venir se poser sur ses épaules nues. Je me dérobai avec douceur et dis avec tristesse :

"N'Game, mon amie, ma gazelle, je t'en prie... essaie de me comprendre : j'ai donné ma parole à une autre jeune fille. Même si elle est absente, même si elle me croit mort, le serment que j'ai fait dépasse ma conscience, la sienne et celle des hommes. C'est l'affaire de mon Dieu que j'ai pris à témoin. Je sais que pour ta race c'est une grande folie de n'être qu'à un seul ; je respecte tes Dieux, respecte ma croyance. Pour moi, un homme n'est rien s'il n'a pas de parole ; pour moi, il n'y a de ciel qu'à celui qui le gagne, et l'épreuve de chacun n'est pas celle de tous. Je t'aime d'amitié, mais j'aime Alix d'amour, la voie de cette union me fait marcher vers Dieu et mériter son ciel. Cette courte vie terrestre pour nous n'est que le seuil de l'immortalité. Si tu es mon amie, aide-moi, je t'en prie, à ne point trébucher."

Il y eut un silence. Puis N'Game, lentement, couvrit sa nudité du drap de notre lit, et baissa les paupières sur le vertige immense de ses prunelles noires. Je ne sais pas pourquoi, elle avait l'air heureuse.

"Demain" ajouta-t-elle, "tu sauras mon secret."

La journée qui suivit passa comme passent les jours. Nous

travaillâmes tous deux ainsi que de coutume. Mais j'avais une gêne au creux de mes pensées, et fuyais les regards de ma jeune compagne qui semblait s'amuser comme une enfant espiègle. Quant à moi, le crois-tu ? j'avais perdu ma joie en perdant l'innocence et, pour la première fois depuis presque sept ans, j'eus le mal du pays, honte d'être captif, et je redécouvris la douleur d'être loin de la femme que j'aimais. Je rêvais de Moselle aux rives bordées d'arbres plongeant leurs basses branches dans ses eaux fraîches et brunes, je voyais des collines rondes et alanguies, couvertes d'aubépines et de sages vergers... Djado me paraissait décharné et stérile, inutile comme un songe qui ne m'appartiendrait pas. Ce n'était pas ma terre, ce n'était que du sable, je comprenais enfin que la sueur et les larmes que j'y avais versées, comme je crois que le ciel peut verser la rosée, l'avaient été en vain. Je n'étais pas le ciel, j'avais beaucoup donné, je n'avais rien reçu. Je n'étais qu'une brindille au milieu d'un chemin qui n'était pas le mien.

Lorsque le soir tomba et que nous fûmes seuls, N'Game me demanda d'attendre la nuit noire avec les yeux ouverts et de prier ce dieu auquel je tenais tant, les deux genoux en terre, au milieu du jardin. Elle semblait habitée par un sourire immense, et elle mit tant de force dans cette étrange requête, que je ne fis rien d'autre que lui obéir. Je passai ainsi seul des heures à genoux. La lune s'était levée et j'avais presque froid. Je regardais le sable comme on fixe un miroir, mais je n'y voyais rien qu'un désert effroyable, celui de toute ma vie, celui de ma mémoire... et au lieu de prier, je crois que j'ai pleuré.

Soudain, derrière moi, j'entendis un bruit. Je me suis retourné, et N'Game était là.

"Regarde-moi, Florange-au-lion-de-sable, je suis trois fois Reine, et je viens te chercher..."

Elle avait parlé grec, comme au tout premier jour et, cette fois, nul doute, ce n'était pas un rêve. Elle savait donc le grec, mais à cet instant je compris les raisons de son silence à ce sujet, maintenant je voyais le miracle : ses pieds ne touchaient plus la terre, elle flottait librement comme une apparition, rayonnante et sublime, ainsi que pourrait être notre Vierge Marie... Mon Dieu, qu'elle était belle ! Posée sur ses épaules, une cape de lin toute brodée d'étoiles enveloppait son corps d'une mandorle blanche, son front était orné d'un diadème de perles et, au fond de ses yeux, brillaient des émeraudes. Elle me sourit enfin, avec cette bonté que seul donne l'amour lorsqu'il n'est plus humain.

"Voici la fin de tes épreuves, Florange, mon ami." me dit-elle avec grâce, "tu peux maintenant rejoindre la place qui te convient dans les forêts de Sîd. Va chercher ton épouse, je sais qu'elle t'y attend."

Puis ayant dit ces mots, elle étendit les bras et déversa sur moi un fleuve de lumière, et tandis qu'aveuglé je me cachai les yeux, je me sentis soudain pénétré tout entier par une onde chaleureuse tombant comme une pluie, où mon corps se fondit dans une autre apparence... Je ne comprenais pas cette métamorphose qui saisissait mon être, mais je la ressentais, j'étais comme le métal délivré dans la forge, plié, tordu, frappé et martelé sans qu'il ait de souffrance, modelé par le feu autant que par la main afin qu'il devienne autre, et s'abandonne enfin à une autre naissance... Mon âme sortit enfin de son enveloppe humaine comme on sort d'une gangue, et je fus revêtu de la forme d'un cheval, puis une corne me poussa juste au milieu du front, droite comme une épée, symbole d'une puissance que j'ignorais encore... j'étais une Licorne...

Une fois tout achevé, l'image de N'Game s'estompa comme un rêve. Il n'y avait plus qu'un aigle qui prenait son envol, s'élançant vers le ciel, s'élançant vers la lune, pour bientôt s'évanouir au centre de la nuit comme un oeil se referme. Et j'ai crié son nom. Sa voix me répondit une dernière fois, avec ma propre voix, montant de mes entrailles comme un lointain écho :

"Va, ma Licorne, va ! Quelle que soit celle que tu retrouves, c'est moi que tu rejoins..."

***

Ici s'acheva le récit d'Anselm de Florange. Je crois vous l'avoir rapporté dans son entier. Cependant, son histoire n'est pas tout à fait complète. La fin nous est contée dans une curieuse légende que, peut-être, vous connaissez déjà.

Il y est dit que par une nuit d'automne, le vieil Ulric, qui s'était pris d'amitié pour Philippe, fils du comte Robert de Florange, et dont il était devenu le précepteur, fut tiré de son sommeil par le bruit que faisait un cheval non ferré dans la cour du château. Alors qu'il descendait pour voir cette étrangeté, il fut rejoint par le petit Philippe, dont la curiosité l'avait également fait se lever. Et c'est en se tenant la main qu'ils découvrirent qu'il ne s'agissait point d'un cheval, mais d'une licorne d'un blanc immaculé qui cherchait à entrer dans la chapelle du château. Saisis d'étonnement, ils lui ouvrirent la porte : elle se dirigea tout droit vers le tombeau d'Alix, décédée quelques années plus tôt, après qu'elle eut pris le voile à l'annonce de la mort de son époux, alors que celui-ci faisait route vers l'Orient.

L'animal toucha de sa corne le gisant qui la représentait en habit de religieuse, et le couvercle de pierre roula sur le côté. Il y eut un éclair aveuglant, comme si la foudre était tombée sur le sarcophage et, dans un halo verdâtre, le corps miraculeusement ressuscité de la jeune femme se leva, telle qu'elle avait été le jour même de ses noces. Puis, sans un regard pour Ulric, ni pour le petit Philippe qui, saisi de terreur, se cachait derrière lui, elle monta sur le dos de la licorne qui paraissait l'attendre... Et tous deux s'en furent hors les murs de la petite chapelle comme si rien, en ce monde, ne pouvait les arrêter. Mais lorsque l'étrange équipage en eut gagné le seuil, il se volatilisa ainsi qu'une impossible brume...

On dit également que, plus tard, Philippe, devenu le seul maître de la forteresse, prit les armoiries d'Anselm, en changeant toutefois le lion de sable en lion d'or, parce qu'il était de sang princier, et que le noir ne sied point à la maison ducale. A la vérité, nul n'en sait rien. Ces armes ainsi modifiées, en tout cas, sont toujours l'apanage de la ville.

Quant à moi, comme je l'avais promis, j'ai perdu le chemin de la forêt de Sîd. Mais je n'ai pas oublié. Et moi, le mécréant, le menteur, l'infidèle, je me suis rendu à la cathédrale de Notre-Dame de Chartres-en-France, et j'ai brûlé un cierge au nom d'Anselm de Florange. Il y brillera éternellement.

16.
RECHICOURT

Les hivers doux et tristes s'achèvent dans la boue. Parfois, ils se relèvent dans un ultime effort et le coeur de l'Europe sent à nouveau leurs griffes déchirer les bourgeons venus un peu trop tôt. La mort d'une saison est comme celle des bêtes : Jamais définitive, et jamais sans combattre. L'hiver de cette année a été un peu lâche, on n'a guère vu de neiges, et encore moins de gel. Il a laissé briller trop longtemps le soleil, il a trop toléré des nuages de pluie tiède, alors l'ordre des choses l'a jeté contre terre, lui a montré les feuilles qui montaient sur les branches, et même quelques fleurs conquérant ses domaines...

L'hiver qu'on croyait mort est revenu cette nuit.

Ce matin dans les bois craquants de glace blanche, la vie qui s'éveillait a perdu son avance. Les bourgeons sont brûlés, et les pousses timides qui croyaient au printemps sont toutes racornies et perdues sous le givre. Le vent d'est qui passe dans les branches transies s'est enfin décidé à faire son devoir. Que deviendrait l'été s'il n'y avait point d'hiver ?

Ici, les fleurs sauvages ont une force incroyable. La beauté qu'elles arborent est celle de la puissance. Ce sont des fleurs-soldats, gorgées de sève acide. Je préfère leur vigueur à toutes les orchidées, molles et avachies comme le sont les catins. Ce matin dans les bois, en ce début de mars, enserrée dans les glaces tombées pendant la nuit, j'ai vu une primevère qui palpitait encore. Le jaune étincelant de ses petites corolles brillait comme un défi aux griffes du néant. Je sais qu'elle survivra.

Mars 1239. Cunon de Réchicourt, dernier du nom, est parti comme tant d'autres prendre sa croix à Rome. L'imposant château-fort dont il était le maître ne peut rester sans garde. Alors il l'a confié à ses proches cousins, avec charge pour eux de le tenir au mieux. Le temps de sa présence, et comme le veut l'usage, le vogt (46) prendra le nom de la place qu'il tient. Et si, dans les dix ans, Dieu ne veut pas permettre à Cunon de rentrer sain et sauf de l'Orient, l'Histoire voudra Gobert, puîné des Marimont, pour sire de Réchicourt. Il épousera alors une comtesse d'Aspremont, une branche adjacente de cette antique famille et, ainsi, les murailles déjà vieilles de quatre siècles ne quitteront pas le sang qui leur a donné vie.

Orane... Qui se souvient de vous ?

***

12 Mai 1239. Il pleuvait, ce jour-là, sur ce coin de Lorraine. Les chevaux, fatigués, tiraient péniblement deux lourds chariots couverts des ornières boueuses qui traçaient, parallèles, un chemin défoncé coupant à travers bois. Orane de Marimont, couchée dans le premier, écarta de la main le rideau de toile rouge qui l'isolait du monde.

"Sigebert, sommes-nous encore loin de Réchicourt ?" lança-t-elle à l'adresse de l'un des cavaliers qui marchaient devant elle. L'homme d'armes se retourna, fit faire volte-face à sa monture et répondit à la jeune fille.

"A guère plus d'une lieue, Demoiselle, si Dieu nous préserve d'une mauvaise rencontre, sitôt sortis du bois, nous serons en vue du château, auprès de votre frère."

Orane laissa tomber la tenture et resserra sur elle les lourdes peaux de loup qui recouvraient sa couche. Il faisait froid. Depuis l'aube, la petite troupe serpentait prudemment pour tenter d'éviter les profondes fondrières qui creusaient le chemin menant à Réchicourt. La route n'était pas sûre, et les quelques soldats qui suivaient le convoi n'avaient pas jugé bon de prendre de repos.

Orane se languissait d'être loin de Gobert. Depuis qu'il était vogt du puissant château, il avait pris le goût des énormes murailles, et le fragile jeune homme avait dit à sa soeur de venir le rejoindre. En ces temps de croisade, des bandes de coquins sillonnaient les campagnes. Faux pèlerins, vrais brigands, ils profitaient lâchement de la faiblesse des places vidées de leurs seigneurs, rançonnant vilainement villages et domaines. Les murs de Marimont (47) n'auraient pas fait obstacle à menées de soudards. Gobert aimait sa soeur, et elle le lui rendait bien. Il ne pouvait souffrir de la voir exposée alors que le destin leur offrait un refuge.

C'était une belle jeune fille d'une vingtaine d'années. Son visage d'enfant, cerclé de boucles brunes, était fin et gracieux, avec un petit nez, légèrement retroussé, donnant à ses sourires un charme presque mutin. Elle avait les yeux clairs, comme il sied aux Lorraines, immenses et pleins de vie, avec parfois dedans ces reflets indigo que prend le ciel d'été à l'approche de l'orage. Les tâches domestiques avaient durci ses bras, la fortune de son père n'étant point si heureuse pour pouvoir dispenser ses enfants du travail. Trop de filles qui naissent dans une grande famille ont tôt fait, par les dots, de ruiner toute la race, et il en restait deux à marier avant elle. Si Gobert épousait une comtesse d'Aspremont, les tours de Marimont cesseraient de s'effondrer... Pour Orane, la cadette, le couvent paraissait la meilleure des issues ; d'ailleurs dans ses ancêtres on comptait Cunégonde (48) et, forte de ce sang, il lui serait aisé de prendre une abbaye. Mais cette perspective ne la séduisait guère, aussi c'est avec joie qu'elle en jetait l'idée au fond des oubliettes du fort de Réchicourt.

La nuit allait tomber. Au-dessus des grands arbres, le ciel mouillé de gris déroulait en silence des plaines de nuages sombres. La route était pénible, à peine discernable sous un tapis de lierre et de feuilles détrempées. Là-bas, dans les fourrés, le cri rauque d'un geai se fit soudain entendre et les dix hommes d'escorte, échangeant des regards, pressèrent un peu le pas. Dans une heure, tout au plus, ils sortiraient du bois. Dans une heure, tout au plus, la haute silhouette des tours de Réchicourt dominant le village les couvrirait enfin d'une ombre rassurante.

Orane avait grand'faim et était fatiguée. Dormir avec les cahots que faisait sa voiture relevait de l'exploit. Quant aux vivres, ils suivaient dans le second chariot, au milieu des bagages qu'il avait fallu prendre pour un si long voyage, et un si long séjour. En fait, elle l'espérait, cette nouvelle demeure serait définitive, avant qu'on ne lui trouve un époux de son rang... pourvu que Marimont hérite de Réchicourt...

*

"HARDI !... AU SANG ! AU SANG !"

Ce ne fut qu'un cri, explosant des taillis qui bordaient le chemin. Une soixantaine de gueux armés jusqu'aux dents jaillirent comme des diables sur la petite troupe. Orane se redressa. Ils étaient attaqués. Le coeur au bord des lèvres, elle tira le rideau... et puis hurla d'horreur... Repoussé en arrière, le dos contre le bois des flancs de la voiture, Arnould, l'un des hommes de sa suite, avait une lame de vouge au travers de la gorge. D'un geste, son agresseur lui fit sauter la tête qui tomba toute vive sur les genoux d'Orane. Et, sans lâcher son arme, d'une main rapide, il saisit la jeune fille par sa longue chevelure et la jeta à terre, la face dans la boue.

Lorsqu'il la releva, tout était consommé. De l'escorte d'Orane, il ne restait plus rien. Tous gisaient dans leur sang, percés de toutes parts, le crâne défoncé et le ventre ouvert. Seul, restait Sigeberg, encore sur son cheval, une vilaine plaie lui entaillait l'épaule. Sa monture maintenue par l'un des assassins, les fers de dix hallebardes l'encerclaient, immobiles, dans les griffes d'un piège.

Le silence se fit, prenant comme une glace. Le visage en arrière et les yeux pleins de larmes, Orane mise à genoux ne pouvait pas bouger. La poigne du brigand qui lui figeait la nuque lui semblait les mâchoires d'un chien prêt à tuer. Alors, sortit du rang un homme vêtu de sombre. C'était presque un colosse, taillé comme un tronc d'arbre, sa cuirasse de métal ne portait pas d'emblème, de marque ni de blason. Il leva la visière ajourée de son heaume, et une mauvaise lumière brilla dans ses yeux gris.

"Que voici belle prise, compagnon !... Du plaisir pour nous tous, ou bien du bon argent."

Sans même l'essuyer, il rentra son épée ruisselante de sang dans son fourreau de cuir et, d'un pas nonchalant, s'avança près d'Orane. Il la prit par les joues d'une main gantée de fer, et la tira à lui. L'homme qui la retenait relâcha son étreinte et s'écarta un peu. Celui qui paraissait être chef de la bande reprit d'une voix douce :

"Mais, c'est qu'elle est jolie, la ribaude... bien jeune et bien nourrie... peut-être a-t-elle un nom ?"

"Je... Je suis Orane de Réchicourt." balbutia-t-elle, tremblante de terreur.

"Réchicourt ? J'ignorais que Cunon eût une fille..."

"Plus justement... je suis une Marimont, soeur du vogt de notre bon cousin qui s'est croisé pour libérer le tombeau de Christ du joug des infidèles".

"Bien sûr," répondit-il avec une sorte de sourire, "bien sûr... vous êtes de Réchicourt. Donc une grande dame. Vous ne valez pas tant qu'un véritable sang, mais ses biens sont les vôtres... du moins pendant un temps." Il lâcha son visage, sa main se fit caresse.

"Et moi, je suis Gontrand, bâtard de Baronville... pour vous servir (49)." Il fit une révérence, puis son rire éclata, long et assourdissant comme le pire des tonnerres, repris par toutes les gorges des soudards de la horde, montant jusqu'aux nuages, lame de fond démoniaque renversant tous les anges qui veillent sur le monde.

Plus pâle qu'un cadavre, Sigeberg, impuissant, voulut ouvrir la bouche. Comme s'il avait deviné ses pensées, Gontrand l'interrompit sans même se retourner. Gardant les yeux d'Orane captifs au fond des siens, il étendit le bras, un doigt pointé tout droit sur le jeune chevalier.

"Toi ! l'homme,..." les rires de la troupe s'arrêtèrent à l'instant, comme le vol d'un rapace transpercé d'une flèche. "Va dire à Réchicourt qu'une fille de sa race est tenue prisonnière. Nous la rendrons sitôt que nous aurons rançon".

Puis il tourna la tête, le prenant à son tour.

"Descends de ce cheval. Vous autres, laissez-le." Sigeberg obéit. "Maintenant, déshabille-toi, ou je te crève les yeux."

Tordu par la douleur qui lui mordait l'épaule, Sigeberg retira cuirasse et cubitières, sa lourde cotte de mailles et tous ses vêtements. La main sur sa blessure, le malheureux soldat, de peur mêlée de honte, tremblait plus que de froid.

Et s'adressant toujours à Sigeberg humilié, Baronville empoigna la jeune fille par le col de sa robe. "Ensuite, regarde bien. Cet amusant spectacle va réchauffer ton coeur. Raconte-s-en les détails au vogt de Réchicourt, j'espère que ton récit aidera à le convaincre d'acquitter cette dette dans les temps les plus brefs. Othon, Raynard !... Tenez-la bien. Vous en aurez tous deux."

*

A la lueur des torches de la grande salle d'honneur, Sigebert, tête basse, hâtivement recouvert d'une large couverture, acheva son rapport. Gobert ne l'avait pas interrompu. Il lui tournait le dos, accoudé à la fenêtre losangée de vitrail, le visage dans ses mains. On voyait qu'il pleurait.

"Ils sont une soixantaine. Moi-même en ai tué deux. S'ils m'ont laissé en vie, c'est pour vous faire prévenir de leur odieux forfait. Je conjure Monseigneur de faire diligence... cette chiennaille est brutale à faire frémir le Diable. Pour chaque jour qui passera avant qu'ils n'aient rançon, trois porcs de cette bande outrageront votre soeur. Le bâtard Baronville connaît trop bien ses gens, il sait comment ils sont, et lui-même semble craindre qu'un de plus ne la tue."

Dans un sanglot à peine retenu, le vogt de Réchicourt fit un signe de la main et dit d'une voix morte :

"C'est bon, laissez-moi. Mon brave Sigeberg, tu as agi au mieux, va quérir le barbier pour soigner ta blessure. Grâce à Dieu, la fortune que ce chien exige contre ma soeur se trouve dans nos murs. Nous n'aurons pas de temps perdu pour l'obtenir. Demain tout sera dit. Va... maintenant, laissez-moi. Laissez-moi, tous..."

Les quelques hommes d'armes présents dans la haute salle se retirèrent alors, emmenant Sigeberg pour le réconforter. Gobert de Marimont avait toute la nuit pour sortir du cauchemar. Il n'avait pas trente ans, mais un esprit puissant. Sa bouche répugnait au goût du désespoir. C'était un vrai Seigneur, il savait réagir, et lentement la haine se glissa dans ses veines, apaisante, bienfaisante, sucrée comme du miel, éteignant sans fumée les brasiers de son âme, et son coeur se remit au rythme des combats...

Quand il se retourna vers la grande salle vide, son regard était froid comme la lame d'un glaive. Il regagna l'estrade où se trouvait son siège, plus massif qu'un trône, et s'installa dedans, tel un vrai Réchicourt. Il payerait la rançon, c'était une chose acquise. S'il n'avait guère moyens de battre le rappel d'une véritable armée, Cunon étant parti avec cent de ses gens, la trentaine de gardes à demeure au château suffirait amplement à tendre bonne embûche et l'effet de surprise décuplerait leurs coups. Une fois qu'on aurait pris l'immonde Baronville, il s'occuperait lui-même de l'expédier au Diable, en pièces détachées.

Il avait toute la nuit pour concevoir un plan avec les capitaines... une fois qu'il aurait vu l'intendant du domaine.

*

Enfin, l'aube se leva. Tout là-haut, dans le ciel, le donjon du château peignait langoureusement les longs nuages blonds de ses créneaux de pierre. Un soleil jaune pâle, émergé à mi-corps du relief des collines, promettait un beau jour après les pluies d'hier. La campagne verdoyante nimbée d'un fin brouillard n'avait jamais semblé si calme et si tranquille. Gobert de Réchicourt avait le coeur battant.

Armé de pied en cap, juché sur son cheval, sa main un peu crispée tenait un drapeau blanc. Il regarda tomber le lourd pont-levis qui franchissait les douves isolant le château du reste du village. Le bruit assourdissant des chaînes qui défilaient sur les griffes du treuil ne le surprit même pas. Au travers de la herse qui se levait lentement, au-dessus des chaumières serrées murs contre murs le long de la grand-rue, au-delà des cultures entourées de bocages qui s'étendaient au loin, il y avait l'horizon. C'est là que la forêt cachée derrière les arbres l'attendait, immobile.

Gobert leva le bras et les dix cavaliers désignés pour le suivre s'ébranlèrent sur son ordre, faisant sonner le pont comme un tambour de guerre. Le plan du jeune vogt était en fait fort simple et ne paraissait pas comprendre trop de risques. Profitant de la nuit, les vingt autres soldats du fort de Réchicourt avaient, par groupe de cinq, gagné comme des renards l'orée de la forêt. Une fois mis à couvert, ils s'étaient reformés pour rejoindre leurs postes. A l'heure où le convoi apportant la rançon se mettait en chemin, ils encerclaient déjà le campement des brigands. Cachés dans les fourrés, ils se jetteraient sur eux au moment de l'échange, et l'on pouvait compter que leurs vingt arbalètes feraient mouche à tout coup. Ils viendraient s'ajouter aux dix de l'escorte, et permettraient alors un combat à égal. Trente guerriers de métier, trente canailles sans honneur, l'effet de surprise et la justice de Dieu feraient que l'on obtienne à coup sûr la victoire.

Au loin, le coq chanta, un autre lui fit écho. Gobert dans son armure était trempé de sueur. Il aurait bien aimé s'essuyer le visage. Par les fentes étroites de son cimier de fer, il voyait la forêt s'avancer lentement, armée d'ombres de bois aux lances innombrables, cuirasses fantomatiques d'écorce et de verdure, scintillement de regards en gouttes de rosée... Tout était végétal, tout était ennemi.

Ses nerfs étaient à vif, mais il n'avait pas peur. Juste un peu cette angoisse qu'ont tous les combattants, sensation de terreur et de force à la fois : puissance surhumaine ou bien paralysie, nul ne sait ce qui vient quand on livre bataille... mais le rythme des reins qu'on donne à sa monture est une danse de mort... celle qu'on donne, celle qu'on prend, amour à deux visages qui jamais ne se montrent. Et puis les frondaisons mangèrent la lumière. Tout n'était que silence autour des cavaliers, hormis les longs grincements des roues de la charrette qui portait, enchaîné, un coffre de métal. Maintenant, ils avaient froid.

*

Plus tendus que les cordes de leurs arbalètes, Gobert et son escorte parcoururent sans encombre une presque demi-lieue du chemin défoncé plongeant à travers bois, où sa malheureuse soeur avait croisé le Diable. Ils n'avaient vu personne. Pourtant, comme convenu, le vogt de Réchicourt avait soufflé la trompe afin que Baronville sache son arrivée. Mais seul l'envol d'un pic répondit à l'appel. Il en avait conclu qu'il fallait avancer. Au bout d'un court virage borné par un grand chêne, ils aperçurent enfin les chariots dételés qui indiquaient l'endroit où l'escorte d'Orane s'était fait massacrer. Ils s'avancèrent encore. Alors, il découvrirent l'ampleur du désastre.

Derrière les chariots, comme la toile de fond qui cache les coulisses d'une scène de théâtre, un monstrueux gibet avait été dressé. Et sur l'échafaudage de branches fraîchement coupées, trente corps dénudés montraient à tous les vents des plaies épouvantables. Attachés par les pieds, pendus comme des marauds, on pouvait deviner dix hommes de Marimont et vingt de Réchicourt.

Soudain, une pluie de carreaux venue de nulle part, s'abattit en sifflant sur la petite troupe, traversant les cuirasses, haubert et cavaliers. Cachés dans les hautes branches des arbres alentour, les brigands du bâtard s'en donnaient à coeur'joie. Et, en moins d'un instant, Gobert se trouva seul. Lâchant le drapeau blanc qu'il serrait contre lui, il saisit l'arbalète accrochée à la selle et coucha en joue l'un des assaillants. Touché en pleine poitrine, l'homme tomba en hurlant. Mais c'était peine perdue, le dernier trait lancé devait être pour lui, frappant en pleine main, le clouant à son arme... il tomba à son tour, le visage contre terre.

Dans sa chute, l'empennage de la flèche fichée dans son gantelet se rompit à la base, libérant sa main droite. Il l'arracha d'un geste dans un cri de douleur, et se releva. Il n'eut pas même le temps de tirer son épée que le pied du bâtard le rejetait à terre, l'allongeant sur le dos. Son heaume avait roulé à quelques pas de lui, inutile comme un masque. L'épée de Baronville lui menaçait la gorge.

"Vous êtes perdu, jeune homme," lui dit-il dans un rire, "maintenant, tout est à moi. Ce n'est pas tant votre or que votre forteresse que je voulais gagner. Vous êtes un naïf d'avoir imaginé qu'on pouvait me tromper, j'avais mis des guetteurs tout autour du château. Quoique votre manoeuvre fût fort intelligente, vos hommes se sont fait prendre sitôt qu'ils furent aux bois, et mes gens avertis les ont tous égorgés. Désormais vous êtes seul pour garder Réchicourt. Je crois qu'il se rendra dès le premier assaut, vous n'avez plus personne à montrer aux remparts."

Gobert ne lui répondit pas. C'était la fin, il le savait. Heureusement Sigeberg était resté là-bas, sa blessure l'empêchant d'être utile au combat. Au cas où Baronville gagnerait la bataille, il avait pour mission d'en informer l'évêque qui se trouvait à Metz (50), et puis de revenir, en force cette fois, châtier tous ces brigands de leurs odieux forfaits. Le bâtard reprit :

"Voyez-vous, mon garçon, c'est le désir de Dieu, des papes et des rois, que les enfants bâtards deviennent sans foi ni loi. Moi, un enfant de l'amour, fruit du seul sentiment qui reste vraiment noble, je n'ai droit sur cette terre à rien qui m'appartienne. Encore ai-je eu la chance qu'on me laissât en vie ! Pour cela, je vous hais, vous, les grandes familles, qu'il vous suffise d'un nom pour avoir un domaine, qu'il vous suffise de naître sans avoir besoin d'être... Réchicourt est à moi, parce que je le mérite. Demain, nous serons cent, et bientôt plus de mille... je taillerai dans ces terres un fief à ma mesure. Et croyez-moi jeune Sire, vos si braves cousins ne tenteront rien là-contre. Dès que je serai fort, ils chercheront l'alliance. Une fois reconnu, je serai un bon prince. Dans MA province à MOI, règnera la Justice."

"Vous êtes fou, Baronville... " répondit le jeune homme, "nul ne laissera jamais un brigand tel que vous se tailler un royaume en terres d'héritage. Ni Sarrebrück, ni l'Empire (51), encore moins Aspremont n'accepteront un jour qu'un bâtard tel que vous confisque un de leurs fiefs. Vous ne feriez même pas un honnête intendant... Quand Cunon reviendra..."

L'épée de Baronville lui coupa la parole.

*

Orane... qu'êtes-vous devenue ? Malheureuse jeune fille oubliée de l'Histoire, Orane, mon amie, que les Dieux me permettent de conter malgré tout votre triste destin.

Quand l'ignoble bâtard revînt à son campement, il jeta sur vous la tête de votre frère, en disant froidement que puisque la rançon avait été versée, maintenant vous étiez libre. Mais il ajouta que peut-être ses hommes désiraient se distraire... et il vous livra à ses soixante soudards.

Orane... dès cet instant, les portes de l'enfer se sont toutes grandes ouvertes. D'horreur et de souffrance, votre coeur a cédé, et le quinzième gredin n'a violé qu'un cadavre. Nul ne saura jamais combien de ces démons l'auront fait après lui...

*

Le soir tomba enfin, chassant d'un geste rose ce jour abominable, enfouissant les sanglots, les hontes et les blessures dans les profonds replis du linceul de la nuit. Et bientôt se leva une poussière d'étoiles au-dessus des hautes branches, et l'oeil de la lune s'ouvrit sur la campagne.

Dans la grande salle d'honneur du fort de Réchicourt, Gontrand de Baronville se réchauffait les mains près de la cheminée. Prendre la forteresse lui fut un jeu d'enfant. Mêlé au crépitement des bûches de bois sec qui flambaient haut et clair, les chants de ses soldats montant des corps de garde n'arrivaient pas vraiment à chasser ses pensées. Comment s'appelait-elle, la jeune Marimont ?... Orane, peut-être... Orane, je crois...

Baronville décroisa les jambes, reculant dans son siège, sans lâcher du regard la danse régulière des flammes et des fumées. Orane. Oui. Orane de Marimont. C'est vrai qu'elle était belle, avec ses yeux d'eau pure... la finesse de ses traits... la grâce de son corps... quant au grain de sa peau...

Baronville blêmissant se releva d'un bond, renversant son fauteuil. Voilà qu'il se prenait à parler à haute voix, tout seul, dans le silence ! "Suffit !" se cria-t-il, "je n'en ai plus que faire ! Cette putain est bien morte, et c'est bonne fin pour elle. Je n'ai pas à rougir."

Pourtant, infâme bâtard, décris-nous ce pincement qui te saisit le coeur quand tu songes au supplice que tu as infligé à cette fille innocente... ose dire à la nuit que tu n'en as que faire. Prends donc par la main ce nuage qui rôde près de la lune ronde... laisse guider ton âme au creux de la forêt. Derrière ce rideau d'arbres, il y a une clairière... Viens, Baronville, maintenant tu y es. La brume autour de toi se dissipe lentement. Regarde cette enfant pleine de sang et de boue qui gît à la renverse, les yeux encore ouverts. Elle est morte Baronville... vois comme elle était belle... ne tourne pas la tête, regarde-la encore. Un corbeau s'est posé tout près de son visage, ne vois-tu pas qu'il pleure ?

Que se passe-t-il en toi qui rêvais de royaume, aurais-tu des regrets ? Mais, dis-nous, Baronville... cette étrange lueur au fond de tes prunelles... c'est déjà du remords ! Te voici à genoux, prenant la main d'Orane, la pressant sur tes lèvres, la mouillant de tes larmes. Le voile sur ta conscience s'est enfin déchiré, mais c'est déjà trop tard. Ces portes de l'enfer que tu aimais ouvrir, c'est en toi qu'elles demeurent... il ne te sert à rien de supplier le Christ, la Vierge et tous les saints de réparer le mal que tu viens de commettre. Tu ne peux rien changer par ces dieux dérisoires qui ne prêchent qu'abandon, pitié et soumission. tourne-toi vers la Force, tourne-toi vers la Vie, ouvre ton coeur au Monde, respire sa puissance, apprends ce qu'est l'Amour, arrache de la mort de cette pauvre fille les cauchemars effroyables que tu as déchaînés... rends-lui son innocence... RENDS-LUI SON INNOCENCE !

Alors Gontrand sentit soudain son coeur se tendre, se tordre et puis se rompre dans une douleur immense, éclater en hurlant dans un nuage de sang qui monta aux étoiles pour retomber sur lui comme un déluge de feu...

Le bâtard s'écroula au bord de la folie, d'une voix étranglée de sanglots et de honte, il versa dans l'abîme cette pauvre supplique :

"Wodden ! Wodden, ô dieu de mes ancêtres ! Je t'accorde mon âme en échange de sa vie... j'accepte ton enfer si tu lui donnes l'oubli..."

Penché au bord du gouffre, pris d'un vertige sacré, il entendit enfin une voix monter vers lui :

"Puisque tu ne veux pas du pardon de Jésus, puisque tu ne veux pas que sa miséricorde t'absorbe et te comprenne pour te fondre à jamais dans son blanc paradis, tu n'as plus d'autre issue que d'effacer toi-même l'horreur de ton crime. Il n'y a pas d'autre enfer que celui qu'on se crée, et surtout ne crois pas qu'on puisse m'appartenir, c'est au contraire aux Dieux de se donner à tous. Puisque tu me désires, je serai ton soutien. Mais il n'y a que toi pour rendre l'innocence à cette malheureuse. Long sera le chemin, terrible ta souffrance, mais quand tu seras prêt, alors tu la sauveras. Tout au long de tes vies, lorsque tu m'appelleras, j'éclairerai tes nuits des feux que je connais. Je ne peux rien de plus, tu as forgé tes chaînes. Pour Orane peut-être, je ferai quelque chose : elle attendra en Sîd que tu viennes la rejoindre, et je ferai en sorte qu'elle n'en souffre point."

Gontrand ouvrit les yeux, le corps plié en deux de douleur et de fièvre, il vit dans un brouillard Orane se relever, puis retomber à terre, pour lentement entrer dans une métamorphose qui, en quelques instants, fit du corps d'une femme le corps d'une louve... et la vie lui revint. De son ancien aspect, ne restaient que ses yeux, beaux comme un ciel d'été, limpides comme des gemmes... Puis la bête disparut, et tout redevint nuit.

Lorsqu'il se réveilla de son évanouissement, il était allongé sur les dalles de pierre de la grande salle d'honneur du fort de Réchicourt. Il crut avoir rêvé.

*

5 juin 1239. Je m'en souviens encore. C'était le jour de la Fête-Dieu. Guidé par Sigeberg, le comte Thierry de Werde qui

venait récemment d'unir sa destinée à Sophie d'Aspremont, fit camper sous les murs du puissant Réchicourt plus de trois cents soldats. Il ne voulut même pas leur faire donner l'assaut.

Gobert de Marimont n'étant plus de ce monde, Réchicourt tout entier lui revenait de droit. Ainsi l'avait voulu l'évêque Jean d'Aspremont, qui exauçait le voeu de son cousin Cunon, quoique ce dernier eût sans doute préféré voir régner sur ses terres une branche plus latérale de la maison Sarrebrück que celle de l'alliance avec les Franckenbourg (52).

Thierry ne voulait pas risquer d'endommager les murailles du château pour nettoyer les lieux de la vermine puante qui les avait conquis. Il connaissait les plans de son nouveau domaine. Dans l'ombre de la nuit, il fit passer vingt hommes par l'un des souterrains, et ceux-ci rapidement réduisirent au silence les quelques sentinelles veillant à la poterne. Une fois le pont baissé, le reste de l'armée investit sans encombre la place sans défense. Il n'était pas prévu de faire des prisonniers, on ne voulait vivant que le chef des brigands. Forcé comme une bête jusqu'en haut du donjon, Gontrand de Baronville se battit vaillamment, mais il ne voulut pas se rendre à son vainqueur. Craignant sans doute un juste châtiment, il préféra lui-même se jeter dans le vide. Et, pour faire un exemple, Thierry fit exposer sa dépouille pendue au-dessus des remparts.

L'âme de cette canaille était si exécrable que jusque dans sa chair il en était infect, au point que ni les buses, ni même les corbeaux ne voulurent y toucher. Lassé de ce spectacle, Thierry le fit porter au fond des oubliettes. Il doit y être encore. Venant de sa famille, on n'eut jamais de plainte. Je pense pouvoir dire qu'ils furent soulagés, c'étaient des gens de bien.

***

On pourrait croire qu'ici s'achève cette triste histoire. Hélas, il n'en est rien. Peut-être le lecteur aura-t-il deviné comment je puis connaître la destinée d'Orane, et celle de Baronville qui ne parla jamais...

Voici près de huit siècles que je suis prisonnier du poids de ce passé. Jamais pour moi la mort n'a donné le repos. Lucifer n'a jamais voulu de ma mémoire, elle me revient intacte à chaque renaissance... à chaque fois plus terrible quand s'accroît ma conscience. Je porte mon remords comme d'autres portent une croix. Mais je dois avancer, car je sais qu'un beau jour, enfin je serai prêt. Je marcherai vers SîD, les bras chargés de rêves, le coeur gonflé d'amour, l'âme remplie de joie. Je saurai retrouver la Louve-aux-yeux-de-fille qui erre sans conscience, sans mémoire et sans but, dans l'immense labyrinthe tracé par les forêts qui entourent et protègent la grande cité céleste...

Je veux entrer en Sîd, mais ce n'est pas pour moi. Je veux juste trouver la Louve-aux-yeux-de-fille, et lui remettre enfin les clefs de l'innocence. Je sais que l'heure est proche, je veux toujours y croire, c'est ma seule espérance...

Mais vous qui me lisez, vous qui savez mourir, et qui irez là-bas porter votre tribut de rêves pour le monde, si vous voyez Orane au détour d'un chemin, faites quelque chose pour moi...

Dites-lui que je l'aime.

NOTES

(1) Fils de Charles V de Lorraine, le neveu de Charles IV mort sans enfants. Charles V, exilé par Louis XIV pendant les quinze années de la période d'occupation, n'a pas pu régner effectivement. Il servit par contre excellemment l'Autriche qui l'avait accueilli, et faillit devenir roi de Pologne.

(2) Charles V avait du moins eu le mérite de peut-être sauver l'Occident en écrasant les Turcs de Kiuperli à St Gothard (1664), puis sous les murs de Vienne (1683), et enfin de façon définitive à Mohàcz en 1687. Il eut également l'élégance d'envoyer en hommage à son peuple les drapeaux des vaincus, qui sont toujours visibles à l'église N. Dame de Bonsecours de Nancy. François, lui, n'a de Lorraine que le nom. Il finira néanmoins Empereur d'Autriche par son mariage avec Marie-Thérèse (1745). Peut-être faut-il voir pour cause de l'étrange malédiction qui a semblé peser sur la famille des Lorraine-Habsbourg la simple indignité du fondateur de cette lignée.

(3) Il faut rendre justice au remarquable chancelier français La Galaizière, auquel fut confiée la tâche écrasante de normaliser le pays, dont l'administration et les lois étaient restées très féodales. Il le fit avec tant de coeur et d'intelligence, en dépit de certaines maladresses, qu'une fois son ouvrage achevé, la réunion de la Lorraine à la France fut ressentie comme une simple formalité.

(4) L'ordre de Louis XIII : "Détruisez tout ce qui peut servir de refuge aux Lorrains" s'explique surtout par la crainte qu'avait ce dernier du spectre de la Ligue dont la maison Guise-Lorraine était à l'origine.

(5) Le culte de la "Vierge noire" était célébré à Metz depuis des temps immémoriaux. On y honorait la statuette d'une "Isis" de 43 cm de haut sur 29 de large et 18 de saillie. La tête voilée, le corps peint en rouge et

ceinturée d'une draperie noire, elle présentait une poitrine tombante et un buste squelettique. Les figurations de la Magna Mater sous cette forme dans des temples chrétiens étaient extrêmement rares. On en a cependant signalé d'exactement semblables à Saint-Etienne de Lyon et à Saint-Germain-des-Prés. Toutes trois ont disparu.

(6) Nom utilisé dans les grimoires médiévaux pour désigner l'officiant dans les cérémonies de grande magie.

(7) Littéralement : cabanes volantes. A cette époque, les verreries du nord vosgien étaient pour la plupart itinérantes, et les plus petites le restèrent jusqu'à la fin du XIXè siècle. Le bois était le seul combustible utilisé. Lorsqu'une forêt était épuisée, il était plus aisé de changer de région que d'organiser un coûteux système de transport. Autour de ces ateliers nomades, qui restaient d'ailleurs parfois fort longtemps au même endroit, tout un secteur d'activité se développait : scieries, bûcherons, saliniers, potiers, chauffeurs, savetiers, camelots etc... et finissaient par fonder de véritables villages. Quoique moins privilégiée que la Vôge, avec les verrières (ou verreries) puissamment organisées du baillage de Darney, l'une des gobeletteries sarroises les plus connues, dont le centre s'était établi vers 1531 à Holbach dans le bassin de la Schwolbe, fut transférée en 1586 dans le vallon de Müntzthal, dans le comté de Bitche. Elle prit par la suite le nom d'ateliers de Saint Louis. Malgré la grande crise économique qui toucha l'ensemble de ce secteur industriel à la fin du XVIe siècle, suivie d'une destruction quasi totale par les troupes franco-suédoises pendant la guerre de Trente ans, elle s'est relevée de ses cendres, et produit depuis 1777 un cristal de renommée internationale.

(8) Unité de mesure des matières sèches utilisée en Lorraine ducale. Environ 230 litres.

(9) Le futur Louis XI.

(10) La "Guerre de Wasselnheim" (Wasselone) fut surtout menée par les frères von Dahn, alliés des Fénétrange. Leur château fut détruit par les bourgeois de Strasbourg au cours d'un siège mémorable. Cet épisode indépendant des menées du Dauphin marque la fin des agissements des Armagnac en Alsace. Notons pour l'Histoire, que le célèbre massacre du Val de Lièpvre, où les principaux capitaines Ecorcheurs trouveront la mort en rentrant en France sonnera le glas des corps mercenaires. En effet, lassé par leurs excès, Charles VII créera enfin une armée régulière, directement rattachée à la Couronne.

(11) La haute noblesse franque portait le titre de "Farons" (barons), en fait véritables chefs de tribus ou de trustes plus ou moins indépendants, dont on tirera plus tard les "Duces (ducs), capitaines des armées, "Comites" (comtes), lieutenants dans l'administration des affaires intérieures, "Marchiones" (marquis), gouverneurs des provinces

frontières, "Majores" (maires du Palais), inspecteurs des officiers de la maison royale. Par la suite, ces derniers devinrent des ministres aux pouvoirs de plus en plus étendues, jusqu'à finir par être les seuls véritables maîtres. Le reste de la population se divisait en hommes libres et en esclaves.

(12) Wodden est l'équivalent franc du Wotan germanique comme de l'Odinn scandinave, que les Latins avaient, d'ailleurs assez finement, identifié à leur Mercure.

(13) Robert de Baudricourt, capitaine de la garnison de Vaucouleurs. La première démarche de Jehanne d'Arc date du 11 mai 1428. Elle était accompagnée de son "oncle" Durand-Laxart, en réalité son cousin germain.

(14) On sait que Jacques d'Arc était un notable de Domrémy, qui comptait à cette époque environ cinquante feux. Probablement issu d'une noblesse barroise ruinée pendant la première période de la guerre de Cent ans, il semble néanmoins jouir d'une certaine aisance qui lui permet de louer des terres cultivables dans la région. Un acte de 1423 le donne comme "doyen" de Domrémy-Greux, et sa position, ainsi que ses qualités le feront désigner "procureur fondé" devant Robert de Baudricourt par un acte en date du 31 mars 1427. Il semble également qu'Isabelle "Romée", mère de Jehanne, se soit liée d'amitié avec Colette de Corbie, réformatrice de l'ordre des Clarisses tenant couvent en Neufchâteau. De là à conclure que Jehanne ait appartenu au Tiers-ordre franciscain, il y a un pas difficile à franchir. Néanmoins, il est tout à fait possible qu'elle ait eu par ce biais connaissance des cycles arthuriens, qui étaient d'ailleurs fort en vogue dans toute l'Europe depuis la deuxième partie du XIIè siècle. Faire de Jehanne une bergère analphabète relève d'une mauvaise légende.

(15) Il s'agit du désastre de la "journée des harengs", près de Rouvray. Toutes les prédictions de Jehanne se sont vérifiées.

(16) René d'Anjou, dit le "Roi René". Ce geste visait surtout à rallier la maison de Lorraine à la cause de la France. C'était peut-être un peu prématuré, mais n'oublions pas que René était beau-frère du futur Charles VII.

(17) Colet de Vienne était écuyer du dauphin Charles.

(18) Le 21 mai 1414, les Armagnac investirent cette ville partisane des Bourguignons. Ils y commirent un des plus épouvantables saccages de l'histoire des armées. Les femmes qui survécurent aux violences répétées furent ensuite déportées dans différentes villes afin d'être livrées à une prostitution accessible aux finances des garnisons.

(19) Effectivement, à peine un mois après la mort de Jehanne d'Arc, Charles VII ira défendre les prétentions de René d'Anjou à la succession du duché de Lorraine, étant gendre du duc Charles, mort sans enfant mâle

le 25 janvier 1431. Or la loi salique aurait dû s'appliquer au même titre que pour la succession de la Couronne de France, et le duché revenir à Antoine de Lorraine, comte de Vaudémont. Ce dernier s'allia au duc de Bourgogne pour faire valoir ses droits. Le 4 juillet, près de Bulgnéville, dans la plaine de la Vôge, on vit, selon Basin, 8 000 Bourguignons et Lorrains "légitimistes" écraser 20 000 Français, Allemands (Lorrains du Nord) et réguliers du Roi René. Ce désastre lui coûta la liberté et son trône de Sicile qui revint à Alphonse d'Aragon, René obtiendra malgré tout gain de cause par le traité d'Arras qui scellait la fin des hostilités entre la France et la Bourgogne.

(20) Ville de Lycie, en Asie mineure. Il serait né à Patare vers 270, et mort à Myre le 6 décembre 340.

(21) Rappelons succinctement cette célèbre histoire : alors que la famine régnait, trois enfants partis "glaner aux champs" s'égarèrent et furent recueillis par un aubergiste. Celui-ci ne trouva rien de mieux que de les égorger pendant la nuit pour en faire du petit salé. Le lendemain, saint Nicolas passant par là, s'arrête à l'auberge et commande à manger. L'homme lui propose toutes sortes de viandes, que le bon saint refuse. Il ne veut que de cet excellent petit salé qui fait la réputation de l'établissement. L'autre s'excuse en rougissant, prétextant qu'il n'en reste plus. Mais saint Nicolas, qui sait à quoi s'en tenir, l'écarte d'un geste, se dirige vers le saloir et révèle l'horrible cuisine du méchant homme. Puis il rend à la vie les trois garçonnets. Depuis ce jour, l'imagerie populaire à retenu à côté du saint évêque la silhouette inquiétante du "boucher", symbole du mal, devenu à notre époque celui de la sanction sous le nom de Père Fouettard.

Saint Nicolas, dont la fête est le six décembre, apparaît encore sous l'aspect du Père Noël (Santa Klaus). Cet avatar est dû à Luther, qui voyait d'un mauvais oeil un saint ordinaire distribuer des cadeaux aux enfants le jour de sa fête. Le rôle convenait mieux au petit Jésus et à sa fête à lui : Noël. Ainsi la volonté du peuple a inventé le Père Noël, ce qui permet au bon saint de reprendre ses droits. On le voit encore figurer dans la cinquième arcane du Tarot, sous les traits du Pape, mais là, il n'y a plus que deux enfants à ses pieds. Cette anodine mutation en fait le patron des initiés.

(22) L'autel de l'ancienne église était circulaire pour pouvoir accueillir les quelque deux cent mille pélerins et visiteurs qui se rendaient deux fois par an (à la Pentecôte et à Noël) à la foire de Port. On imagine mal l'importance qu'avait cette cité avant sa destruction par les Français pendant la guerre de Trente ans. ville ouverte, c'est-à-dire sans fortifications, siège des corporations des drapiers et des merciers, elle comptait environ dix mille habitants permanents. Nancy n'en comptait que quatre mille, Rome environ cinquante mille. C'était un des hauts

lieux du commerce européen, d'autant plus riche que le bon duc Antoine avait su tenir le pays à l'écart du conflit entre Charles Quint et François 1er.

(23) Nous ferons exception pour saint François d'Assise, très au-dessus du lot par sa tolérance et son amour du Monde.

(24) Traiter d'Anubis en quelques lignes relève de la gageure. Nous simplifierons en disant qu'il est devenu le dieu des morts chez les anciens Egyptiens. Fils de Nephtys, maîtresse de la mort, il est figuré avec une tête de chacal et est censé guider les âmes défuntes dans les enfers. Il préside également à la momification. Gardien de l'au-delà, il a quelques rapports avec le Cerbère grec, ainsi qu'avec les Lévriers d'Annwn de la tradition celtique. Anubis-chacal pourrait être une interprétation tardive. En effet, le chacal, petite espèce proche du loup, est un animal charognard et fouisseur, ce qui, par la loi des signatures, le rattache naturellement à l'univers funéraire. Or, la première métamorphose lycanthropique de l'histoire est celle d'Osiris, rapportée par Diodore de Sicile, et dont le but était de libérer l'Egypte de Typhon qui menaçait d'anéantir la Création. Le paganisme ancien ne connaît en fait que deux dieux, l'un mâle (généralement solaire, représenté par le Roi sacré ou son double "prétendant"), l'autre femelle (donc lunaire, figuré par la Triple Déesse), mais ils sont multiformes, un peu comme les différentes facettes d'un unique diamant, et chaque aspect porte un nom qui lui est propre. Ainsi l'Anubis originel pourrait figurer Osiris (principe solaire) défendant l'homme contre les agressions qu'il éprouve APRES la mort, c'est-à-dire une fois dans ce monde lunaire et féminin, dans lequel ce dieu devient à la fois intercesseur et protecteur, puisque fils lui-même de la Mort. Il veille sur la momie, c'est-à-dire sur la forme que conserve l'humain dans sa quête de l'éternité. Il va sans dire que la présente légende situe Anubis dans une perspective nettement evhémériste. Le culte du loup a été célébré jusqu'aux temps bibliques, mais c'était à une époque à laquelle le loup véritable avait pratiquement disparu d'Egypte, ce qui pourrait expliquer un glissement vers le chacal et la dissociation des fonctions protecteur/gardien.

(25) Toutes les traditions certifient que l'on ne peut tuer un loup-garou qu'avec une balle ou une lame d'argent. Or ce métal est symboliquement rattaché à la Lune, ce qui tend bien à prouver la nature solaire du loup. Les mines d'argent vosgiennes, aujourd'hui épuisées, étaient renommées.

(26) Pierre de Bar, dit "Le Damoiseau de Pierrefort", a laissé un souvenir épouvantable dans l'histoire de la région. A la suite d'une sordide question d'argent qui l'opposa aux Paraiges de la république de Metz (1365), il rameuta les Grandes Compagnies qu'Arnaud de Cervole, surnommé "L'Archiprêtre", menait en Alsace pour se mettre au service

de l'empereur. Ce dernier désirait former une croisade contre les Turcs qui menaçaient l'est de l'empire. Pierre et ses "Bretons" obtinrent gain de cause. Laissant une partie de ses troupes au damoiseau, l'Archiprêtre partit ravager l'Alsace, mais la "croisade" ne fut jamais menée. Resté en Lorraine, Pierre de Bar reprit alors une véritable guerre contre Metz, soutenu un temps par le duc de Lorraine qui ne voyait pas d'un mauvais oeil l'affaiblissement de l'évêché. Mais ne désirant pas mener trop loin les choses, ce dernier se retira du siège de Metz (1372), et Pierre eut le dessous. La paix fut signée le 23 mars 1373. Lorsque les hostilités reprennent entre Metz et le duc de Bar, Pierre est au service du roi de France Charles V. Il prend cette fois le parti des Messins et en profite pour piller sans retenue tout le Bassigny. Se forme alors une coalition contre lui, comprenant les ducs de Lorraine, de Luxembourg, de Bar, les comtes de Salm, de Deux-Ponts, de la Petite Pierre et une foule d'autres seigneurs. Finalement, le "Damoiseau" sera réduit. Assiégé dans les places de Charny, puis de Saupigny, il devra s'enfuir à Bouconville (près de St Mihiel) où il mourra les armes à la main.

(27) Je reprends ici une tradition populaire qui veut que le château d'Homécourt ait été reconstruit sur l'ancien "La Riste" renommé "Pierrefort" comme celui de Martincourt. Il aurait été rasé par les Messins mais, cette fois-ci, jamais reconstruit. La question ne semble toujours pas tranchée.

(28) L'ermitage de Franchepré, sur la commune de Joeuf, était à l'époque rattaché aux domaines des Prémontrés de Justemont depuis 1283. C'était une communauté indépendante de l'ordre norbertin qui se consacrait, semble-t-il, à l'adoration de la Vierge Marie. Il subsista encore l'oratoire jusqu'en 1880, mais ce dernier disparut complètement sous le laminoir qui comble aujourd'hui la vallée.

(29) Quoique géographiquement situés dans le comté de Briey, donc dans le Barrois, les villages de Joeuf et d'Amnéville étaient possession de paraiges messins. C'est la raison pour laquelle ils seront les seuls à souffrir de l'incursion des quatre seigneurs dans la vallée de l'Orne.

(30) Le village d'Heillecourt, près de Nancy, fait aujourd'hui partie de son agglomération.

(31) L'histoire de Goeric ne nous est parvenue que par recoupements et hagiographies tardives, très sujettes à caution. En fait on ne sait quasiment rien de sa vie ni de ses origines. Qu'il ait été comte d'Albi est probable, mais en faire le maire du palais du royaume d'Aquitaine et cousin de saint Arnoul (Arnulf, ou Arnulphus) par Argot, soeur du roi wisigoth Théodoric-le-grand, est peut-être moins vraisemblable. On sait le peu de crédit accordé aux généalogies antérieures à Charlemagne. Il est certain, en tout cas qu'il se situait dans la mouvance franque de Caribert, frère du futur roi Dagobert, auquel ce

dernier cédera en 629 le trône d'Aquitaine. La légende que je présente, à peine améliorée, reste cependant la version la plus couramment admise.

(32) Le nom de l'épouse de saint Goeric ne nous est pas parvenu. Que sa mémoire nous pardonne de la ressusciter sous un nom d'emprunt.

(33) Dagobert 1er, roi des Francs depuis 628 était fils du roi de Neustrie Clothaire II. Ce dernier avait gagné le trône d'Austrasie grâce à l'appui efficace de saint Arnoul à la tête des nobles du pays contre le prétendant de Brunehaut. C'est en retour de cette aide que Clothaire lui donnera l'évêché de Metz, en promulguant au concile de Paris (8 octobre 614) un édit permettant "qu'un évêque puisse être choisi parmi les palatini pour le mérite de sa personne et de sa doctrine." Ceci explique que l'on rencontre à cette époque des prélats mariés et pères de nombreux enfants. Saint Arnoul en eut lui-même deux, Anseghiselm et Clothulf (Saint Clou), qui deviendra évêque à son tour. C'est d'ailleurs à ce dernier que reviendra l'honneur d'ériger le comté de Mosellane en duché, faisant de lui le premier duc de la future Lorraine.

(34) Il s'agit d'une pierre de la lapidation. Elle figure toujours au trésor de la cathédrale de Metz.

(35) Depuis la fin du VIè siècle, l'ancien royaume wisigoth d'Aquitaine subissait la pression des Vascons. Ces derniers finiront par réoccuper totalement la Novempopulanie, qui deviendra la Gascogne. Il s'agissait d'une ethnie autochtone chassée des états wisigoths d'Espagne par le roi Léovigild. Réfugiés entre la vallée de l'Ebre et l'Océan, ils s'infiltrèrent assez facilement dans le substrat aquitain gallo-romain, sur lequel les Francs n'avaient en fait qu'une autorité assez limitée. Il semblerait que de nos jours encore, le problème de la soumission de ce peuple très particulier à un pouvoir étranger centralisé, qu'il soit en deçà des Pyrénées, et encore plus au-delà, ne soit pas tout à fait résolu.

(36) Chéliel, qui signifie couronné, est le véritable nom du diacre martyr. Etienne est une déformation héllénistique.

(37) Il s'agit de Romary-mont, dans les Vosges, qui deviendra par la suite la ville de Remiremont.

(38) L'énigme que pose l'existence réelle de ces animaux pourtant connus du folklore nègre n'est pas résolue. On suppose qu'il s'agirait, dans l'ordre, d'un rhinocéros aquatique, d'un babouin géant, d'une espèce de léopard gris et d'un anthropoïde. Le lecteur curieux des mystères du monde animal lira avec intérêt le livre que Bernard Heuvelmans leur a consacré : Sur la piste des bêtes ignorées, Plon ed. Paris 1955.

(39) Le Dahut, ou Darou, est une créature de pure fantaisie à l'usage des naïfs parisiens du siècle dernier. C'était un animal réputé avoir les pattes plus courtes d'un côté, du fait de son adaptation à vivre sur les pentes. Pour l'attraper, il suffisait de crier son nom afin de l'amener à se

retourner. Il tombait, évidemment, et il ne restait plus au chasseur qu'à aller le cueillir en bas.

(40) Chimère, fille d'Echidna et de Typhon, avait une tête de lion, animal consacré au printemps, un corps de chèvre symbolisant l'été et une queue de serpent figurant l'hiver. C'est probablement la représentation de la Grande déesse pré-hellénique dans ses métamorphoses annuelles.

(41) Si la licorne dit vrai, voilà peut-être la fin d'une question laissée en suspens par les érudits locaux. Robert de Lorraine, fils du duc Simon 1er, et fondateur de la lignée des Florange, tenait le comté de son oncle l'empereur germanique Lothaire depuis 1136, selon un acte "établi en présence de ses parents", c'est-à-dire probablement à sa naissance, ou peu après, cité par Dom Calmet. Ce texte semble aujourd'hui perdu, en même temps que d'autres évoquant Ulric et Anselm de Florange, l'un en 1179, l'autre en 1303. Cette dernière date pourrait n'être qu'une coquille, et il faudrait en ce cas lire 1203. En effet, toujours selon Dom Calmet, Anselm aurait donné ses armoiries à toute la lignée des Florange à cette date, mais des études récentes ont prouvé que celle-ci les portait déjà dès le début du XIIIe siècle, au lieu de l'habituel "d'or à une bande de gueule chargée de trois fleurs de lys d'argent" en usage chez les frères du duc de Lorraine, et que seule la puissante famille du Chatelet conservera à travers les siècles. Il est donc possible qu'Ulric et Anselm aient été mis au service de Robert, en attendant d'être déplacés, ou plus simplement d'abandonner le nom "de Florange", auquel ils n'avaient plus droit en tant que vassaux du nouveau seigneur des lieux. La race des Lorraine-Florange s'est éteinte en 1426.

(42) La licorne n'a pas précisé de date. Il s'agit vraisemblablement des années 1150, entre la date à laquelle Robert est appelé "de Lorraine" et celle où il est désigné "comte de Florange", c'est-à-dire installé dans ses terres. Il devait avoir environ quinze ans.

(43) L'Azalay était un convoi comptant plusieurs milliers de dromadaires qui reliait Tripoli aux villes marchandes des royaumes Noirs.

(44) Aux temps évoqués par la Licorne, les oasis du Djado et du Kaouar étaient encore à l'écart de ces mouvements qui transitaient traditionnellement par l'Aïr, via le Ténéré. Mais elles étaient connues, et les Touareg commençaient à s'intéresser à ces palmeraies qui produisaient également du sel, sans pour autant que l'Azalay en fasse encore une escale obligée. Les Kanouri sont les habitants les plus anciens (à défaut d'éléments sur les Sô légendaires qui les ont précédés) de ces oasis situées aux confins de la Libye et du Niger actuels. Probablement venus du Yemen, ce sont des musulmans sénoussistes. Malgré une origine commune, ils restèrent indépendants du sultanat de Bornou, alors l'empire le plus puissant du sud saharien avec les Sonhray. Les Kanouri avaient une civilisation sédentaire avancée, et

entretenaient des relations commerciales étroites avec les Toubous du Tibesti avec lesquels ils se mélangèrent. Peuple bâtisseur, ils érigèrent de nombreuses forteresses (Ksour) pour se protéger des pillards nomades. De nos jours, l'élément Toubou est devenu prédominant dans ces oasis de plus en plus réduites par la désertification.

(45) Le Niger.

(46) Vogt est le nom utilisé en Lorraine pour désigner un "Voué" à une seigneurie laïque.

(47) Le château de Marimont (Mörsberg), près de Bénestroff, disparu depuis le début du XVIè siècle, ne doit pas être confondu avec celui de Bourdonnay près de Château-Salins, propriété déjà tenue par des vogts de Réchicourt, ni avec le "Morimont" des comtes de Ferette, situé dans le Jura alsacien. Celui dont il s'agit ici était occupé par une famille apparentée aux Sarrebrück. Propriété commune avec les Deux-Ponts, le château fut cédé au duc de Lorraine en 1297.

(48) La très dévote Cunégonde de Réchicourt (milieu du XIè), a consacré une part importante de sa fortune à l'établissement des prieurés de Xures, Lay-St-Christophe et de Maraville, dépendants de l'abbaye de Senones. Celles de Chaumousey, Flavigny, St-Vanvres et de Verdun profitèrent également de ses largesses. C'est à ce titre un personnage notable de l'histoire de Lorraine. Quoique la généalogie des Réchicourt présente quelques lacunes, on pense que c'est par elle qu'ils sont rattachés aux Aspremont.

(49) La châtellenie de Baronville, près de Morhange, semble aujourd'hui totalement oubliée. La seule trace de son existence est un acte de transaction entre Guy de Baronville et le comte Thierry de Werde en 1254. Les Baronville étaient des frères Templiers. On peut supposer qu'ils tenaient là une maison forte, peut-être une commanderie mineure, dont il ne reste plus rien. Ce phénomène "d'oubli" est assez fréquent lorsqu'on évoque les Templiers de Lorraine. Citons pour mémoire la commanderie d'Emberménil, près de Lunéville, quasiment inconnue, et dont les restes étaient pourtant encore visibles avant les combats de la grande guerre. Se pourrait-il que leur fameux "trésor" ne soit pas ce qu'on croit, ni même là où on pense ? Un jour, je vous conterai les Templiers maudits de l'abbaye des Thons.

(50) Jean d'Aspremont, évêque de Metz, était tout désigné pour intervenir : outre qu'il était directement cousin de Cunon de Réchicourt, le comté de Sarrebrück lui était revenu, et donc également pour moitié les terres de Marimont-Bénestroff. En effet, en 1235 s'éteignait Simon III, dernier mâle de la maison du Saargau. Rappelons que Sarrebrück était fief de l'évêché, aussi Jean s'empressa-t-il de le confier à son neveu Geoffroi, également d'Aspremont.

(51) Réchicourt, tout comme Metz, était à cette époque dépendant du Saint Empire Romain Germanique. On ne rappellera jamais assez que si l'Alsace-Lorraine est aujourd'hui française, ce fut d'abord une conquête avant d'être un choix. Cela n'en a que plus de valeur.

(52) Thierry de Werde, frère puîné du landgrave de basse Alsace Henry, était fils de Sigeberg de Werde, comte de Forbach. Ce dernier est considéré comme l'un des bâtisseurs du premier château de Hombourg, dont il a été question dans une précédente histoire. Les Werde sont apparentés aux Franckenbourg, eux-mêmes rattachés aux Sarrebrück par des liens matrimoniaux. C'est par eux qu'ils s'uniront ensuite aux Linange, qui seront maîtres de Réchicourt pendant plusieurs générations. Cunon n'a donc rien à voir avec cette dernière famille, comme on le croit trop souvent. L'hommage à l'évêché, condition dûment spécifiée, s'est perpétué jusqu'au XVIè siècle.

TABLE DES MATIERES

AVANT PROPOS	9
AGUERLINE	11
L'HYDRE DE STANISLAS.	17
LE SANGLIER DE HOMBOURG	29
LE MYSTERE DE PIERRE	36
LA FOLIE D'ORNELLE.	47
LES PORTES DE L'ENFER	56
LES TROIS VOEUX	66
L'ECORCHEUR DE FENETRANGE	76
SID	88
LE REVE DE JEHANNE.	103
LA MANDRAGORE	119
LE MENEUR DE LOUPS.	136
LA ROCHE DES FOUS	153
LA LEGENDE DE SAINT GOERIC	175
LA LICORNE DE FLORANGE	193
RECHICOURT	213

Achevé d'imprimer en juillet 1993
sur les presses de l'Imprimerie Pierron
à Sarreguemines

ISBN : 2-7085-0117-8 / n° 110
7/1993 - Dépôt légal : 7/1193
N° 738